姚中华 著

在尘世间仰望

北方文艺出版社

图书在版编目（CIP）数据

在尘世间仰望 / 姚中华著. —— 哈尔滨：北方文艺出版社，2021.3
　ISBN 978-7-5317-5049-9

　Ⅰ.①在… Ⅱ.①姚… Ⅲ.①散文集—中国—当代 Ⅳ.①I267

中国版本图书馆CIP数据核字(2021)第017373号

在尘世间仰望
ZAI CHENSHIJIAN YANGWANG

作　者 / 姚中华	封面题字 / 吴　雪
责任编辑 / 路　嵩　滕　蕾	装帧设计 / 李洪双

出版发行 / 北方文艺出版社
邮　编 / 150008
地　址 / 哈尔滨市南岗区宣庆小区1号楼

印　刷 / 三河市三佳印刷装订有限公司	开　本 / 787×1092　1/16
字　数 / 230千字	印　张 / 15.75
版　次 / 2021年3月第1版	印　次 / 2021年3月第1次印刷
书　号 / 978-7-5317-5049-9	定　价 / 88.00元

行走与仰望

——姚中华散文集《在尘世间仰望》序

徐 迅

读姚中华的散文集《在尘世间仰望》，我发现他笔下的"双抢"和我家乡有着惊人的相似。他说"'双抢'是庄稼人自导自演的一台农忙大戏"。由此叙述"抢割、抢插"的"双抢"生活，让我感同身受。读完他的散文集我才知道，他生活工作在淮北，但并不是土生土长的淮北人，他家住长江边——老家芜湖以产水稻为主，历史上还是一座"米市"。我们共同铭心刻骨的"双抢"农事，是盛产麦子的广大北方民众无法体会的。

在南方的村庄出生和长大，草木村庄依然是他最初和最原始的记忆。他的笔尖触及到南方的泥土和草木，立即鲜活起来，语言也充满一种特别的诗意和灵性。比如，他说："村庄是大地结出的一枚饱满的果实，草木便是包裹着果实不容褪去的壳。"(《草木村庄》)"水草的气节，颇似山中的隐士。"(《水草》)"出水的芡实虽然如同战场上败下阵的斗士，但此时依然张牙舞爪，不可触碰。"(《有一种美食叫芡实》)……他熟悉村庄的花草树木，所以他知道村庄所有草木的秉性，分得清它们的颜色，体会得出它们在春夏秋冬四季里的变化。尽管他笔下的这些草木让人闻到一股南方的气息，同时也"早已漫过了我的头顶，我无法看到它们的源头"。但与草木为伍，或被草木淹没，或谛听草木有声，他寻求的是草木给予他人生的启示与意义。

收入散文集里的《抖擞时光》是一组亲情散文。亲情是他生命深处一条隐秘的河流，那里有温馨，有沉痛，甚至有悲凉……比如，他年少时做错了事，想向母亲认错，"却看见母亲独自一人在厨房里悄悄地抹泪"。(《骂声里的爱》)母亲去世后，父亲只愿意一个人住在一个小屋里。过年回家，父亲总是会端出一盆热了又热的五香茶蛋，让他们品尝。让孩子们有着"在父母身边才能体会到的家的味道"。(《父亲的小屋》)而在《给父母"搬家"》那篇散文里，他写兄妹几个想给母亲刻一个石碑，却不知道母亲的生辰！情的浓淡深浅，爱的轻重缓急，他一律都真诚地表达着……还因为贫穷，聪明能干的大哥婚事一再受阻，有了大嫂后，叔伯们偷偷为他们办了一场先斩后奏的"婚礼"。(《与兄书》)而他的弟弟、弟媳一次不经意的争吵，最终酿成了一场生命的悲剧。(《幽暗之花》)……这些极端的亲情故事，读来让人唏嘘不已，也很难相信他那儒雅的心灵里竟有这样的情感折磨。生之艰难与死之悲凉，流泻在他笔下的是泪与笑、血与火的生存悲歌。

记得去年在淮北，他执意要带我参观由于采煤塌陷而形成的南湖。终因时间关系，没能如愿。但在《一座湖的光阴》里，我还是读到了这座南湖的前世今生。他说，"一抹晚霞落入湖中，将碧绿的湖水染成橘黄色……"正是我那天透过车窗看到的景色。那样的大湖如果没人说是煤矿塌陷区，我想谁也不会想到是人工湖。这样的湖，总让人被大自然强大的自身修复功能所感动。无论大地承受了多大的牺牲和损害，也无论有过什么样的伤痕，只要人类有了善心，大地都会修复和呈现出另一种自然之美。这些年，他还游历了天下一些名山大川，无论是在西藏体验"高反"，还是夜宿香山，或者干脆就在"最后的柏庄"寻找生命的荒芜，他对山水的沉吟与思考，都深深倾注着他钟情山水、热爱自然的人文情怀。

与草木对话，与亲人、山水对话，当然也会与先贤们对话。这经常对话的结果就是他完成了一部名为《桓谭传》的文学传记。桓谭是两汉时期诞生在淮北大地的一代名儒，也是他从小就崇拜的历史人物。来到淮北，他觉得对淮北人引以为豪的先贤不能无动于衷。于是翻阅《史记》《汉书》《后汉书》《两汉书》及相关人物传记，在大量搜集资料的基础上，他努力捕捉那个时代的生活气息，还原那个时代的历史风貌，利用半年时间，完成了他心中一代圣贤的形象塑造。或许正是受此写作成功的鼓舞，有一段时间，他开始了大量的这种历史文化散文的创作，踏着先哲们的足迹，倾听着先哲们的跫音，他走进广袤的淮北大地，或沉湎于古睢书院，或徘徊于垓下，虔诚地探寻着一些历史人物的命运……他的这些文字写得汪洋恣肆、才情满怀，让我们在随着他行走、仰望历史文化星空的同时，也感受到他散文的丰富性与历史厚度。

姚中华的第一部散文集名为《凝望与行走》，从"凝望"到"仰望"，这次他让我们触摸的是他生命的另一段心路历程——行走，是他的宿命。

是为序。

2020年5月26日下午于北京寓所

（作者系中国煤矿文联副主席，中国煤矿作协副主席、秘书长）

目 录 | CONTENT

第一辑　草木有声

草木村庄 / 3

脚下的春天 / 6

水　草 / 9

青豆青，黄豆黄 / 12

故乡的巴根草 / 15

有一种美食叫芡实 / 17

与草为伍 / 19

在春天里读诗 / 22

凉荫地 / 24

遇见秋葵 / 26

湿地芦花 / 29

葡萄风情入窗来 / 31

石斛花开 / 33

品味抹茶 / 36

在艾香里相逢 / 39

第二辑　抖搂时光

远去的锣鼓 / 43

草台班子 / 46

骂声里的爱 / 49

飘香的闹饭 / 53

腊　月 / 55

年　香 / 58

摸　冷 / 60

风箱记事 / 62

木　箱 / 65

那年"双抢" / 67

梦里梦外 / 72

挑着菜罐去读书 / 75

变味的书香 / 78

那年桃花笑春风 / 81

文澜书店 / 84

"代笔"的家书 / 87

给父母"搬家" / 89

父亲的小屋 / 92

故人帖 / 95

与兄书 / 103

幽暗之花 / 112

祖先、祖籍与族谱 / 118

第三辑　行畔山水

一株花与一座山 / 127

一座湖的光阴 / 130

夜宿香山 / 133

又闻蛙声 / 136

西藏，有一种体验叫"高反" / 138

沱江迷夜 / 143

最后的柏庄 / 146

浸染生命的三次感动 / 151

小城高铁梦 / 156

孝祖的村庄 / 158

泾川三题 / 161

"南茶北引"及其他 / 166

第四辑　在尘世间仰望

爱的絮语 / 171

向苦而歌 / 176

门 / 179

在浙大，聆听百年校歌 / 181

雨　殇 / 187

探秘青花瓷 / 196

先哲的跫音 / 204

走进垓下 / 213

走读淮北 / 219

古睢书院的一束光 / 227

与一代圣贤的邂逅 / 234

"阅读是写作中的一扇窗"
　　——鲁院开出的读书单 / 237

第一辑

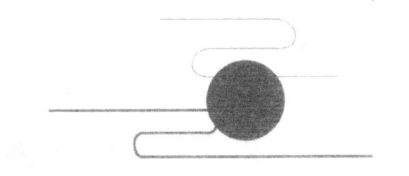

草木有声

草木村庄

无论何时谈起村庄,我都无法回避它们,那就是生长在村庄中的草木。

草,一簇簇,一丛丛,葳蕤葱茏,围拢着村庄,装扮着村庄;树,一排排,一行行,密密匝匝,簇拥着村庄,护卫着村庄。草木勾勒出村庄最初的轮廓,也在默默陪伴村庄成长。它们是村庄最原始的村民。

我不知道是先有草木后有村庄,还是先有村庄才有那些草木。我来到这个世界,草木就已经与村庄相依相伴。村庄从岁月深处走来,草木早已漫过我的头顶,我无法看到它们的源头。

草木对于村庄的意义,不是简单的依附,更不是可有可无的点缀。村庄是大地结出的一枚饱满的果实,草木便是包裹着果实不容褪去的壳。

儿时,我对村庄的依恋,对这个世界的认知,就是从一草一木开始的。村中的红花绿叶构成了我童年的世界,也染成记忆中最初的颜色。梦境中,那些总也挖不完的猪耳菜,那些开在房前屋后的喇叭花,那些挂满一串串铜钱似的榆钱树,还有爬满令人毛骨悚然不可触碰的"洋辣子"树,至今依然驱不散童年的影子。来到这个世界,是草木给了我最初的启蒙。

与草木为伴,才知道草木有草木的喜好,草木有草木的性格,如同人的秉性。一缕不起眼的巴根草,会在一个细雨蒙蒙的夜晚,任性地铺满村庄每一条小径;一根细长的柳枝,随意插进泥土里,不几天就会长出葱茏的绿叶,伸展出茁壮的枝条。还有村边地头的青草,割了一茬又一茬,似乎总在与村中牲畜的胃口赛跑。最神奇的要数那些从沟沟坎坎挖回来的杂树苗，一旦移栽到村中，似乎找到了栖身之所，开始修炼般成长，那将是村中新房的栋梁。与草木为伍，我闭上眼睛都能说出它们春天会开出什么样的花，秋天会结出什么样的果。顺着它们的气息，我就能辨别出村庄的方向，就会想起村庄熟悉的味道。

  村庄的泥土，浸泡着浓浓的烟火气息，有草木汲取不尽的养分。村庄有草木相伴，四季有了不同的色彩。

  春天里，村边的柳枝和满地的婆婆纳最先开始发芽，吐露出一年中最鲜亮的颜色，接着村中杏花、桃花、梨花竞相绽放。村庄开始摆脱一个冬季的苍白与灰暗的束缚，抖擞精神走进春天。牛犊欢叫，鸟声聒噪，村民脱去笨重的棉衣，扛起犁铧走向田野。在他们身后，一缕炊烟蹿过发青的树梢，也变得欢快袅绕。

  夏天炎炎，高大的树木用葱茏绿叶为村庄撑起一把巨大的绿伞，挡住骄阳，也赶走庄稼人的辛劳与疲倦。夜晚，树下总有纳凉人，听风吹得树叶沙沙作响，听纺织娘在草丛中不知疲倦地吟唱，如同聆听一首古老的歌谣。

  在秋季，村中低矮的花草结出一粒粒黑黝黝的种子，藏在草丛中，引得鸡鸭整天寻觅。树也开始结满各种各样的果实，有的黄澄澄，有的红彤彤，有的紫艳艳。村庄变得体态丰盈，如同一位怀着身孕的母亲。

  到了冬天，北风呼啸，树木被吹去了绿叶，赤裸身体，露出坚挺而笔直的躯干。它们依然与村庄站在一起，如同忠诚的哨兵，用一种独特的威严与冷峻，守护村庄的尊严。

  一眼难以望穿的家乡，草木如同册页，装订了村庄难忘的记忆。

  草木融入村庄四季，也融进庄稼人的生活。村中，挺拔的杉木、柏树成了新房的栋梁；木质坚硬的乌桕、梧桐被制作成了各种各样的家什；遍地的马齿苋、三叶草是猪羊爱吃的草料，就连树上飘下的树叶也被村民用作平时烧火做饭的燃料。对村民来说，一年四季生活中很少有与草木无关的东西。他们一辈子在草木间行走，草木被染成生命中最原始的颜色。他们把命运交付给村庄，也交付给草木，并在草木深处皈依。

草木与村庄，岁月风雨里也许是冥冥之中偶然相遇，却是大地上最完美、最和谐的组合。我敢说，离开草木，村庄将失去生命的底色，日子会变得黯淡无光。

（原载《经典美文·文苑》2018 年第 6 期）

脚下的春天

芳原绿野恣行事,春入遥山碧四围。对春天的追寻与赏爱,有时我们不得不佩服古人,比如,踏青。

春回大地,陌上草木返青。此时,约三五知己好友,走出深宅庭院,或短游,或远足,呼吸旷野里清新的空气,享受春风里的暖阳,双脚踩踏在地气氤氲的土地上,与花草做一次亲密的接触。一个"踏"字,道出了怎样的心境?

自古以来,人们对于春天的感悟、赏爱,方式可谓多也,吟诗、作画、歌舞,不一而足。然而,我觉得最直接、最接地气的方式还是踏青。吟诗作画,传达的是一种意象,描述的是一种境况;歌舞欢庆,分享的是一种体验,表达的是一份情感。要想真正感受春天、拥抱春天、读懂春天,还是走进陌上,走近被春风春雨濯洗的山山水水。只有亲身体验,亲身感受,身临其境,才能真正打开心灵与春天对话的窗口,体会到春天的妩媚与魅力。

踏青一词,较早见于唐代李淖的《秦中岁时记》。书中记载:"上巳(农历三月初三),赐宴曲江,都人于江头禊饮,践踏青草,谓之踏青履。"李淖所描绘的是唐代长安曲江赐宴的场景,作为朝廷一项重要的官方文化活动,显然已经包含了踏青的内容。

其实,踏青作为一项远古农耕祭祀活动,早在夏、商、周就开始流行。经过一个漫长的冬季,人们终于聆听到春天的脚步声,迎来繁忙的耕种时节。此时,来到郊野,祭祀地神,祈求风调雨顺、五谷丰登,这是祖先们一种虔诚的心愿。不难看出，此时踏青活动带有浓厚的祭祀色彩。到了秦汉，踏青成为"迎春"礼节，朝廷依然十分重视。魏晋之后，"迎春"礼节逐步淡化，踏青渐渐演变成一项郊游赏春的民俗活动。

踏，是有意识的行走和踩踏。古人云，纸上得来终觉浅，绝知此事要躬行。感悟春天，享受春光亦是如此。读百首赞美春天的诗词，不如一次沉醉于旷野山水；观百幅描绘春天的画卷，不如一次阡陌之行。大自然本身就是一幅精妙无比的画卷，真正能看懂、读懂、听懂，还是靠自己亲身体会。只有亲自踩一踩路径上的青草，你才能真正感受旷野绿色的魅力；只有亲手采摘大地上盛开的花朵，你才能嗅到时节散发出的芳香。脚下的春天总是闪现着我们无法描绘的斑斓色彩。

古人踏青，讲究季节时令。最宜踏青的时节是上巳日，也就是农历三月三。这是古人祭祀的日子，也是北方春耕春播的开始。农谚说："三月三，野菜花，赛牡丹。"此时，草木葱茏，百花吐艳，春意正浓，踏的是真正的春色，赏的自然是绝佳美景。

古人踏青，讲究雅兴。永和九年（公元353年），"书圣"王羲之与谢安、孙绰等人在会稽山阴的兰亭相聚，就踏出了不一般的情趣。这一年三月三，春日融融，芳草萋萋，"书圣"与几位诗友趁着踏青的雅兴，索性临水席地而坐，流觞宴饮，留下了千古名作《兰亭集序》。后来，曲水流觞这种踏青游戏一度成为文人墨客争相效仿的雅事。

曾经坦言"逢春不游乐，但恐是痴人"的白居易，自然对踏青情有独钟，踏青赋诗，也是他的一大嗜好。有一年，寒食节与上巳节巧遇，白居易与刘禹锡、王起三人约定，赴宴踏青，联袂赋诗。曲江水边，几位才子诗情勃发，佳句迭出。白居易率先起句："元年寒食日，上巳暮春天。鸡黍三家会，莺花二节连。"刘禹锡巧联佳句："光风初澹荡，美景渐暄妍。簪组兰亭上，车舆曲水边。"王起随声唱和："松声添奏乐，草色助铺筵。雀舫宜闲泛，螺杯任漫传。"三人就这样你来我往，连吟五诀，共同完成了六十句三百字的长诗《会昌春连宴即事》，成为诗坛流传千古的佳话。

踏青赏景，吟诗填词，成为中国诗坛一道独特的风景。

如今，踏青已成为人们在春天亲近自然，欣赏郊外美景的寻常之事。

无须曲水流觞，也未必吟诗作词，置身郊外，放飞一只风筝，或举家来一次野炊，便会情趣满满。一个"踏"字，不但引得难觅春色的城里人心旌旗摇，也让大众趋之若鹜。走进旷野，寻觅脚下的春天，不仅仅是对古老的民俗的一种传承，更是亲近自然的时尚之旅。

（原载 2019 年 5 月 17 日印尼《印华日报》）

水　草

水草的气节，颇似山中隐士，不贪世间繁华，只恋一方水泽，生得自在，活得悠然。春天来临，地面莺飞草长，花草争奇斗艳，它们却隐遁于水中，用另一种方式演绎着生命的传奇。

水草称得上是水中的精灵。春天，几场霏霏细雨落在水面，打破水面寂静，也打破一个漫长冬季沉闷与枯燥。当地面的花草开始发芽，水草也开始从水底托起细嫩的枝叶，一簇簇，一丛丛，鲜嫩葳蕤，透过水面看过去，似一团隐隐的绿。待到它们接近水面，一根根草叶便似柳条般柔曼，在水中随着水波轻轻摇曳，如含羞的少女，轻歌曼舞，娉婷多姿。待到深春，水草的颜色由浅变深，河水也被映衬得发蓝、发绿。这时，鱼儿最为得意，它们摆动着机灵的身子，在水草中穿梭，追逐游弋，像是在迷宫里游戏。傍晚或清晨，水边蛙声四起，几只矜持的蛙无意中受到惊吓，急切跃入水中，钻进密匝匝的水草丛中，搅得水草枝叶一阵颤动，水面泛起层层涟漪……有水草的地方，总是暗藏着天机不可泄露般的生机。

出生在水乡，我却不知道水草是如何在水中繁衍生长。它们依赖河塘沟岔里一方清水，一生与水相依相伴，虽然有水的呵护，却享受不到雨露的滋润、和风的爱抚和阳光的直接哺育。它们无人种植，无人培育，真正称得上无人问津，只凭着柔弱的根系与淤泥为伍，与鱼虾为伴，春生夏长，秋荣冬枯，生生不息，年复一年地在一个隐蔽的世界里演绎着寂寥轮回，延续着生命的接力。

绝大部分水草，人们叫不出它们的名字。我不知道在植物学的词典中，它们是不是压根就没有名字。

小时候，家乡河塘中水草种类繁多，有一种长有鸭舌般细长叶子的水草，分布得最广，人们称它为鸭舌草。新鲜多汁的鸭舌草是鸭子和猪喜食的美味。每到春末夏初，鸭舌草在水中长得茂密，河坝上便有人用两根细长的竹篙，伸进水中，拦腰夹住它们，然后用力搅动，连拖带拉，把它们捞上岸，弄回家中喂鸭喂猪，名曰"绞草"。被绞上来的鸭舌草有的连根拔起，有的拦腰折断。然而，过不了几天，水中的鸭舌草又奇迹般在原地蓬勃地生长起来，重新摇曳着柔软的身姿，在水中悠然漂动。我不知道这么脆弱的水生植物为何有如此顽强的生命力。

离开家乡多年，儿时许多熟悉的景物在记忆里渐渐消失，而水草依然时常漂动在梦境中。所以，每年春天回家乡，我都会特意赶到儿时常去的河坝上、水塘边，去看一看，瞧瞧那里的水草。然而，近年来，家乡河塘水污染日趋严重，水草也越来越稀少，在许多水域已经寻觅不到它们的踪影。往日悠然自得的水中精灵，如今正面临着一场灭顶的劫难。失去水草的河塘也失去了往日的生机，变成一潭死水。顺着河塘一眼望去，白花花的水面悬浮着类似泡沫的悬浮物，空洞地映照着天空，没有一点色彩。水边偶尔传来几声孱弱的蛙声，似乎在诉说着对水草的怀念，让人徒增感慨。

曾经读过一首《水草》的小诗。诗中这样写道：

生在水里

是一生的选择

长在水中

是一世的缠绵

河水能冲掉岩石的棱角

却冲不走对你无言的依恋……

依恋是一种互爱互存，是自然万物和谐共生的法则，如同人们依恋清新的空气、碧绿的蓝天。

水草无名，它们隐士般在一方水域默默地生存，人们可以漠视它们的生长，但不能忽视它们的存在。我想，一旦失去它们，失去的不仅仅是一方水域的生机，还有故乡春天难以重现的梦境与色彩。

（原载 2016 年 10 月 8 日《解放军报》，入选 2016 年《中国当代文艺名家名作金榜集》）

青豆青，黄豆黄

秋天的田野很张扬，到处炫耀着它诱人的成熟，飘香的瓜果、金灿灿的稻穗、咧开嘴的棉桃……而我却对田埂边几棵大豆看得入迷：密密匝匝的豆枝上挂满了饱满的豆荚，透过稀疏的豆叶时隐时现，不时发出沙沙细微的声响，像是互相说着悄悄话，又像是和秋风捉迷藏。

大豆是谷类中的精品，是秋天丰收的田野里不可或缺的成员，这一点古人似乎早有认知。繁体的丰字，上部是尖尖的麦芒，下部就是豆字支撑。秋天的田野缺少大豆的参与，也许就算不上一个完美的收获季节。

在我家乡水乡江南，大豆有两个最常见的品种，一种豆粒饱满，颗粒硕大，绿色中似乎泛着青光，称作青豆；一种豆粒圆润，小巧精致，成熟后黄灿灿的颜色如同天工染成，称作黄豆。它们在步入成熟期可供人们食用，毛茸茸的绿色豆荚包裹着鲜嫩的豆粒。所以，人们对它们又有一个颇具亲昵的称呼——毛豆。毛豆的美味曾经伴随我度过一段难忘的时光。

江南土地肥沃而湿润，主宰这里的一直都是水稻。在食不果腹的年代，水稻作为主要粮食作物，其统治地位是任何其他作物都难以撼动的。大豆再是精品美食，也敌不过水稻，似乎命运注定它只能偏居一隅，在地角、在沟边、在被杂草覆盖的田埂旁，才有它的立身之地，才难得觅见它的身影。

春末夏初，几场雨过后，蜿蜒在稻田里的田埂蓄足了水分。母亲便摸索着从房梁上取下那些没有舍得动用的豆种，带到田埂旁，用锋利的铲子把它们送到湿润的土地里。这些连同母亲的希望一同被种下的豆种，不几天就会神奇地长出两瓣肉乎乎的豆苗，如同从土地里伸出两只嫩嫩的小手，向天空托起生命的祈求与希望。在接下来的日子里，这些细嫩的豆苗要同身旁的杂草展开一场殊死的生命竞争与接力。

田埂地头是杂草滋生横行的天下，一些叫不出名字的杂草以其群势力量与野性扩张试图对刚刚出土的豆苗展开围攻。好在这些豆苗有母亲的呵护。母亲隔三岔五就要来清理一次，锄去那些围攻的杂草。在母亲充满怜爱的目光中，长在田埂旁的豆苗渐渐让那些杂草刮目相看了。青绿色的枝干开始拔节分杈，碧绿的豆叶舒展出生命的活力，过不了多久，一朵朵乳白色的小花如同夏夜萤火虫般落在豆枝上。大豆开花，母亲是不让我们细看的。母亲说，豆花怕羞，看落了就不结豆荚了。其实，她是怕馋嘴的孩子们碰落了豆花，影响大豆生长。等到大豆结荚，豆粒饱满得似乎要从豆荚中蹦出来时，她才犹犹豫豫拔出几棵带回家，给我们解馋。我和弟弟妹妹们在惊喜中，吃上新鲜的毛豆了。

有一段时间，我甚至认为新鲜的毛豆是天下最美味的菜肴。餐桌上一年四季都是腌制的咸菜——说是菜，其实就是吃饭时嘴里增加一点咸味罢了。新鲜的毛豆一上桌，如同一道亮丽的风景，让人垂涎欲滴。母亲掰毛豆十分细心，就连豆粒上白绒绒的豆衣也舍不得丢弃，一同下锅蒸炒。母亲说，豆衣能起鲜味。果然，新鲜的毛豆无论蒸汤还是清炒，稍加油盐，都有一种夺人味蕾的美味。母亲掰毛豆时，脸上挂着满足的微笑，有时高兴还会哼上一段不知名的小曲："青豆青，黄豆黄，青豆蒸碗汤，黄豆磨豆浆……"

这种美味解馋的日子会随着母亲一声无奈的叹息戛然而止。田埂上种的毛豆就那么几垄。用母亲的话说，拔一棵，少一棵。再好的美味只能打打牙祭，不可能由着我们吃。重要的是，等到毛豆完全成熟变成大豆时，还要派上别的用场。

那一年，田埂上的豆叶开始由绿变黄，像一块涂着颜色的布料诗意地搭配在田地间。我告别了熟悉的村庄，去了十几里外的镇上读高中。伴随我去学校的除了对未来懵懵懂懂的憧憬，还有肩上一副担子，一头挑着书，一头挑着米和菜。学校离家远，买不起学校食堂出售的饭菜，平时吃的只能从家里带。到了学校,打开沉甸甸的菜罐子时,发现母亲给我备的菜,除了常吃的咸菜外,还有些许香喷喷的豆子,尽管豆粒很少,却改变了咸菜的味道,也增加了营养。在镇上读高中的学生几乎都是来自农村,带来的菜大多数和我一样——咸菜烧豆子,只是咸菜中的豆子有多有少。豆子变成衡量家境的一种标志。晚上,下了晚自习回到宿舍,肚子饿得咕咕叫,同宿舍的同学就把各自带来的菜端出来,就着白开水当作零食吃。结果是,谁的咸菜里的豆子多,谁的先被抢吃一空。

到了冬天,同学们带来的咸菜里的豆子越来越少。我的咸菜里也难觅那黄灿灿的踪影。我能想象到母亲为我准备菜时为难的情形。年关就要到了,有限的豆子除了要送去打豆浆、磨豆腐,还要给明年留下一些种子。毕竟,明年的春天,田埂上不能少了大豆的身影。

时光匆匆,如今,大豆不再是餐桌上稀罕的菜肴了,我们再也不会为了几粒豆子而争抢。只是每到秋天,我还是要到田野里去看看那些成熟的大豆,看看它们用摇曳的身姿渲染着秋天丰收的景象。看到它们,我似乎才能感受到一个丰收季节最朴素、最真切的描绘与叙述。

(原载 2014 年 12 月 8 日《淮北日报》)

故乡的巴根草

在我家乡江南水乡的青草家族中，有一种草身材特别矮小，几乎是贴着地皮生长，纤细的草叶像针尖似的，看上去弱不禁风。然而，它却有着极强的生命力和繁殖力。只要有泥土的地方，它就会繁衍生长；只要在阳光下，它都是绿油油生机一片。它有一个顾名思义的名字——巴根草。

巴根草生长的秘密在它的根系。盘根错节的根系如同在土地上织起一张密集的网，借助这张网，青紫色的根茎紧贴着地面，如藤蔓般四处扩张。它们不嫌身下土地贫瘠，也不管是置身于沙砾或顽石之间，只要有一点泥土，它们就把长长的根茎如爪子般深深扎进去。历经岁月的风雨，巴根草练就了一种极强的生命力，几乎割不尽、铲不完。刚刚被割得寸茬不留的草根，在一场春雨过后，又会从田边、地头争先恐后地露出密集细嫩的枝芽，要不了几天工夫，就会一丛丛、一簇簇，葳蕤生长。

巴根草虽然矮小，然而却以极强的生命力成为青草家族中不可小觑的一类。在贫困的年代，它更以一种特殊的用途，令家乡人对它刮目相看。

春天，第一场春雨夹带着料峭的寒意刚过，其他青草还不见踪影，巴根草已经齐刷刷从泥土中钻出来。家中吃了一个冬天枯草的老水牛见了巴根草，如同饥肠辘辘的人遇到了大餐，两只硕大的牛眼流露出贪婪的目光。尽管巴根草草身很短，老水牛啃起来却津津有味。至今，老水牛啃巴根草的那种有节奏的声响还清晰地留在我的记忆中。

贫穷的年头最怕闹春荒。有一年春天，村中不仅家家缺粮，平时生火做饭的柴草也紧缺。为了解决烧火做饭的难题,村中人的目光在空旷的田野搜索了一遍后,最终落在巴根草身上。巴根草虽然矮小,但根系发达,晒干后极容易燃烧。那年春天,我和弟弟每天天不亮便挑着箩筐去挖巴根草。巴根草不像其他青草容易割,需要用铲子连根铲起。将铲起的巴根草拍打掉粘在根部的泥土,再放到太阳下晒干,就能当烧火做饭的燃料。由于家家户户都缺烧的,一时间,田埂边、沟渠旁、荒滩上的巴根草几乎都被挖尽了。有时挖不到巴根草,我和弟弟挑着空空的箩筐回家,沮丧的心情比晒干的草茎还要蔫。好多年过去了,我还在痴痴地想,那一年如果不是巴根草,真不知道怎样度过那个苦涩的春荒。

  如今,巴根草依然年复一年在家乡田埂边、地头、道路旁无声无息地生长,只是人们再也不需要用它们去喂牛,更不需要用它们当生火做饭的燃料。然而,每当看到它们,我的心中还是油然而生一种敬意。这些看似弱小的精灵,没有其他青草修长的身躯,也开不出诱人的花朵,却有一种超强的生命力,历经酷夏严冬,任凭风吹雨打,默默繁衍生长,以一抹属于自己的色彩,在大地上书写着生命的诗篇。

(原载 2017 年 4 月 7 日《解放军报》)

有一种美食叫芡实

一粒种子落入泥土，生长出一片葱茏，这是大自然的奇妙；一株柔弱的植物，以浑身芒刺防御不测，防身护体，这是物种造化的神奇。在江南水乡，芡实以它特有的防身术抵御外来侵袭，生生不息，演绎着物种的传奇；以它别具一格的甜美果实，赢得人们青睐，书写着水乡美味的诱惑。

每到春天来临，水乡纵横交错的河湖沟汊似乎成了各种水生植物竞技的舞台，娉婷的荷叶、疯长的芦苇、星星点点的浮萍，还有深藏不露的水草，一个个竞相争夺着每一寸水土。这其中，常有一种形似荷叶、浑身上下长满尖刺的野生绿色植物漂浮在清水涟漪之中，这便是芡实。

芡实，俗称鸡头米，也称菱芡，是一种古老的水生植物，早在《周礼》中就有记载。《说文》载："芡，北燕谓之䓈，青、徐、淮、泗之间谓之芡，或谓之鸡头。"杜甫诗云："况资菱芡足，庶结茅茨迥。"宋人虞俦吟诵："秋风一熟平湖芡，满市明珠如土贱。"可见，到了唐宋，芡实已经是十分寻常的食物了。

历经岁月的进化，芡实以刺防身。宽大的叶瓣紧贴水面生长，看似温情脉脉的绿叶，却暗藏玄机。叶脉上，一根根细小的尖刺如同露头的钢针，锋利无比。细细的叶茎上下也都是刺。等到鸡头般的果实长出来时，更像一个带刺的球，傲然伫立在水中。水生植物往往是鸭子、鱼儿的美食。面对浑身是刺的芡实，鸭子只好退避三舍，鱼儿也只能在它的周边来回游弋。物竞天择，在严酷的生存环境中，芡实以如此利器应对深潭水泽中的种种杀机，令人惊叹。

芡实令人望而生畏，却是我们童年难得的美食。在我们眼中，一望无际的水域令人畏惧，也隐藏着无穷的诱惑，采食芡实，就是一项充满诱惑的挑战。童年时光，挑战往往伴随着难以形容的快乐在心中滋长。

夏天是芡实成熟的季节。对于水乡孩子们而言，哪片水域有芡实、哪里芡实要成熟了，早已摸得一清二楚。酷夏的烈日挡不住一群馋嘴孩子的热情。当一颗颗饱满如拳头般大小的芡实在水中时隐时现时，我们便按捺不住性子了，下河采摘芡实，成为一桩放不下的心事。

芡实最难对付的是它浑身上下的刺，尖锐、锋利，一不小心被它刺到，不仅疼痛难忍，伤口还难以愈合。因此采摘芡实不能莽撞硬来，只能小心翼翼智取。每次采摘，我们先摸索着下到水中，然后一个猛子扎下去，慢慢靠近它，再用脚从它的根部踩出一个缺口，慢慢松动它的根须，直到它的根部完全离开淤泥。失去根基的芡实变得头重脚轻，连根带叶浮到水面。这时，抓住它的根须，再将它慢慢拖上岸。

出水的芡实虽然如同战场上败下阵的斗士，但此时它依然张牙舞爪，不可触碰。对付它的办法，只有把它放在太阳下暴晒。一个晌午，芡实浑身上下坚硬的刺便一根根蔫下来，此时摘下果实，剥开它，取出鸡头米，便是轻而易举的事了。

芡实的果实形状像鸡头，大小如石榴，剥开外皮，饱满结实的果实一层层均匀分布在肉囊中，如石榴籽一样晶莹剔透。芡实食之绵软甘甜，有的还有淡淡的奶油味。那是一种特殊的味道，也是印刻在记忆中水乡的味道。除了芡实的籽，芡实的梗子剥掉带刺的皮，露出洁白如玉的身段，切成段，炒着吃，也是一道地道的水乡美食。

"湖边谁摘芡，轻度藕花风。贪得鸿头去，惊他雁序空。"宋人许及之的《芡曲》描绘了采摘芡实的快乐和情趣，似乎就是我们儿时的写照。

离开家乡，水乡许多水生植物在记忆中如同水中的波纹荡漾开去，渐渐遗忘，芡实却久久留在记忆之中。我不知道是它的神奇，还是它的美味，让我难以忘怀，多少次梦见家乡那一片水泽，依然有成片的芡实葳蕤生长……

（原载 2017 年 7 月 23 日《合肥晚报》）

与草为伍

确切地说,我认识田边的青草,比认识地里的庄稼还要早。

儿时,田边地头是戏耍的天堂,脚下踩的、眼里看的、手中玩的,几乎全是草儿。累了,趴在青草上休息,青草如同母亲精心缝洗的柔软被褥;困了,躺在青草之上,伴着草儿的清香不知不觉就进入梦乡;馋了,拔一根青草,在嘴里咀嚼,有一种甜丝丝的味道。青草织就了我童年温柔的襁褓。

庄稼地就在眼前,那是父母的作业本。一年四季,他们以锄当笔,在上面涂抹着不同的色彩,收获养家糊口的希望。或许是担心不谙世事的孩童糟蹋,父母是轻易不让我们几个孩子下地的。因此,在很长的时间内,我分不清麦苗与秧苗的区别,看不出籼稻与粳稻叶脉的微妙变化。我们只能与青草为伍,与青草为伴。冬去春来,青草青了又黄,黄了又青,草色变化,见证了我们一天天成长。

田边长大的孩子,过了撒娇偷懒的年龄,就要帮衬家里干活,最适宜的事便是放牛割草。因此,识别青草成了我们儿时必过的头一关。慢慢地,我识别了绿叶的铁杆青、粗叶的猪儿菜、细长苇叶草,当然,更多的是一些叫不出名字的青草。它们默默在田边地头生长,也许压根就没有名字。

与草为伍,渐渐知晓了它们的习性。看似柔弱的青草,似乎有一种不可思议的力量,无论在田边、地头,还是在沟沟坎坎,总是割烧不绝。

田地里土壤肥沃,墒情好,自然招惹青草的觊觎,伺机溜进地里,与庄稼争抢地盘。如果说,庄稼苗是父母眼中呵护有加的乖宝宝,青草就是无人管教的野孩子。只要它们在地里一露头,便被整天在地里的父母毫不留情地锄去。也许是有太强大的生命力,它们总是在父母眼皮底下捉迷藏,这边被铲掉,那边又长起来。还有那些田边被割得寸苴不留的青草,一场春雨之后,不久就会冒出细嫩的枝芽,一丛丛、一簇簇,两三天就会葳蕤一片。只要有泥土的地方,就会有青草纤细倔强的身影;只要有阳光的地方,它们就会生机勃勃。

草,通常被庄稼人另眼相看,在生活中却是不可或缺的。那年冬天,家中的老水牛瘦得皮包骨头,原来四只蹄子走起路来虎虎生风的它现在居然摇摇晃晃。牛是农家人的劳力,是耕地、播种、收割不可缺少的帮手。春天一到,父亲就吩咐我,赶紧牵着它去田边吃草。老水牛来到这里,如同赴一场盛宴,吃得连头都不愿抬,每次都把肚子撑得像一口倒扣的锅。我叫不出那些杂草的名字,但我闭上眼睛就能说出它们叶片的形状,熟悉它们开出的每一朵花的色彩和芳香。我不担心杂草会被牛吃完,因为头一天被牛吃得跟剃头似的,第二天它们又会生长出来。一个春天,老水牛的身体渐渐变得膘肥体壮,等到耕地时,如同出征的健将,劲头十足奔向田野。

鲜嫩的青草不仅是牛的最爱,也是猪羊的饲料来源。那时,家中饲养了两头肥猪,喂的一半是糟糠,一半是青草。与牛不同,猪吃的青草比较挑剔,专拣有浆汁的嫩草吃。有一种叫猪娃菜的青草是它们的最爱。每到春天,猪娃菜沿着油菜地的沟垄,一个劲地与油菜苗争夺地盘,它们便是我和村中一群小伙伴打猪草首选的对象。在学校放学之后,我们便拿着镰刀,挎起竹篮,一头扎进地里,如同完成一道特殊的家庭作业。我们常常一边打猪草,一边嬉笑打闹,比谁打得多,谁打得嫩,谁打的草质好。打完一篮猪草,男孩子开始打斗游戏,女孩子围在一旁起哄看热闹,高兴的时候,也有人唱起刚学的歌。一曲《打猪草》飘荡在田野里,演绎着童年无尽的欢乐。

有一年闹春荒,家中不仅缺粮,连平时烧火做饭的稻草也紧缺,许多人打起青草的主意,把它们割回来晒干充当燃料。我和弟弟每天天不亮便挑着箩筐去割草。由于家家户户都缺烧的,田边地头、沟沟坎坎旁的青草几乎都被割尽了。看着空空荡荡的田边地头,真想那些平时铺天盖地的青草一下子冒出来，长满乡村和田边地头每一个角落。后来找不到高一些的青草，我们就去挖巴根草。这种草特别矮小，紧贴着地面生长，挖起来特别费力。挖回来的巴根草，还没有被晒枯，就被填到锅膛里。

青草年复一年在家乡田边地头无声无息地生长。这些天地间生生不息的精灵，靠着一粒籽、一根茎，甚至一片叶子，任凭风吹雨打，以一种不屈的精神，诠释一种生命的赞歌。

（原载 2019 年 4 月 21 日《合肥晚报》）

在春天里读诗

　　一首歌，如果有激情相伴，会唱出别样的婉转；一首诗，如果在春天里诵读，会读出不一样的情怀。这是一个普通的日子，3月21日，却因为被定为"世界诗歌日"而赋予了特有的诗意。这是乡村偏僻的一隅，一方净土，几株桃花，因为它是世界诗歌日沙龙的一个分会场，因而别开生面，诗意盎然。这是一群普通人，他们相约而至，不为别的，只为在这个明媚的春天里，为你读诗。

　　翻开人类文明史册，诗是一个充满浪漫与温情的字眼，它所包含的情愫，它所激发的热情，它延伸在文化精髓里的轨迹，已不是几个字母和一个方方正正的汉字所能涵盖。从《诗经》飘荡出的古韵，到唐宋天穹中群星璀璨；从拜伦雪莱激情咏叹，到泰戈尔惠特曼浅唱低吟，诗歌早已穿越浩渺的时空，跨过地域国界，跨过不同肤色民族，跨越高山大海，成为与人类相依相伴的一份大美至爱，一份无法割舍的情怀。

　　曾几何时，我们却对诗歌望而却步了，对它多情的面孔变得陌生了。一群自诩为诗人的诗人，用佶屈聱牙的字句堆砌成一篇不知所云分行奇文，然后贴上诸如"先锋派""新潮流"之类的标签，让原本自然流淌的情愫，变成一堆文字僵尸，甚至把诗人这顶神圣的桂冠，变成时下可悲的"你才是诗人"的戏谑！诗人一旦逃离了生活，淡出人们的视线，就会跌入自己挖掘的陷阱。诗歌的激情在泯灭，诗歌的价值在缩水，真正的诗人在流泪。读诗也成为一份奢侈的梦想。

然而，生活还是离不开诗歌，诗歌也不会离开人们的生活。为你读诗——一场跨越时空的热情在脚下这块土地上萌动，一场别开生面的歌咏演绎着接力与传承。从街头播放爵士鼓乐的城市，到飘荡山歌俚语的乡村；从书声琅琅的校园，到氤氲飘香的山庄茶社。为你读诗，这份自发的热情如同春风吹拂的小草，在萌动，在发青，在不经意中跃入人们的视野，如昨夜一场绵绵春雨撩拨着人们的情怀。诗歌在期盼中回归，诗情在无声中激荡。在这个春天里，为你读诗，成为最朴实，却又是最浪漫的誓言。

为你读诗，这一方小小的舞台不一定在诗人故乡。它朴实，台上没有华丽的装饰，如同一首平凡的诗句；它坦诚，只为诗歌咏唱，只为爱诗而来；它渺小，也许你明天就会在行色匆匆的脚步中把它遗忘；它博大，定格在时光的背影里，为一份珍贵的记忆镀上一抹永不褪色的色彩。

为你读诗，走上歌咏舞台的不一定是诗人。他们当中，也许是两鬓染霜的老人，也许是稚气未脱的孩童；也许是刚放下书包的学子，也许是才走出厨房的姐妹。他们身份各异，却怀有一份对诗歌相同的虔诚与热爱。他们没有炫耀的头衔，没有深奥的诗词理论，有的只是一份真情，一份执着，一份热爱。他们从四面八方来到这里，只为一份纯真美好的愿望，为你朗读最朴实、最精彩，也是自己最喜爱的诗篇！

一位现场的诗人说得好，让我每天为你读五分钟的诗吧，如果你没有时间，就让我每周为你读五分钟诗；如果你还没有时间，就让我每月，至少每年为你读五分钟的诗。这或许就是世界诗歌日沙龙设立的初衷。缺少诗的生活，再美好的日子都会失去色彩。

在春天里为你读诗，春天原本就是大自然一部色彩斑斓的诗集。在春天里为你读诗，诗与春的相遇，春与诗的交融，共同为生活勾勒出一抹迷人的色彩。在春天里为你读诗，那一句句朴实的诗句，是跳动在这个春天里最美妙、最动人的音符。

注：3月21日是联合国教科文组织设立的世界诗歌日。当日，全世界有多个分会场同时举行诗歌朗诵活动。

（原载2016年3月28日《中国煤炭报》）

凉荫地

从家中到单位，步行大约有半个小时的路程，我熟悉沿途每一棵树。不是对树木有什么特别的喜好或研究，而是在烈日炎炎的夏日，它们给我提供了一片舒适、凉爽的凉荫地。

我居住的这座城市，沿街的行道树多半是梧桐和香樟，也间杂着一些国槐、侧柏和泡桐。梧桐的叶子宽大，每一片叶子如同伸出来的手掌，枝丫一律向四周伸展，似乎要抢占更高更远的天空。香樟亭亭玉立，四季常青，夏天的叶子更加浓密，颜色也更深更绿，好像风一吹就能流下绿汁似的。曾经有一种说法，香樟喜温好湿，理论上生长的地域不超过淮河。而如今，在这座位于淮河以北的城市，它们俨然成了街面行道树的主角，以一种旺盛的长势，颠覆了它的地域生长理论。国槐、侧柏和泡桐不是很多，零零散散地分布在大街小巷，如同树木中的小兄弟，是这个城市树木家族中为数不多的成员。

树，是大自然最直观的景观。在车水马龙、嘈杂的城市，它们更是不可或缺的装饰和屏障。街道两旁，树手拉手，肩并肩，组成一道绿色长廊，不仅装扮了城市的容颜，也给城市增添了一抹最生动、最鲜活的色彩。

当然，我最感怀的还是这些树木投下的一片片浓荫。夏天，稠密的浓荫交织相连，如同在街道两旁搭建了一条绿色通道，不仅将炎炎烈日阻挡在头顶之上，也消弭了被暑气煽动起来的燥热和喧嚣，为行人营造出一块宁静、舒适的空间。走在凉荫地里，人们似乎每一个毛孔都可以打开，自由呼吸浓浓的绿意和难得的清凉。浓荫成为烈日下小憩的驿站，它让燥热的气氛变得平和而安逸，让行人的步履变得闲适而轻松，也让城市变得立体而丰盈。

　　每天上下班，途经凉荫地应该是我一天中最惬意的时光。走在凉荫地里，你可以疾走，也可以漫步；可以抬头欣赏街道两旁的风景，也可以低头想自己的心事。迎面不时吹来徐徐凉风，吹得枝丫摇曳，树叶如吟唱般沙沙作响，几缕阳光从树叶的缝隙中漏下来，洒下的光影如同细碎的银子散落在地上。脚踩在这些斑驳的光影上，恍惚让人感觉不是身处闹市之中，而是置身于一个童话的世界。虽然没有"树荫满地日当午，梦觉流莺时一声"的意境，却有"芳菲歇去何须恨，夏木阴阴正可人"的惊喜。

　　因为享受这片难得的阴凉，我常常对那些树木投以敬佩的目光。它们或高或矮，或粗或细，或直或斜，各具形态，构成一个立体画面。在这个钢筋水泥主宰的世界，它们将根扎进有限的土壤里，将身躯置身于闹市之中。我想，它们一定比田野、比山岗那些树木生长得更艰难。狭窄的生存空间没有扼杀和挡住它们本能的生长习性，身边没有花草陪伴，枝头没有鸟儿欢唱，它们依然舒展着枝丫，努力活出自己的精彩。

　　小城人喜欢把凉荫地说成是凉荫地儿，语气中有着一份别样的亲近，也毫不掩饰一份由衷的喜爱。

　　凉荫地里，晨练的人们悠闲地打着太极。因为头顶一片浓荫，即便是置身于炎热夏季的街头，他们也能气定神闲，一招一式，流露出淡定与从容。一些读报的老人喜欢在早晨或者傍晚坐在凉荫地的长椅上，专心致志地读报。我从没留意过他们读的是什么报，也不知道他们爱读什么样的内容，但写在他们脸上的那份专注，让人顿生一份宁静。从菜市场归来的大妈爱坐在凉荫地里一边聊天，一边掐着菜篮子里新鲜的蔬菜。大街上车水马龙似乎与她们无关，这个夏天的炎热与她们无关，她们手中如同掐着一段闲适的时光。

　　前人栽树，后人乘凉。我们也许不曾记得那些栽树的前人，但每天都在享受着这一片浓浓的绿荫，并与树木一道，见证脚下这座城市成长。

（原载 2018 年 8 月 2 日《淮北日报》）

遇见秋葵

第一次见到秋葵,是在小城秋日里的菜市场。在摆满黄瓜、辣椒、茄子的菜摊上,猛然看见一堆辣椒不像辣椒,黄瓜不像黄瓜的稀罕物,有棱、带尖、模样怪怪的,看上去新鲜、青嫩,摆在菜摊显眼处,像是刚上市的招牌菜。我正瞅得出神,一位提着菜篮的老伯似乎看到我的疑惑,一边弯下腰挑选起来,一边说:"哦,秋葵上市了,这可是好东西呢!"

秋葵——我在脑海中迅速搜寻这个带有特殊季节符号的名字,好像在餐桌上不止一次遇见过,一种切成瓣状后带有密集籽粒和丝丝黏液的一道菜肴,因为没有过分留意,所以印象并不深刻。儿时,在故乡江南水乡的菜地里,母亲一年四季变魔法似的种着各种各样蔬菜瓜果,但从来没有见过这种植物的身影。很长时间,我对秋葵是陌生的。

食物总是与人们的生活息息相关,直观反映出生活的变化。如今,物质充盈,食材种类繁多,人们的舌尖也变得越来越苛刻,越来越挑剔,厌倦了大鱼大肉的菜品,转而青睐清淡一类的素食菜肴。餐桌上,过去难得一见的秋葵渐渐多了起来,凉拌、清炒、油炸,甚至煲汤,吃法越来越多。与那些色泽浓郁、麻辣香鲜的大菜相比,秋葵凭借清淡素雅,吸引眼球的功夫似乎毫不逊色。这让我想起"舌尖上的中国",这个央视美食金牌栏目曾经用"探秘一种神奇的物种"来介绍秋葵,并宣称:"这种神秘的物种正以火箭一般的速度蹿红我们的餐桌。"

秋葵蹿红,成为蔬菜中的"新贵"、舌尖上的"新宠",当然不仅仅是它的清淡和美味，更被人们看中的是它的保健和药用价值。据说，秋葵除了含有丰富的维生素，还含有果胶、黄酮和牛乳聚糖，不仅具有助消化、强肾补虚、美容养颜的功效，还有防癌抗癌的作用。一次饭局上，当一盘色泽清爽的清炒秋葵端上来时，大家一边争相品尝，一边津津乐道推介它的保健功能，似乎端上来的不是一道菜肴，而是一款保健秘籍。

其实，在中国药典中，对秋葵早有记载，人们食用并发现它的药用价值可以追溯到周代。明代李时珍在他的《本草纲目》中，称秋葵为补肾草，不仅对秋葵的形状、生长特征等有细致的描绘，对它的药用价值也有详细介绍。

读中国古代诗画，忽然发现，秋葵还是历代诗人画家歌咏和描绘的对象。宋代大文豪苏轼就曾经对秋葵深情赞叹："低昂黄金杯，照耀初日光。檀心自成晕，翠叶森有芒。"在诗人的笔下，秋天日光照耀，秋葵黄花初绽，宛如黄金杯一般精美。而他的学生宋代太学博士陈师道也有吟咏秋葵的佳作："炎艳秋来故改妆，薄罗闲淡试鹅黄。倾城别有檀心在，依倚西风送夕阳。"在陈师道眼中，秋葵成为圣洁女子，在西风斜阳中痴痴等待情人归来。

画家笔下的秋葵，除了展示秋葵别样的美，有的还被赋予更深的含义。扬州八怪之一的李鱓早年入宫成为康熙帝御用画师时，闻知族弟患病，便在扇面上画了一株秋葵，作为探望赠送的礼物。一幅《秋葵诗意图》借助秋葵入药治病之意，为族弟祛病祈福，如今已成为故宫博物院稀世之宝。后来李鱓遭遇被贬之后二度进宫，又特地画了一幅《秋葵图》，并题词："到头不信君恩薄，犹是倾心向太阳。"借助秋葵花朵向阳的特性，表达对再次启用他的雍正皇帝感激之情。

神奇的物性，又有别具一格的芳姿，秋葵入诗入画，似乎是一种必然。只是长期以来我们一度忽视了它。如今，它再度归来，不仅让餐桌变得更加丰盛，也预示着我们饮食品位在渐渐改变。

也是一个秋风习习的秋日，去乡下，经过一片菜地。地里有一大片长势旺盛、半人多高的秋葵。这是我第一次看到生长在地里的秋葵。淡红色的秸秆上伸展出一片片巴掌大小肥厚的叶片，看上去如同蓖麻。秋葵的果实是从叶腋处长出来的，有的头顶的花瓣刚刚谢落，露出细嫩的果实；有的已经成熟，棱角分明。一阵风吹过菜地，枝叶连同果实轻轻摇曳。环视周围，田野菜地里，其他瓜果蔬菜经不住秋风秋雨的吹打，早已没有震颤的花枝，也难觅婆娑的绿叶，显露出颓败的痕迹，唯有秋葵，依然生机勃勃。

秋风渐凉，大地已有落寞之意，与秋葵相遇，顿觉秋色依然丰饶。

（原载 2019 年 9 月 3 日《安徽日报》农村版）

湿地芦花

有一种美,看似苍凉,却动人心魄。

深秋,正是芦花盛开的时节。洪泽湖畔一枝枝芦花在秋阳下舞动着白色的花絮,如笔如炬,如旗如帜。放眼望去,茫茫银白,一阵风吹,犹如海面突起波涛,翻卷着层层白色细浪,潮涌般涌向远方。洪泽芦花用一种特殊的方式演绎着苍凉的秋意,也用一种特有的气势给人们留下深深震撼。

秋风阵阵,大自然褪去浓妆,似乎要走向返璞归真的本色。洪泽湖艳丽的花草已不见了踪影,碧绿连天的荷塘结束了一个盛夏的喧嚣,静静的水面只剩下残枝枯叶,就连那些调皮的水鸟也追随着季节的脚步,飞向远方。只有成片的芦花,用一种特有的格调,恣肆开放,续写着大自然走向深秋的乐章。

芦苇是自然界中一种普通的水生植物,伴水而生,随风而长。在水乡泽国的洪泽湖,它们似乎找到最宜生长的水土,在湖边、在河汊、在滩涂,一丛丛、一簇簇、一片片,葳蕤生长。春天,它们露出如竹笋般纤细的身影,静静映现在水边;夏天,它们舒展着婆娑绿叶,却不与百花争宠;只有在深秋,百花凋零,万木枯萎,由绿变黄的芦秆上才开始抽出细碎的花穗。而一旦绽放,它们便轰轰烈烈,用一种独特的苍茫点缀着秋色。

芦花花蕊细碎,看上去平凡而简洁。它们没有姹紫嫣红的容颜,也没有芳香四溢的香味,只有蓬松的花束,素面朝天,如拂尘、似鹤羽,摇曳在平湖云水之间,遍布湿地每一个角落。它们虽然贵为花身,却用一种野性,傲视瑟瑟寒风；用一种坦然，接受秋风冷雨的检阅；用一种恣意，在萧杀的季节，描绘着天地间别样的壮美。

其实，芦花的苍凉诗意早已走进古人的视野。"蒹葭苍苍，白露为霜。所谓伊人，在水一方。"《诗经》中，深秋芦花的洁白与恋人纯洁的情感，化作一份绵绵不绝的思念，隔水相望，顾盼惆怅。这种大爱大美，千百年来立于天地之间，虽然称不上感天动地，却让多少人惦记怀想，向那芦花深处、水岸一方，投去惊鸿一瞥。

走进湿地芦花，除了一份震撼，一份感动，还有一份温暖。伸手触摸细碎的芦花花絮，那是一份细腻柔和的美感，轻柔似棉，温润如玉。正是这份柔美的品性，在洪泽湖，过去每到冬天来临，人们便会去湖边采集它们，用来制作一种特殊的御寒鞋子，俗称"毛窝"。"毛窝"用芦花的细穗编织而成，虽然外表粗陋，穿起来却暖和无比。这也许是藐视寒风的芦花在冬天给人们一份特别的馈赠吧。

"十分秋色无人管，半属芦花半蓼花。"元人黄庚对芦花秋色的感叹，今天读来，依然能读出几许遗憾，几许惆怅。如今，芦花灿然依旧，只是，它不再无人问津，无人赏识，它像一张亮丽的名片，展示着洪泽湖湿地别样的秋色，也静静书写着一份大自然的礼赞。

（原载 2016 年 1 月 8 日《安徽日报》）

葡萄风情入窗来

立秋刚过，朋友便打来电话询问："你阳台上种的葡萄熟了吗？"

阳台是我所在单位办公室窗前一处不大的露天晒台。此时，透过窗户望过去，一串串紫中透红、晶莹剔透的葡萄，有的吊挂在葡萄架下，有的掩映在绿叶丛中，在阳光下正透露出成熟的诱惑。

阳台上的葡萄已经种了好几年了。阳台并不大，靠近角落处有一池半尺厚的泥土。春天，当我第一次看到近似枯萎的藤蔓上露出几个粉红色的苞芽时，我在心中暗自思忖，这一撮土能供养它们生长出枝叶、开花结果吗？在以后的日子里，这株葡萄却以令我难以置信的速度，繁衍出一根根枝蔓，长出一片片绿叶，爬上简易的葡萄架，兀自在小小的阳台上葳蕤生长。待到阳光普照的初夏，葡萄枝蔓已经爬满了整个阳台，宽厚的叶子绿意盎然，显露出一片勃勃生机了。平时暴露在阳光下的阳台，似乎被搭建起一个绿色的凉棚，成了我窗前一处惬意的风景。

葡萄的果实是跟随着藤蔓和枝叶一同生长的。刚开始，新长出的枝蔓上露出密集细碎的米黄色小花，待到花蕾脱落之后，一串串鱼子般大小果实便密匝匝地显露出来，吊挂在绿色的枝蔓上，这便是葡萄果实最初的雏形。此后，葡萄的颗粒似乎跟随着阳光的脚步，一天天变大，一天比一天饱满结实。

我在享受窗外这处独特风景之余，还是担心葡萄的生长。阳台不是田地，有限的土壤难以给它们提供充足的养分，也没有足够的空间让藤蔓无拘无束自由舒展；甚至，阳台凌空而立，风吹日晒，依附于它的藤蔓能不能经受得住风雨的考验？有一天夜晚，狂风大作，雷雨交加，室外的树木都被大风刮得吱吱作响。我心想，这样的风雨来袭，势单力薄的葡萄架如何能抵挡？第二天早晨上班，我慌忙来到阳台上，只见整个葡萄架果然像遭遇了一场打劫，平时生机勃勃的枝叶被吹得东倒西歪，有的甚至被折断。好在葡萄架还没有被吹翻，一根根枝蔓依然紧紧依附在架子上。我仔细查看才发现，枝蔓下此时露出许多细长蜷曲的丝爪，像一只只细嫩的小手，牢牢抓着架子上的铁丝，紧紧缠绕着能固定的一切物体，看上去倔强而顽强。正是这些平时不显眼的细长丝爪，让葡萄藤蔓免受一场灭顶之灾。几天之后，被吹翻的枝叶慢慢恢复了生机，又重新摇曳在我的窗前。

  阳台上，葡萄旺盛生长，不仅成了我劳顿之余欣赏绿色、放松心情的一处独到的风景，也吸引了不少朋友的目光。看着窗外阳台狭小的空间有如此一番景象，他们发出由衷地感叹，有的表示回去也要效仿。一位朋友和我相约，待到葡萄成熟时，一定要请他前来品尝。

  接到朋友的电话，我拍了一幅葡萄架下的风光用微信发给了他。我不知道朋友能不能理解我真实的意图，我发去的不仅是一串串成熟诱人的葡萄，还有阳台上一抔土所创造的生命奇迹。

  葡萄熟了，我虽然还没有和朋友分享，但我分明已经感到它蜜汁的甘甜和诱人的芬芳。

（原载 2015 年 8 月 28 日《新安晚报》）

石斛花开

时令已不是花开的季节，阳台上的石斛却开出几朵米黄色的小花。

石斛种养在阳台角落处一个不大的陶盆里。早晨，在熹微的晨光中，几朵淡黄色的花朵打开小小的花冠，吐露出纤细的花蕊，娇羞而又任性地立于石斛梗茎的顶端，情形好似身姿轻盈的蝴蝶专注地落在枝头小憩。凑近嗅嗅，有一股淡淡的幽香萦绕在紫红色的花蕊之间。

虽然是几朵不起眼的小花，却让我收获了一份意外的惊喜。

置身在阳台花草之中，这盆石斛称不上娇艳，更没有我想象中风姿绰约的神采，骨节状的茎梗上，长着类似含羞草一般大小的叶子，参差不齐地挤在盆中。几个月来，它经历着一场因环境改变带来的生死考验，很长一段时间都无精打采地蜷缩在阳台一角，我一直担心它会不会因"水土不服"难以成活。现在，它却开出了花朵，用一种最原始的生命接力，打消了我的顾虑和担忧。

对于石斛，我一直抱有一种敬畏的情结。

石斛有着"仙草"之称，据说只生长在深山老林之中，而且是长在石头之上，与天山雪莲、深山灵芝、冬虫夏草等奇花异草一样，以稀罕珍贵而著称。唐代医学经典《道藏》将石斛列为"中华九大仙草"之首；在《本草纲目》中，名医李时珍更是称赞它具有不可替代的滋阴补虚功效。

我曾读到过几则传说故事，把石斛治病滋补功效说得十分神奇。秦始皇统一天下后，奢想长生不老，广求天下长生不老之药，曾经派徐福东

第一辑 草木有声 / 33

渡蓬莱，寻求一种名为"紫楹仙姝"的仙草，此草即为石斛。大清乾隆皇帝除了治国有方，在历代统治者中，还以长寿著称，活了八十九岁，在位六十年。后人发现其养生的一大秘诀是，他的御食食谱上常年都有一道神秘的汤汁——石斛羹。20世纪60年代，越共总书记胡志明病重，周恩来总理亲自送给他的"救命仙草"，据说就是石斛。

传说虽然扑朔迷离，却给石斛披上了一层神秘的面纱。我曾想，在青葱茂密的深山老林之中，生长在嶙峋怪石之上，那一株株神秘莫测的石斛仙草，吸纳天地之灵气，摄取日月之精华，有着怎样的风姿与神韵？

春天去大别山，在有着"中国石斛之乡"之称的霍山，我终于有机会见到这一传说中的神秘仙草。

那天，跟随朋友到县城一家石斛专营店。店面不大，装潢却十分考究，精致的货架上，摆放着一盒盒包装精美的石斛。经过加工的成品石斛，有的呈丝环状，有的呈颗粒状，色泽金黄，质地坚实，皮似包浆，真的如同传说中的仙丹，夺人眼球。

店主人是一位精明的当地人，他以一种自豪的口吻向我们介绍，石斛是大别山特有的物产，过去一般都生长在人迹罕至的深山密林之中，长在悬崖峭壁之上。天然野生石斛早已列入濒危物种，身价比黄金还要贵。如今，人工繁育栽培石斛获得了成功，品质虽然不比天然野生的，但依然是滋补养身的佳品。

说话间，店主人指了指店门前一张桌子上摆放的几盆花草，说："看，那就是我栽培的石斛。"

我这才注意到，店门前一张桌子上摆放着几盆类似草叶类的植物，两三寸高，梗茎呈骨节状，从根部一直到顶端，骨节间长出细长的叶子。

我没有想到，享有"植物黄金"之称的石斛，其生长的形状原来如同普通的花草；更没有想到它们居然能在普通的花盆里种植。

店主人似乎看出了我的疑惑，端起一盆长势茂盛的石斛，解释说，石斛喜温、喜湿，适宜在半阴半阳的环境下生长，只要掌握它的生长习性，就能进行人工种植。

临别时，热情的店主人执意要送一盆他亲手培育的石斛，作为馈赠的礼物，让我带回家试养。

怀着一种惴惴不安的心情，我将那盆石斛小心翼翼带回家中，放在阳台半阴半阳的角落处。店主人说它并不难养，我还是隐隐担忧，尽管貌似普通的花草，可它毕竟有"仙草"的身份，如同仙女到凡间，看上去是民女装扮，骨子里却暗藏着仙气。

为了善待这位乔迁几百里的"稀客"，家人很是精心，隔三岔五地给它浇水、换地方避阳、通风。也许是诚心换得的回报，石斛渐渐有了起色，叶子一天天舒展开来。如今，它竟开出让人怜爱的花朵。

我不知道石斛的花期有多长，娇小的花瓣是否会在某个早晨或黄昏在我无暇顾及中凋零、飘落，但这都不重要。被神化的"仙草"走进寻常百姓家，默默适应着环境，顽强地生长，已经创造出了神奇。

在我看来，这种神奇早已超越了那些传说。

（原载 2018 年 7 月 3 日《中国煤炭报》）

品味抹茶

真正了解抹茶，我是从享用一杯抹茶开始的。

在省城出差，朋友相约去喝茶，走进的却是一家特殊的茶社。店面不大，位于高楼林立的闹市区一条巷弄里。走进店里，迎面看到吧台上方"宇治抹茶"四个大字。我正疑惑，朋友笑着说，这是一家日式抹茶店，我们今天喝抹茶。

茶座在二楼，日式推拉木门将整个二楼分割成一个个相对独立的小空间，中间有一条狭窄的通道相连接，每一个空间都是那种只能打腿盘坐的榻榻米式茶室。这样的风格让人感到有些异样，也有些新鲜。我们走进抹茶店里的时候，那里正播放着一首中国人熟悉的北海道民歌，悠扬的旋律渲染着一种异国的情调，也衬托着抹茶店的宁静与雅致。

抹茶端进来的时候，我才发现所谓的抹茶并不是我想象的用茶叶末冲泡的茶，而是一种类似冰激凌的饮品。厚实的杯口堆积着泡沫状的东西，轻轻拂去，下面是一种豆浆状的液体，颜色绿绿的，看不到茶叶的踪影，也不见茶叶末。我学着朋友的样子，轻轻呷了一口，感觉到的是一股类似巧克力般的香甜与微涩。我调动口中所有味蕾努力寻找茶的踪迹，品咂到最后，才能体味出一些茶叶与海苔混合的味道。

抹茶喝在嘴里，心里却嘀咕，这是茶吗？

朋友听说我是第一次喝抹茶，显得有些吃惊。他介绍说，现在喝抹茶很流行，尤其受到年轻人的追捧，省城大街小巷开着许多日式抹茶店。

对于抹茶，我虽早有耳闻，但并没有留心，自认为它是茶叶末一类的东西，如同一些宾馆为客人无偿提供的小袋装的茶叶碎末。因为很少去触碰，就没有太多关心。就像一些不感兴趣的事情，听过犹如耳旁风，瞬间就忘到脑后了。现在仔细端详起来，才发现眼前的杯中物并不是自己想象的样子。

怀着好奇，听了朋友一番介绍之后，我又在手机百度中输入有关抹茶的条目，终于弄清了它的前世今生。

原来，抹茶并非起源日本，而是中国，也不是纯粹用茶叶末冲泡的茶。早在晋代，抹茶便现身于百姓生活中。人们以新鲜的茶叶为原料，采用蒸青的方法进行杀青、风干，再用石磨碾磨成粉末状，还要再进行一系列提香工序，最后才制成抹茶。到了唐宋，抹茶达到了鼎盛时期，成为人们生活中不可缺少的饮品。抹茶茶艺也日臻完善，文人对其尤为钟爱，将其描绘为"沫沉华浮，晔若春敷"，抹茶也因此散发出一股浓郁的文化味。

唐朝，抹茶工艺随日本遣唐使传入日本，抹茶逐渐被接受并推崇。在日本京都宇治，抹茶以其上等的原料和精湛的茶艺，为日本上层社会所追捧，宇治抹茶从此成为日本高级抹茶的代名词。抹茶添加了日本的文化元素，逐渐发扬光大，不仅发展成独具特色的日本茶道，也被广泛引入餐饮、食品之中。今天，宇治抹茶如同富士山下艳若朝霞的樱花，成为展示日本文化充满风情而又亮丽的名片。宇治是日本古典名著《源氏物语》主要故事发生地，与茶结缘，应该是这座京都小城又一张文化标签。而在中国，到了明朝，人们开始流行泡茶，采用喝汤弃渣的喝法，代替喝抹茶。抹茶工艺无疾而终，抹茶随之销声匿迹。

茶历来被视为中国传统的三大特产之一，与丝绸、瓷器名扬海内外，一直是国人引以为荣的文化名片。原生在中国的抹茶，本是生长在本土上的一棵小树，曾经受到祖先们的喜爱与呵护。如今，这棵小树却在别国枝繁叶茂，变成风景，成了国粹，这听起来多少让人有些唏嘘。中国的茶文化虽然也有自己的内涵和元素，但是缺少抹茶，无疑缺少了重要一员。我不知道在经过千年之后，抹茶今天重新被国人认知、品饮，甚至追捧，是值得庆幸的结果，还是一份遗憾的结局。

夜幕降临，我和朋友走出抹茶店，外面已是灯火璀璨，而我却依然回味着那杯抹茶的味道。

（原载 2017 年 6 月 19 日《中国煤炭报》）

在艾香里相逢

  乡间野外，有些植物虽然普通，人们却对它怀有一份特殊的情感与尊重，比如，艾蒿。
  艾蒿，民间俗称香艾，是一种天然生长的野生草本植物。每年端午节，人们除了吃粽子、喝雄黄酒，还要在门楣上插一束新鲜的艾蒿，祈求避邪祛灾，保佑平安。
  在我家乡，艾蒿属于野蒿类，通常生长在沟沟坎坎、田埂路旁等荒芜地带，平时自生自长，无须人过问。艾蒿的强大生命力似乎与生俱来，即便是在最偏僻的角落处，只要有一点生存的土壤，就会长成一片。成熟的艾蒿有一股略带辛辣的浓烈香味，标明与众不同的身份。
  记得小时候，每到端午节，母亲总要到沟坎路边，挑选一些粗壮鲜嫩的艾蒿，砍一捆带回家，扎成一束麻花状，然后插在家中门楣上。陈旧的门楣有了碧绿的艾蒿装点，顿时有了生机，周围也充满了一种奇特的香味。每每进出家门，我都会有意无意踮起脚，深吸几口。艾香留在记忆里，像是对端午节的一种旁白和注脚。
  当然，插艾蒿的真正寓意是避邪祛灾。尽管我弄不明白一把柔弱的艾蒿为何具有如此之大的神威魔力，但看到母亲每年锲而不舍的举动，我也渐渐打消了疑虑。传承了几千年的习俗在岁月的长河里没有被湮没，一定自有它的道理吧。
  自从屈原纵身跳入汨罗江后，人们把艾蒿插进了端午。"端午插艾"

成为民间传统习俗中又一个固定的标签。

　　传说扑朔迷离，真伪无从考证，但艾蒿一些奇特的药用功效却渐渐被我们祖先发现。比如，艾蒿的叶子能止血；用艾叶熬汤，能祛湿防暑，治愈身体上的湿疹、毒疮；还有女子产后，用它熏身洗浴，有调理气血的功效。在征服自然的艰难征程中，祖先多了一种庇护平安之物，哪怕它是一株古朴素雅的蒿草，也多了一份坦然与自信。

　　后来读《本草纲目》，看到艾蒿的药用价值有明确的记载：艾以叶入药，性温、味苦、纯阳之性，通十二经，具回阳、理气血、逐湿寒、止血安胎等功效。

　　艾蒿不是最美的花草，也不是贵重的植物，但祖先却选择在端午节这一天，将它们高高举过头顶，插于进出的门楣之上。越过岁月的时空，我似乎看到了一束素雅的艾蒿，凝聚着祖先质朴而又虔诚的目光，也理解了"避邪祛灾"的真正含义。

　　千百年来，我们的祖先不但发现了艾蒿的药用功效，在民间，还通过端午节插艾这种民俗方式保存并传承下来。祖先的生存智慧弥足珍贵，借助一种古老的习俗，一代代传承，让我们在氤氲艾香里得以相逢。

（原载 2020 年 6 月 24 日《新民晚报》"夜光杯"）

第二辑

抖搂时光

远去的锣鼓

咚咚锵、咚咚锵……

一阵铿锵的锣鼓声，在干燥的尘埃里弹起，在沉闷的空气中传递，在寂静的乡野回荡。响声震得路旁的野草和地里的庄稼叶子一阵乱颤，也将路旁似乎昏昏欲睡的村庄震醒。锣鼓声所到之处，好奇的目光和兴奋的脚步都会跟着聚拢而来。也许人们并不知道这激越的锣鼓声表达着什么，意味着什么，为何事而起，却能激起蛰伏在心底的热情和欲望。

锣鼓声，曾经是寂寞的乡村最激越、最激动人心的声响。

乡村沉默得太久了。男人们和女人们在庄稼地里默然劳作，蚯蚓在湿漉漉的田埂上默默爬行，老水牛在树荫下无声反刍，就连多事的黄狗也夹起尾巴，懒得搭理过往的行人。田野和村庄似乎被日复一日的日头晒得疲倦了，陷入一种可怕的沉默，连风都吹不动一丝波澜。这种沉默也在传递一种情绪，一种笼罩在人们心头说不清、道不明，却又挥之不去的纠结。这时，需要一种声音将这种沉默打破，需要一种具有穿透力的声响，敲打昏昏欲睡的村庄，如同给灶膛添加一把柴草，让一锅冷水泛起有温度的水花。

我没有研究过锣鼓的起源，不清楚它在这片土地上震响了多久。但当我听到它发出如同春雷般的召唤，目睹它在沉默的土地上激发的热情，我总是发自内心感慨，这是祖先一项了不起的创造！

我的记忆里，有两次挥之不去的锣鼓声，至今仍然时不时在脑海中回荡。

那年的元宵节，一则消息像一阵风似的传遍全村，县里文艺宣传队晚上到大队部演出。傍晚时分，大队部门前的土台被一盏白炽灯照得通亮。演出还没有开始，一群锣鼓手便开始擂鼓助兴。我认得锣鼓手是大队部的民兵营长——一位从部队转业后回到乡村的中年汉子。那双已经习惯拿锄头的双手，抡着两只鼓槌，轻松得像玩弄两个轻巧的玩具——鼓槌敲击着鼓面，发出震耳欲聋的声响。鼓，已经有些陈旧，原本鲜艳的红漆有些脱落斑驳，白色的鼓面被鼓槌敲击得毛毛糙糙，像褪了毛的猪皮，可依然能发出清脆、震耳欲聋的声音。我不知道，一个体积并不大的鼓，究竟藏着多大能量，让心为之震撼，让耳鼓为之震荡。锣声是应和着鼓声的。与铿锵、饱满的鼓声不同，锣声更加清脆、响亮，每一次敲击都带着长长的余音。脆生生的响锣应着鼓点，一种有节奏的铿锵旋律便在空中回荡。除了锣鼓，还有人双手挥动着伴奏的钹。钹是两个圆形的铜片，形状像两只硕大的耳朵，声音更加清脆。它把鼓声和锣声巧妙地融合在一起，使二者的声响更响、更广，形成一种激越、高亢有旋律的合奏。

锣鼓声如同一种召唤，四村八邻的男女老少前呼后拥向大队部涌来，又向锣鼓手们所在的土台子涌去，将锣鼓手围得水泄不通。没人知道锣鼓声到底想表达什么，此时它就是一种磁场，把空荡荡的人心，引向同一个方向。鼓声震撼着耳膜，鼓手的热情也在无形地传递。一声声铿锵激越的声音如同春雷，炸在冰雪尚未融化的河面上，激起四溅的水花；又似旷野里突然腾起的欢叫，歇斯底里却又藏着一种莫名的兴奋。笑意挂在每一个人脸上，似乎这锣鼓声就是冲着自己来的，一种积压已久的情绪突然找到一处释放的窗口。

沉闷太久的乡村，需要一场酣畅淋漓的锣鼓，将生活的激情点燃。人们在锣鼓声中，早已忘记了天气的寒冷。

那天晚上，县里来的文艺宣传队演出的节目早已遗忘，而那震撼心扉的锣鼓，如同在我心底烙上了一层剥离不去的烙印，成为难以忘却的声响。

另一次让我震撼难忘的锣鼓声是送我大姨家的表哥参军。

表哥家住在村后一个不起眼的池塘边，向来清静，平时很少有人从门前经过。那天，震天的锣鼓把它变成了全村最热闹、最吸引人的地方。

一清早，震天的锣鼓声便在表哥家门前响起来。几位鼓手脸上带着喜悦，似乎把吃奶的劲都用在擂鼓上。表哥穿着一身刚刚换上的崭新军装，显得英武潇洒，一朵大红花挂在胸前，将他还有些稚嫩的脸庞映衬得红扑扑的。不一会儿，锣鼓声似乎把全村人都吸引到这里。孩子们在锣鼓声中奔跑嬉闹，家长们在锣鼓声中向表哥投去羡慕和敬佩的目光。也许是受锣鼓声的感染，表哥的眼角有些湿润。一阵阵锣鼓声像一声声祝福，把离别不舍之情渲染得庄重而热烈。

临近中午，表哥在锣鼓声中被人们簇拥着向大队部走去。沿途，田野里劳作的人们纷纷放下手中的农活，赶到路边，与表哥握手道别。听到锣鼓声，附近村庄里的人也纷纷探出身子，目送着表哥。铿锵的锣鼓声沿着乡村泥土路，响彻天空，让表哥从军之路充满了庄重的仪式感，也让我好生羡慕。表哥的背影在锣鼓声中定格成乡村一道不易褪色的风景。

如今，乡村早已听不到锣鼓声了。曾经激越的声响，如同一串跳动在乡村的音符，一段书写在大地上的符号，藏进岁月的褶皱里，成为一代人不曾磨灭的记忆。

（原载《黄河文艺》2019 年春夏卷）

草台班子

乡村的冬天总是寂寞而寒冷。入冬以后，几场白头霜打得地里刚刚出土的油菜苗蔫巴巴地瘫在泥坷垃上。地里没有农活，村里人也闲得无精打采。一年快要走到尽头，该干的活干了，该做的事做了，如同鸟尽弓藏。于时，有人开始张罗着请草台班子到村里唱戏。

草台班子流动在乡间，以乡村为舞台，以唱戏为营生，一年四季走村串巷，是乡村一道特殊的风景。戏班子大多以家庭为主要成员，父子妻女扮演着戏文里的生旦净丑角色，兼顾锣鼓乐器。戏，也多是自编、自导、自唱、自演。

冬闲是演出的黄金期，草台班子承接的演出应接不暇。因此，请来的戏班子村中格外重视，不仅演出的酬金比平时高出一截，还要管吃管住。好在他们习惯了乡村习俗，吃住也没有什么过分讲究。戏班子进村后，村上几户家境较好的人家轮流接待。摊上接待的人家感到脸上有光，心甘情愿地把平时舍不得吃的鸡鱼肉蛋端上了餐桌，把舍不得盖的新被褥铺到了床上。庄稼人待客，除了骨子里的热情，还有一种好胜心，生怕招待不周落下话柄。

尽管演的多是村民熟悉的戏目，草台班子还是精心准备着每一场演出。演出前，吊嗓子、劈腿练功等一样不能少，有时候还带妆彩排，一张好端端的脸被油彩画得花里胡哨，引得村中一群孩子跑去围观。

演出的舞台就搭在村中打谷场上。冬季打谷场空闲得像荒芜的战场，几堆圆锥状的草垛被耕牛吃掉了一半，远远望去，如同一只泄气的皮囊。刚刚下了一场雨，场地还没有完全干透，弥漫着一股浓浓的泥土味和牛粪味。几只麻雀在空旷的场地上飞来跳去，漫无目的地觅食。这似乎并不影响村民看戏的热情。天还没有黑透，舞台上锣鼓一响，村民们便在家坐不住了，扛着板凳、夹着椅子，拖家带口赶到场地上抢占位置。对村民而言，选不到好位置看戏，似乎一个冬天都会落下遗憾。靠近舞台的地方很快被占领，那些晚来的人不得不排到后面，后悔晚来了一步。一些顽皮的孩子甚至爬到草垛上和打谷场旁的树丫上。

舞台是一处临时搭建的土木台子，三面敞开，只在舞台的后方挂着一道布景。布景后面除了摆放演出的道具，演员还在那里换衣补妆。因为舞台搭建得简陋，演员在上面走动常常吱吱作响。几个孩子钻到台子下面，躲猫猫、做鬼脸，引来家长一阵责备和臭骂。好在急于看戏的村民并不在乎这些，演出才是他们议论的话题和关注的焦点。

草台班子演出的剧目一般都是提前与村里管事的人商量。新排练的剧目要有，但有些剧目不能少，比如《休丁香》。

《休丁香》是草台班子最为经典的传统剧目，村中男女老少对戏文中的故事情节早已耳熟能详，甚至对舞台上几位演员每一句唱腔、每一个动作都能说出子丑寅卯，但它依然是每次草台班子进村必不可少的内容。如同一首百听不厌的山歌，村民们听不到那几句让人震撼的调子，总觉得浑身都不自在。

一阵锣鼓声之后，戏文的主人翁郭丁香终于在台下一片期待的目光中出场。贤惠的丁香因父母包办嫁给家财万贯却好吃懒做的张万郎。张万郎与表妹暗度陈仓，一心要休掉丁香。丁香无奈，改嫁他乡。没想到，几年之后，一场大火烧光了张万郎的家产，穷困潦倒的他被迫逃荒要饭，居然遇见了丁香。丁香认出了张万郎，出于同情，悄悄地在张万郎要饭碗底放了几两银子。谁知张万郎没看到，嫌弃丁香给的是一碗粗饭，连同银子丢进了河里……伴着凄婉的丝弦声，丁香声泪俱下，数落着张万郎。动情的哭诉，不仅博得台下阵阵叫好，也引发了一声声叹息。看戏的大婶大娘早已忍不住眼泪，一边擦拭着眼角，一边暗自数落，似乎张万郎不是戏文里的人物，而是站在眼前让人声讨的对象。

　　夜色渐深，夜幕的天空上寒星泛着寒光。舞台上的演出已经接近尾声，那些爬到草垛上、树丫上的孩子早已抗不住困，偎在父母爷爷奶奶的怀中，而村民们似乎意犹未尽。对他们而言，草台班子的演出，犹如冬天的夜晚里升起的一堆篝火，不仅热闹了村庄，温暖着寒冷的季节，也满足了他们等待一年的渴望。

（原载 2019 年 2 月 13 日《芜湖日报》）

骂声里的爱

儿时的我，挨骂如同家常便饭一般寻常。来自父母的骂声像村头刮起的一阵风，田野里落下的一场雨，来得频繁，也来得自然，在无忧无虑的童年留下一份特殊而难忘的记忆。

儿时调皮、顽劣，上山弹弓打鸟，下河摸鱼洗澡，放浪形骸。骂是父母惩罚我过错最常用的手段。那年初夏，风顽皮地在村前的河面上荡起一圈圈撩人的涟漪。我看见有人开始在河中捕虾。捕虾的方法很独特，也很简单，用一块桌布大小的纱布，扎起四角，系到一根竹竿上，制成一个叫"虾等"的捕捞工具。捕虾时，在纱布上撒些香料当作诱饵，放到河里，要不了多少工夫，就会引得鱼虾自投罗网。我看得眼馋，可惜家中没有纱布。后来我灵机一动，偷偷将家中蚊帐的下摆剪了下来，自制了一个"虾等"。我兴冲冲地把它落到河里——虾捕到了，而家中的那顶遮挡蚊虫的蚊帐却因此成了废品。母亲为此气得骂了我一个夏天。

对于目不识丁的父母来说，骂，既是惩罚不谙世事儿女的一种手段，也是试图管教引导我们的一种方式，尽管这种方式过于粗鲁，甚至暴力，但却十分奏效。有时一顿骂，如同印刻在肌肤上的一道疤痕，令人终生难忘。

有一年端午节，家中吃不上粽子。我正喝着稀饭，邻居家的同龄伙伴拿着一个香喷喷的粽子在我面前炫耀。我抵挡不住粽子香味的诱惑，悄悄溜到邻居家里，趁人不备，拿了一个粽子藏在衣袖里。事后，邻居家的伙伴跑到母亲面前"告发"。母亲一听，气急，一边骂我，一边揪着我的衣领来到邻居家,让我把粽子当面交还给邻居。羞愧连同母亲的骂声如同无形的鞭子抽打着我,我恨不得脚下能出现一道裂缝,立刻钻进去。事后,我找到母亲,想向她认错,却看到母亲独自一人躲在厨房里悄悄地抹泪。

母亲常说,你们这些孩子,三天不挨骂,能往架子上爬。仔细想想,能三天不挨骂的日子还真的很少。挨骂的原因各种各样,被骂的事由层出不穷,从贪玩、打架、逃学、犟嘴,到干活磨洋工,做事不长心眼,似乎每一件事都能成为被骂的起因,都会点燃父母心中的"怒火"。恨铁不成钢,挨骂成为我们童年生活的家常便饭。

一次家中来客人,母亲从木箱中拿出用红布包了好几层的两角钱,让我去附近的代销店买盐。我揣着钱,一阵风似的跑出村庄,在一条小河边看到一群小伙伴正在筑坝逮鱼。我立刻飞奔过去,加入逮鱼行列,至于买盐的事早已丢到脑后。到了中午,我这才想起家中来客,母亲正等着盐烧菜。我慌忙向代销店跑去,到了代销店,却发现买盐的两角钱不翼而飞。当我耷拉着脑袋,提着用柳条穿扎的几条小鱼,一身水,一身泥,站到母亲面前时,母亲气得直跺脚,骂声如同暴风骤雨般激烈。我自知做错了事,吓得大气不敢出,呆呆地站在母亲面前,任凭她发落。母亲的骂声如同无形的鞭子,让我又一次为贪玩付出代价。

父母的骂声有时还有一种特殊的功用,那就是平息我们兄弟姊妹之间产生的矛盾。我兄弟姊妹多,又雏燕般挤在一个破旧而拥挤的"巢"里,平时免不了磕磕碰碰,相互"磨牙",有时为了一点小事,吵得劲头十足。这时,母亲就会拿出她的"撒手锏"——连吵带骂,直到互不相让的二人偃旗息鼓。虽然双方都振振有词,相互指责对方的不是,但母亲似乎从来不听申诉,也不为谁评理,用骂声"各打五十大板"。事后,母亲看到我们和好如初,又没事一般地在一起,忍不住笑嗔道:"你们这些'讨债鬼',就是欠骂!"

"讨债鬼"是母亲骂我们最常见的一句口头禅。贫穷是我们童年生活一道抹不去的底色。父母不分白天黑夜在田野里劳作,在风雨里奔波,依然难以满足一张张嗷嗷待哺的嘴。在父母看来,似乎我们来到这个世界,就是向他们讨债的。想想也是,他们操心劳累,除了满足我们一日三餐外,上学要学费，生病要就医，过年想新衣，每一件事都让他们费尽心思。他们投入全部精力，生活却依然捉襟见肘，日子过得磕磕绊绊。对子女而言，父母似乎有还不完的债。我们不是"讨债鬼"，又是什么？

"饿死鬼"也是母亲经常挂在嘴边上责骂我们的口头禅。那个年头，饥饿像是一个甩不掉的阴影，紧紧跟随着我。在外游荡或放学回到家中，第一件事常常是揭开锅盖，看有没有什么可以吃的。只要有，不管好孬，便狼吞虎咽地吃一通。母亲骂我是"饿死鬼"投胎来的。当然，只要能吃上一口，对母亲骂声，我和兄弟们通常用"装聋作哑"来应付。

母亲除了骂我们"讨债鬼""饿死鬼"，还有更难听的，比如"挨枪子的"。对于这种骂声，其实我们儿时并没有理解真实含义，只能感觉母亲的骂声充满了无奈与绝望，似乎已无计可施。每当听到这样的骂声，我知道，我们的"罪恶行径"已经让母亲气愤至极了。

与母亲相比，父亲对我们不轻易动骂，但一旦做了错事，或者是没有达到他的要求，令他失望、恼怒——他的骂声不高，却充满了威力和震撼，让我们闻而生畏。有时被母亲骂，我们还故意狡辩，同她犟嘴。听到父亲的骂声，哪怕是从他嗓子眼里哼出来的，我们都会闻风丧胆，要么溜之大吉，要么缄口不言，乖乖地接受责备和惩罚。

对于父母的骂声，我们除了偶尔故意顶撞，更多的是坦然接受，从来也不会因为挨骂而产生丝毫怨恨。父母的骂声点到的是我们儿时不谙世事的"穴位"，并让我们以最小的代价接受错误的惩罚。从某种意义上说，父母的骂声是促进我们心智成长的一剂"良药"。

家中房梁上绕飞的燕子一年一年飞走了，我们渐渐长大，父母对我们的骂声也越来越少，后来，甚至连大声地责备也难以听到。每当意识到自己做错了事，或者让父母不满意，反而想听到他们的呵斥，哪怕是一顿责骂，但是，听到的常常是他们意味深长的叹息。

骂声如同童年我们在阳光下留下的一道影子，变得越来越模糊遥远了。

如今，我也身为人父，对孩子有时也免不了呵斥和责骂，但更多的是娇惯和宠爱。时代不同了，父母教育子女的方式也发生变化，只是骂声所包含的初衷并没有改变，带着对子女成长过程中的一份遗憾，也藏着一种说不出的温情与暖意。

（原载 2019 年 11 月 6 日《市场星报》）

飘香的闹饭

儿时，吃饭是一天中最令人向往的事情。虽然一日三餐碗中几乎是一成不变的粗茶淡饭，但却永远飘荡着诱人的香味，尤其是每到吃饭时，一群伙伴端着饭碗在村中走，边吃边玩，把一顿饭吃得悠然自得，津津有味。家乡人称之为"吃闹饭"。

庄稼人的饭时是一边看着日头一边相互比着来的，村东的家里烟囱冒烟，村西家的马上就会跟着生火做饭。一个村子一日三餐几乎在同一个时间飘荡起饭菜的香味。吃饭时，孩子不准上饭桌，这是祖辈传下来的规矩。哪家孩子在饭桌上与长辈们平起平坐吃饭，往往被视为缺家教、少规矩。当然，天生爱动的孩子们也懒得在自家饭桌上与长辈们一起吃饭。除了四平八稳的桌子板凳束缚手脚外，父亲严厉的眼神、母亲唠叨的话语，也让一顿饭吃得不安生。因此，我家每天开饭时，只要父母坐上饭桌，我和弟弟盛上饭，溜到桌边夹点菜，便一溜烟地往外跑，直到把碗底吃空，才夹着个空碗回家。有时候，吃着玩着忘了时间，等回到家中，饭桌已被收拾得干干净净。母亲见了，免不了一顿数落："你们就别回家了，吃闹饭去吧。"

母亲说归说，我们却依然如故，除了刮风下雨，一日三餐不出去吃闹饭，似乎这一顿饭就吃得不香甜。

村头有一棵香椿树，谁也说不清它的来历和年龄，树干布满了累累斑痕，却长得枝繁叶茂。树冠像是一把撑起的伞，在地上洒下一片浓浓的绿荫，这也是我和村里伙伴们吃闹饭最爱去的地方。每到吃饭时，村里伙伴们似乎约好似的，托着碗饭聚到树下，一边吃，一边嬉笑玩乐，每个人的脸上都挂着莫名的喜悦。吃闹饭的时候，伙伴们之间的嬉闹是少不了的，即使手中端着碗筷，也经常你给我一拳，我踢你一脚，你追我跑，闹成一片。特别是谁的碗里多了一份新鲜的菜，总是在打打闹闹中互相分享。

吃闹饭，有时是端着碗串门子。庄稼人白天没有关门的习惯，村中每家每户一年四季白天大门都是敞开的。吃饭的长辈们看到谁家的孩子从门前经过，都会主动打招呼，叫到家中，看看饭桌上有什么好吃的菜，总要给孩子夹几筷。母亲经常说我们是"馋眼鬼"投胎。每每遇到邻居长辈喊着要给我们夹菜，我们虽然嘴上推辞，眼睛却忍不住往饭桌上瞟。长辈们早已看出了我们的心思，把我们拉到桌边，我们也就半推半就，用手中的饭碗，接了菜，喜滋滋地跑出门。有时伙伴们还互相炫耀一番，感慨邻居家的饭菜比自己家的香。家乡流传着一句话，"隔锅的饭菜香"，也许说的就是吃闹饭的体会。

村庄是一个小社会，更像一个大家庭。村中有什么事情，总瞒不住我们的眼睛。谁家父母咬牙称了一斤猪肉，谁家来客人杀了一只鸡，谁家在河里抓了几条鱼，诸如此类的消息在吃闹饭时像长了翅膀一样传得飞快。有时，我们把吃闹饭时听到的这些消息带回家告诉父母，也成了他们在农田里干活解闷去乏的话题。

吃闹饭也不仅仅是孩子，有时候成年人也会端着碗，来凑热闹，只是他们不像我们东跑西蹿，相互嬉闹。他们端着碗，矜持地蹲在树下，一边吃，一边唠一些家长里短的话题，商量一些需要协调帮忙才能搞定的事情。有时遇上急事，还没吃完饭，他们把碗一推，立刻就去帮忙。清风吹拂着村庄，淳朴的乡情就像饭菜的香味一样，在村中悠悠飘荡。

离开家乡多年，当我怀着游子之心虔诚地站在似曾相识的村头，那棵树皮斑驳的老椿树还在，村庄却物是人非。年轻人外出打工，留下一些老人和被称为"留守"的儿童，村中锁着门的比开门的多。孩子们也很少像我们儿时那样端着碗东跑西蹿，边吃边闹。

没有了吃闹饭的场景，村庄像一位寂寞的老者，少了生机与气氛，也少了一道别样的风景。

（原载 2015 年 10 月 21 日《新安晚报》）

腊　月

在岁月的年轮里，腊月是一个飘着雪花、透着年味，忙碌而又特殊的月份。

忙完了秋收冬藏，腊月就悄无声息来到身边。岁末时节，一年的辛劳，一年的收获，连同蕴藏在心中的愿望与期盼，总想做个归结，总想有个交代。古人有古人的智慧和办法，赶在一年中最末的月份去打猎，将捕获的猎物连同摄取日月精华的五谷献于祖先，祭奠冥冥之中的神灵，以此禀报一年的收获，同时也祈求祖先神灵保佑来年风调雨顺，五谷丰登。古汉字中，"猎"与"腊"互为通假，于是，这个处于一年中最末的月份从此便有一个诗意的称谓"腊月"。

在我家乡，腊月的寒风刚一招手，人们的脚步便匆忙起来。本该是农闲的日子，田野中、村庄里除了寒风和飘荡着纷纷扬扬的雪花，便是一片寂静。"千山鸟飞绝，万径人踪灭。"腊月的到来，人们一下子来了精神。除了迎腊八、祭灶神、过小年、扫尘，家乡人还要"抽年塘""杀年猪""打年糕"，忙忙碌碌，如果缺少一件事，人们心里就不踏实，就会影响迎接新年的心情。

过年是大戏，腊月是彩排。彩排虽然没有大戏那样精彩，却以其独特的方式演绎着乡情礼俗，传递着温情快乐。进入腊月，日子就被人们贴上了忙碌的标签。

家乡是水乡。鱼是过年餐桌上少不了的佳肴。鱼应了"年年有余"的谐音，腊月"抽年塘"是迎新年少不了的"节目"。平日里，人们捕鱼要么用渔网逮，要么用鱼钩钓，很少"涸泽而渔"。只有到了腊月，村里人才精心挑选一口水塘，将塘里的水完全抽干，这样逮到的鱼不仅新鲜，品种也多。一进腊月，"抽年塘"、备年货，成了人们急不可耐的事情。

　　腊月寒冬，北风里似乎藏着看不见的刀子，脸上手上被风吹得生疼。到了"抽年塘"的日子，人们早已忘记了寒冷。村上男女老少争相围着水塘看热闹。冬日里的水塘笼罩着青烟似的雾气，像在水塘上罩了一层薄纱，给寂静的水面增添了几分神秘。水塘里的水被水泵抽得一寸一寸往下降，人们期待的心情也越来越急迫，如同等待揭开一个平时被水遮住的秘密。直到水塘底部渐渐露出黑色的淤泥，惊恐失措的鱼儿无处藏身，在残存的水中溅起层层水花，人们这才露出开心的笑容。有人自告奋勇下塘逮鱼，在寒风中卷起裤管，脱去鞋袜，赤脚下到塘中。其他人急忙抱来柴草，为下塘的人生火取暖。逮上来的鱼在塘坝上活蹦乱跳，一条压着一条，渐渐堆成堆。村中"抽年塘"分鱼是不用秤称的。大小搭配，一家一份，多一点少一点谁也不会计较。在人们心中，将"抽年塘"逮来的鱼提回家，也是将"年年有余"的期盼和喜庆提回家，迎接新年新光景，这才是最重要的。

　　"杀年猪"是家乡人迎接新年盘桓在心头的一道情结。用家乡话说，腊月不杀年猪，哪里叫过年！饲养了一年的猪，毛色光亮，膘肥体壮，早已成了被觊觎的对象。在村中，一家杀年猪，全村都沾光。男人们早早被请去帮忙，妇女孩子也跑去看热闹。其实，除了专事杀猪的人，其他人也帮不了什么忙，帮的是气氛，帮的是场面，帮的是热闹。杀年猪有很多讲究，据说要一刀子见血，干净利索，否则明年饲养牲畜不吉利。将被宰杀的猪放在一个热气腾腾的大盆里，煺去鬃毛，露出肥厚的肉膘。猪还没有被清理干净，帮厨的妇女便拿来盆子，急着讨要猪血、猪杂碎。她们在忙着做杀猪饭。

　　吃杀猪饭是杀年猪必不可少的一顿大餐，也是养猪人表达热情好客的一种方式。杀猪饭全程只有一道菜，那就是杀猪菜。杀猪菜虽然只有一道，却并不简单普通，菜里既有新鲜的猪肉，又有猪血猪杂碎，加上白菜豆腐之类烩烧在一起，满满一大锅，飘散着特殊的香味。帮忙的、不帮忙的人人有份，盛上一大碗，吃得热热乎乎，嘴角流油。腊月里，一顿热气腾腾的杀猪饭，多少年后依然会成为人们津津乐道的话题。

年糕的寓意很明显——"年年高"，因为年糕的主要原料是上等的糯米，所以吃起来绵软、香甜，是迎接新年最佳的食品之一。在家乡，每到腊月，家家户户打年糕，不仅成了约定俗成的年俗，也成了腊月里迎接新年的一道独特的风景。

糯米是米中贵族，品质好，产量低。家乡的土地有限，舍不得大面积种植糯米，只在田间地头划出一小片来种植它。收割上来的糯米也是单收单藏，平时舍不得食用，等到腊月才拿出打年糕。打年糕需要把糯米磨碎，然后做成丸子状，放到蒸笼上蒸熟，晾干后，再用清水浸泡起来。后来离村不远的集镇上有了年糕机，各家各户都挑着糯米去打年糕。为了及早置办好年糕，人们常常是天不亮就赶去排队。热气腾腾的年糕坊和一筐挨着一筐排起的长队，如同"龙门阵"，在腊月的乡村演绎着温情，也诠释着迎接新年的喜悦。

腊月的时间很金贵，等忙完了这些，年也近了，年味也更浓了。到了腊月三十晚上，春节的大戏开始上演，腊月在阖家团圆的气氛中，为一年画上了一个圆满的句号。

过完腊月是新年。翘首期盼中，春天向人们抛出了橄榄枝。

（原载 2016 年 2 月 5 日《安徽日报》）

年 香

年香是新年的一道彩头。

在我家乡诸多的年俗中，过年敬香是最为虔诚、最为讲究的风俗之一。在一年最重要的节日里，向天地、向神灵、向祖先敬上一炷香，在神秘袅绕的香烟中表达祭拜之情，许下心中的愿望，如同一种庄严神圣而又不可或缺的仪式，排在满满的节日议程上。

年，总是在父母奔波忙碌和孩子们翘首以盼中一天天走近。磨豆腐、打年糕、扫尘、祭灶，父母忙得连轴转，但无论多忙，有一件事必不可少，那就是到附近集市上买年香。也许是表示对年香的敬意与虔诚，买年香一般称为"请香"。母亲担心请回来的香折断不吉利，常常在香盒外面再用一层红纸裹上，然后放到家中孩子们不易触碰到的地方。直到大年三十，她才小心翼翼地将它拿出来。母亲的细心、谨慎和虔诚也让我们对年香滋生出一种无名的敬畏。

家乡的习俗，敬年香一般分为三次，分别在腊月三十、大年初一和正月十五三个特殊的日子。腊月三十敬香是在吃年饭前。餐桌上摆上了热气腾腾的菜肴，酒杯斟满了酒，父亲便领着一家人开始敬香。父亲神色凝重，满脸虔诚，将香高高举过头顶，向着供香的中堂弯腰叩拜三次，手中三根细长的香似乎有着一份特殊的分量。我们也跟在父亲身后效仿，弯腰、叩拜。拜完后，父亲将香恭恭敬敬地插在香炉里。闪烁着红红火星的香头，瞬间牵出一缕细长的烟线，袅袅绕绕，散发出一股幽幽的香味。

敬完香，迎接新年的大幕才算正式开启。

大年初一敬香是新年最为重要的一件事。早晨起来洗漱完毕后，父亲带领着我们如年饭前一样，行三拜大礼，等到香火燃起来后，才让我们开财门、放鞭炮。在清香袅绕中打开门，一股新春的气息带着丝丝料峭的寒意扑面而来。新的一年在氤氲的香气和震耳欲聋的鞭炮声中来临，如同航船在崭新的河道上拔锚起航。

母亲除了大年初一在家中敬年香，还要去几里路之外的一个庙宇敬香，这是她大年初一早晨必做的"功课"，多年坚持不懈，风雪无阻。庙宇的名字叫"三圣庙"，其实是一座只有三间泥土瓦房的土庵，供奉着不知从何地请来的几尊叫不出名字的菩萨，但香火一直很旺，尤其到过年，前来敬香的人络绎不绝。到"三圣庙"敬年香，期盼新的一年风调雨顺，家人平安，是家乡大年初一一道风景。

时光流逝，岁月在人们一年年的期许中悄然改变着家乡的容颜，不变的是那些早已沉淀在人们灵魂深处的年俗乡情。敬年香是家乡年俗中一个重要元素。一炷香看上去纤细而文弱，然而，当它包含着对天地、对神灵、对祖先的敬畏，寄托着对生活一份美好希望时，在人们心中，它已超脱了世俗的供奉祭拜，有着一份不可估量的分量。

（原载 2018 年 3 月 3 日《粮油市场报》）

摸 冷

江南的冬天不似北方滴水成冰,却也寒风刺骨,穿上厚厚的棉衣,依然会觉得一股股寒气从手指尖到牙齿缝,无孔不入。掬一捧河水更是彻骨透凉。在这样天寒地冻的季节里,有一种挑战严寒的职业,那就是摸冷。

摸冷,其实是摸鱼。这是家乡冬天捕鱼的一种特有方式,利用天气寒冷,鱼钻进草丛里过冬,人们下河将它们捕获。称其为"摸冷",应该是家乡人对摸冷人不畏严寒的一种敬佩。

小时候,每当见到摸冷人,我和一群小伙伴总会好奇地一路尾随,除了看他们如何不惧严寒下到冰冷的河水里,还好奇他们如何徒手将活蹦乱跳的鱼逮住。摸冷人通常穿一身黑色防水皮衣,从脚套到脖子,只露出头和两只手,随身携带一根细长的钢叉,斜挎一个竹编的鱼篓,走起路来"咕嗤、咕嗤"作响。因为这身奇特的装扮,我们背地里又称他们为"水猴子"。摸冷人在下河之前,通常会在河堤找一处避风向阳的地方眯眼躺着晒一会儿太阳,补充一下身上的热量,然后点燃一根香烟,便径直向冰冷刺骨的河水里走去。

冬天的河水看似波澜不惊,却藏着一股寒气,手伸进水里,像无数根钢针扎过来,一般人很难抵挡那种针扎似的冷。摸冷人却像超人一般,下河时眼都不眨一下。下到河中,他们小心翼翼沿着河边,先是用钢叉夸张地拍打几下河水,好让那些躲藏在草丛中的鱼儿受到惊吓,然后趁着河水泛起的涟漪,蹲下身子,贴近河边草丛,开始捕捉。

天寒地冻，原来鱼也怕冷。入冬后它们会钻进河边的芦苇、茭白留在水中的根须里过冬。摸冷人正是抓住鱼的这一特性，与它们在寒冷的水中展开周旋。摸冷人蹲在水里，只露出脑袋，叼在嘴边的烟头不停地闪烁着火星子，那一点点火星似乎会带来一丝热度。每当他们猛然从水里站起身来的时候，那一定是有了收获。他们用冻得发紫的手紧紧掐住一条鱼的鱼鳃，举出水面。鱼扭动着尾巴，似乎心有不甘，无奈怎样挣扎也挣脱不了摸冷人钳子般的双手，只能乖乖地进入鱼篓里。

　　每当看到摸冷人捕捉到一条鱼，我们都会在岸上拍手替他们加油。摸冷人似乎很乐意我们跟随他们，不时在水中做出一些夸张的动作逗我们取乐。我不知道，有一群孩子跟随着他们，是会驱赶摸冷时的寂寞，还是会分散注意力，忘却河水的寒冷。

　　看着摸冷人似乎轻而易举地从河边草丛中将鱼捕获，我心里也痒痒的，忍不住去模仿尝试。没有防水皮衣，我便脱去棉袄，捋起袖子，趴在河沿边，伸出双手在草丛中摸索，但坚持不了几分钟，彻骨透凉的河水就让我难以忍受了，只好悻悻放弃。

　　摸冷是特殊年代一份特殊的职业，如今家乡的河流中已寻觅不到他们的身影，只能听到一些有关他们的传说。在困苦的岁月里，摸冷人凭着执着和勇气挑战冬天的严寒，更是挑战生活的艰辛。

（原载 2018 年 1 月 5 日《蚌埠日报》）

风箱记事

风箱又叫"风匣子",我见到它的时候已是懂事的年龄了。

天刚蒙蒙亮,黑魆魆的锅灶间便传来母亲拉风箱"呼——哒、呼——哒"的声音,那声音均匀而舒缓,如同一支特别的晨曲,驱散了床榻上懒洋洋的睡意,迎接农家又一个忙碌的早晨。

母亲端坐在锅灶旁,身躯不再弯曲,也不用再把头伸到灶膛口边,一口接一口不停地向膛内吹气。没有用上风箱的时候,一日三餐生火做饭对母亲来说就是一种折磨。江南的天空像是一块永远拧不干的湿布,似乎有下不完的雨。被雨水淋湿的稻草像一把烂蒿,送进灶膛里,光冒烟,不见火。每次做饭,母亲都要使出浑身解数,有时不得不用嘴吹气,每吹一口气,就会蹿出一股黑乎乎的浓烟,呛得母亲直咳嗽。一顿饭做下来,母亲常常难为得直掉泪。

自从用上了风箱,母亲脸上的愁容消失在灶膛火苗映照出的阵阵红晕里。母亲的腰板坐得很直,一手轻轻拉着风箱,一手往灶膛里添加柴草,轻松而自然。那样子好像不是在做一件重复烦琐的家务,而是在享受着一种乐趣,如同舞台上的演员表演着娴熟的技艺。风在锅灶里呼呼作响,火苗像红绸子一般不停地舔舐着锅底,锅里开始溢出饭香。我知道,每每这时,屋檐上会升起袅袅炊烟,萦绕在树木掩映的村庄上空,慢慢飘散开来。

我对风箱灵巧的结构一度着迷。它的造型看上去很简单,一个瘦长的木匣子,一头伸出两根细长的拉杆,只要轻轻拉动拉杆,一股强劲的风流就会从木箱一侧的出风口吹出来。后来我才弄清楚它的原理，在箱体内，有两根拉杆头绑着一撮厚厚的羽毛，拉动拉杆，利用空气的压力，风就会从箱体的出风孔吹出。

我想，风箱的发明者应该是一位巧妇，只有她们尝尽了一日三餐生火做饭的艰难，才会产生这种发明的想法；或是一位体恤民情的能工巧匠，知悉百姓灶膛前的疾苦，才萌生发明风箱的愿望。

其实，风箱在我国古代就已经出现。老子《道德经》中有云："天地之间，其犹橐龠乎？虚而不屈，动而愈出。"橐龠就是以吹风炽火的器具，应该就是最古老的风箱。老子不仅揭示了它的原理，还把它上升到哲学的高度，加以引用和说明。明代宋应星所著的《天工开物》对风箱作了图文并茂的记载，说明那时风箱已被广泛运用在生产生活之中了。

出于对风箱的好奇和喜爱，做饭时我和弟弟妹妹也乐于给母亲帮忙。我们一边拉着风箱拉杆，一边看着灶膛里风吹着火苗像是在跳跃、起舞。红通通的火苗映照着我们的脸，有一份撩人的温暖。冬天里，我们把冻得开裂的手放在灶膛边，一边烤，一边做着被火烫着的夸张举动。母亲也不制止，只是笑着往灶膛里填柴草。炉膛里的火在蹿动、跳跃，也温暖着我们的身心。

风箱与人们一日三餐有了关联，在生活中便有了非同寻常的意义。有一次，看邻居搬家，邻居大妈独自吃力地扛着风箱走在搬家队伍中，像是扛着一个不舍丢弃的宝物。后来我才慢慢悟出，她搬动的不仅是一个风箱，更是一家的生计。

我见过最大的风箱是在离我家不远处的铁匠铺。铁匠铺有师徒二人，师父打铁，徒弟拉风箱。也许是风箱太大，身材瘦弱的徒弟拉得有些吃力，每拉动一次，炉火便会向上蹿跳一次，"呲呲"作响。师父娴熟地用钳子从炉火中夹出一片烧得通红的铁片，然后操起锤子叮叮当当地敲打起来。不一会儿，铁片在师父的敲打下渐渐变成一把刀，或是一个叉子。那时，铁匠铺以貌似"工业"的身份让人刮目相看，而他们手中锻造出的神奇——风箱功不可没。

如今，家乡人早已用上了煤气灶、电磁炉，风箱已经从农家销声匿迹。

后来，我在家乡一座民俗馆中终于觅见到它的身影。它静静地躺在那里，如同一位饱经风霜的老人，疲惫地躺在床榻上。那细长的两根拉杆像是定格在时光中瘦弱的双手，似乎在无声地向人们描述着当年的光景。

家乡有句俗语：人要人推，火要风吹。在我眼中，那个充满艰辛的年代，一个小小的风箱不仅吹旺了农家的一膛炉火，也吹散了生活中的一片愁云。

（原载2018年2月2日《安徽日报》）

木　箱

　　一个木箱在生活中的意义，不仅仅是坚固可靠的储物工具，还曾经是百姓家庭中最为贵重的家什。随着时代的变迁，如今木箱已渐渐淡出了人们的视线，消失在岁月的长河之中。然而，作为家中特殊的物件，它曾承载着人们一段特殊的情感，也储藏着一段抹不去的记忆。

　　木箱大同小异，形状、结构都很简单，方方正正，结结实实，一块齐口的箱盖严丝合缝地扣住箱体，为人们珍藏和保管贵重物品提供了可靠的保证。如果在箱扣处加上一把锁，则更为牢固和保险。因为自身贵重，又装着家中金贵稀罕之物，所以，在物质贫乏得如水洗一般的年代，一个家庭如果有几个质地上等的木箱，往往是殷实富有的象征。

　　我记忆中见过最豪华的木箱是在邻居家。那是一个据说是用樟木做成的箱子，比普通的木箱高大一些，外表漆着枣红色的油漆，透着高贵的光泽；箱盖四周铜制的圆钉和四角处装饰的蝴蝶花纹图案，恰到好处地勾勒出箱体的轮廓，更映衬出它的奢华。据说这个箱子是邻居家祖辈一位大户人家小姐出嫁时陪嫁的嫁妆，从此也成了他们家几代人的传家之宝。人以物荣，邻居家和我一般大的孩子，乳名就叫"大箱子"。

　　小时候，我家中也有一个木箱，呈长方体，约半米高，箱体漆着暗红色底色，虽然算不上华贵，却是家里最贵重的一件东西。母亲对它十分爱惜，每隔几天就要将它擦拭一遍，清除箱体上的灰尘，还用一块花布盖在箱体上。箱子一年四季就放在母亲的床头，平时她轻易不让我们触碰。家里有什么珍贵一点的东西，母亲总是藏在箱子里。有时，她会从箱子里变戏法似的取出几片稀罕的方片糕，或是一块准备给我们做衣服的新布料。不大的箱子似乎装着家中所有的秘密，这让我对它有着特别的好奇，总想一探究竟。

终于有一次，我趁母亲不在家，偷偷掀开了箱盖，在箱子里乱翻一通。箱子里有几件母亲平时轻易不让我们穿的新衣服，几块没有来得及给我们缝制的新衣料，在箱底的一角还有一个用布包裹得里一层、外一层的东西。我好奇地把它打开，原来是几元钱。有一元、两元的，还有几毛的零钱。原来箱子里还藏着家中日积月累的"财富"。父母平时是不让我们触碰钱的。我吓得慌忙把钱放回原处，从此对那个木箱更是高看一眼。

木箱看似牢固、可靠，也有让人失望的时候。那年，家中盖新房，生产队送来一个半导体收音机作为贺礼。当时，这个砖头块大小、能说会唱的"话匣子"还十分稀罕。母亲白天让我们围着它听，晚上便用一块绸缎布把它包裹起来，藏进那个木箱里。有一天，天刚蒙蒙亮，母亲突然惊慌失措，叫醒还在睡梦中的父亲，说木箱被人撬了。父亲慌忙起来查看，别的东西没有少，唯独那个半导体收音机不翼而飞。母亲懊恼地拍着箱盖，一个劲自责没有看护好箱子。父亲一脸茫然，手足无措，不知如何是好。窃贼是怎样在父母亲的眼皮底下打开箱子偷走收音机的，至今都是一个谜。只是那个笼罩着神秘光环的木箱从此在我眼中的身价大打折扣。

如今，木箱早已退出了生活的舞台，取而代之的是各式各样的皮箱、拉杆箱、箱包，不仅样式改变了很多，其功用也发生了变化。只是作为生活中曾经的宠儿，木箱不仅因为贵重而受到珍惜，也因为承载着生活中的酸甜苦辣，让人难以忘却。

（原载 2017 年 11 月 13 日《粮油市场报》）

那年"双抢"

一

天刚蒙蒙亮，母亲坐在锅灶边，一边往炉膛里填柴草，一遍抱怨说，喊你们起来拔秧，都喊三遍了！我勉强抬起好像压着一座山似的眼皮，极不情愿在嗓子眼里含糊地应了一声，又要沉沉睡去，忽然猛地挨了一巴掌。

送给我这一巴掌的是父亲。巴掌打在屁股上并不重，甚至没有感觉到痛，却吓走了我的睡意，也打断了一个做得正美的梦。梦里，我正准备将一根花五分钱买来的又凉又甜的冰棍美滋滋地往嘴里送。尽管是梦，我依然觉得十分可惜，用手抹了抹嘴，嘟哝了一句连我自己也没有听清的话，从床上一骨碌爬起来，跟着父亲向家中秧田走去。

我已经记不清楚这是"双抢"的第几天了，占据记忆的只有两件事，困与累。

"双抢"是庄稼人自导自演的一台农忙"大戏"。在戏中，每个人都有自己的角色。村中，男女老少齐上阵，青壮劳力主攻的是栽秧割稻，年老体弱下不了地的，也帮着翻场晒稻，烧水送茶。就连我这刚从学校放暑假回来的高中生，也难以幸免，放下书包便加入了"双抢"队伍。

秧田里早有好几户人家开始拔秧了。黑黢黢的地里，我分辨不清谁家是谁家的秧田,只听见一片洗秧声。他们准是看我家昨天起得早,今天就比我家起得更早,赶在我家人下地前来拔秧。"双抢"正酣,暗地里较劲是邻居们心照不宣的事情。

我跟着父亲来到自家的秧田,急匆匆地下了地。抬头望了一眼天空,依然有许多星星在闪烁,嘲弄似的向我眨眼。

进入"双抢"后,拔秧是每天早上雷打不动的第一茬活。父亲精心育下的秧苗此时已有几寸高,苗青禾壮,有一种喜人的长势。现在要将它们连根拔起来,然后移栽到水田里。这是几千年农耕文化流传下来的经验。

其实,拔秧算是"双抢"中最轻松的一项农活了。只需将秧苗轻轻拔起,然后洗去秧根上的泥蛋子,再用稻草一把一把地束好。每天早饭前,要拔起够一天栽插的秧苗,并运送到水田里,这是确保完成每天插秧任务的前提。

夏天的早晨,风沾染了夜露的清凉,吹在脸上凉爽而惬意。秧田里,洗秧的声音响成一片。躲在秧苗里的青蛙和昆虫似乎不明白一清早就有人打扰它们的美梦,极不情愿地被撵着一步步往前跳跃。

坐在秧田里,我依然充满了困意,双手洗着秧苗,眼皮却在打架,似乎只有用一根火柴杆撑着,才能将它们牢牢撑住。此时,最大的愿望是躺在床上一动不动,睡上三天三夜。

我敢说,困和累,不只是我一人。天亮时,睡眼蒙眬的妹妹吃惊地发现自己走错了地方,竟然坐在邻居家的秧田里。

二

饱满的稻穗佝偻着沉甸甸的身子,密匝匝地挤在稻田里,摆出一副亟待收割的架势。

稻浪滚滚,一片金黄。这是一个充满诗意的田野。然而,站在稻田边,我的心中并无多少喜悦,更无诗意,反倒滋生出一种胆怯,想着这密密匝匝的稻穗,要用手中的镰刀一棵一棵地割倒,然后再一摞一摞地打捆,挑到打谷场上晾晒、脱粒，心中便产生了一种莫名的恐惧。"双抢"中，每一项农活都是对体力和毅力的无情考验。

"双抢"看似抢收抢种，其实抢的是时间。要在极短的时间里，把成熟的早稻收割上来，再把晚稻抢插下去，而这一切必须抢在立秋之前完成。延误了农时就是耽误收成，这是时令和庄稼之间不可更改的约定。和时间赛跑、和农时赛跑，这也是一场庄稼人输不起的比赛。

本来，家乡的农田一年最宜种植两季，春天一季水稻，秋天收割后，接着再种一茬油菜。庄稼人不慌不忙，省心省力。现在，要把种一季水稻改为种两季水稻，庄稼人盘算的是一年之中又多一茬收成。因此，收与种注定要在一年中最炎热的季节里交替完成，在田间完成一场热辣的接力。对庄稼人来说，炎热是这场接力赛中最严酷的考验。

站在田边，我还没有弯下腰开始割稻，汗水便像断了线的珠子，顺着面颊流下来。为了防止晒伤，每次割稻，我也学着别人的样子，穿上厚厚的长裤长褂，把自己包裹得严严实实。这样一来，晒伤防止了，带来的却是一种密不透风的燥热，割起稻子来，不一会儿衣服就能拧出水来。湿透的衣服紧贴在身上，感觉像是全身贴着一块巨大的膏药，挪不开，又动不得，只能任由它摆布。

当然，最难受的还是脸颊。长时间弯腰，脸贴近热烘烘的稻穗间，汗水混合着稻子的叶芒，如同无数小虫子在脸上爬行，而自己却又无暇顾及，只能在间歇的时候，腾出手来猛地撸一把，恨不得把讨厌的汗水甩出八丈远。

稻子在我挥动的镰刀下有秩序地倒伏成一片，顺着我挪动的脚步一点点向前延伸。几千年的农耕岁月，改变的是一代代人的容颜，没改变的是这种面朝黄土背朝天的姿势。庄稼人在这种姿势下，一代代传承，也用这种姿势，在土地上书写着自己的命运。

一天下来，田里的稻子被割下了一大片，它们整齐地倒伏在稻田里，这让我多少有了一些成就感，尽管这仅仅是第一步，接下来，还要打捆、搬运、晒场、脱粒，还要犁地、整地和插秧。

父亲站在田埂上，依然没有让我们收工的意思。我知道，望着家中几亩还没有收割的稻子,他越发焦虑,一边抽着闷烟,一边盘算着如何安排明天一家人要赶的农活。

三

若要选择割稻与插秧,我宁愿选择后者。

和割稻一样,插秧也是低头、弯腰,向大地做出一种虔诚、妥协的姿势。但我感觉,插秧是在水田里劳作,比起割稻,要清爽许多。

我的眼前,被犁耙整理过的水田,灌满了水,像一面镜子,映照着天空。

插秧是一门技术活,一手攥着一把细嫩的秧苗,一手要快速掰着栽插,不仅每次掰插的棵数要均匀,而且栽插下去的秧苗要做到横竖成行,间距相等。农活中每一道工序都会在无形中影响收成。

我刚开始学插秧的时候,插的秧苗不是东倒西歪,就是横竖不成行,插下去的秧像驴子拉屎一样,歪歪扭扭,为此没少招来兄弟姐妹们的嘲笑。后来慢慢找到了诀窍,学会如何凭借两腿控制插下去的秧苗的距离,再用眼瞄准行距,只要身体端正,不用担心插下去的秧不在一条直线上。自从学会了插秧,我也因此成为"双抢"中既能割稻又能插秧的"双料"成员。

速度也是考验插秧技术的一个关键。插秧与割稻不同,是一趟趟往后退着走,速度慢,就会被后面紧跟上来的人超过,有被"关"在秧田里的危险。那是插秧中一件最为尴尬的事。

插秧最难受的是腰酸。长时间的低头弯腰,一刻不停地做出鸡叨食的姿势,腰间如同别着一把锥子,一个劲地往里扎,一种又酸又痛的感觉,如同受刑般煎熬。

下午,田里的水被太阳晒得滚烫,双脚插在地里,有一种被煮的感觉。而此时,阳光毒辣得像一团火,不依不饶,烤得秧田里升腾着一股水汽。我最怕这种水汽在我的眼镜片上,如同蒙上一层薄纱,眼前常常模糊一片。

田头间有一排树,在烈日下投下一片凉荫。在我眼中,那片凉荫有着皇帝的金銮殿一般舒坦。想着那片凉荫,我赶紧加快速度。插完一趟秧苗,就可以躺在树荫下歇一歇，安慰一下酸痛的腰。能在树荫下休息片刻，成了插秧中最大的奢望。

不知什么时候，田边的大路上走来两个人，吸引了秧田里所有人的目光。我认识他们，是大姨家的大表哥和大表嫂。大表哥穿着一件海魂衫，大表嫂穿着一件花裙子。他们手挽着手，肩并肩，合打着一把阳伞，大热天的还整整齐齐穿着鞋和袜。对于他们这种穿戴，除了羡慕的目光，没有人感觉到不妥。大表哥在城里钢铁厂上班，是城里人，城里人自然用不着"双抢"。望着他们渐渐远去的背影，我心中涌起一种复杂的滋味，说不清是惆怅还是向往。

傍晚，插下去的秧苗经过烈日烤晒，叶子有些蔫巴，但晚风吹来，依然摇曳着弱小葱绿的身体，似乎有一种重获新生的喜悦。

村中树上的知了鸣叫了一天，声音接近声嘶力竭。藏在洞穴中的青蛙开始跳出洞穴，发出试探性的叫声，准备享受夏夜的清凉。

收工时，深邃的天空已经是繁星一片。走在狭窄的田埂上，我忽然想起那首《锄禾》诗。我想，只有参加过"双抢"的人，才能真正了解从田间一棵禾苗，到饭桌上一碗香喷喷米饭之间的距离。

（原载 2018 年 8 月 14 日《合肥晚报》）

梦里梦外

一道平时很容易就能解答出来的数学题，此时，我竟一头雾水，怎么也找不到解题的方法。时间一分一秒无情地流逝，有的同学已经做好了答卷开始交卷，踌躇满志走出考场……焦急、无助、纠结，猛然惊醒，原来又做了一次高考的梦。

夜色深沉，黑漆漆的窗外传来滴滴答答的雨声，我默默回味着刚才的梦境，心头涌出一股说不出的滋味。已经记不清楚这是多少次梦见高考的场景了，梦境相同，情节相似，真切的情景和场面如同电影回放一般，把我带到那段已经远去的岁月，带到那个决定命运的大考之中。

20世纪80年代，我走过家乡狭窄的田埂，背着简易的行囊，来到县里一所中学读高中。和我一同走进校门的还有五十多位同班同学。尽管大家来自四邻八乡，不同的家境，不同的性格，但都是奔着一个同样的目标，那就是通过三年的拼搏努力，冲刺那个决定终身前途命运的大考，跳出"农门"，走出一条与父辈不一样的人生道路。

陌生的校园用无数个经验和无数个教训昭示着我们这群懵懵懂懂的年轻人：高考是改变你命运最好的机会，也是唯一的机会。在贫困的年代里，农村孩子能上高中、考大学是为数不多的，许多同龄人读完初中便辍学在家，我们无疑是幸运的。背负着这份来之不易的幸运，更让我们懂得如何去珍惜机遇，抓住机会。考中的概率很低，每年一个班本科、大专、中专加在一起，考取的也只有十分之一左右，所以，高考也被人形容为"千军万马过独木桥"。能不能挤过"独木桥",不仅决定着个人命运,也寄托着一个家庭的希望。

竞争似乎从走进校园的第一天就已经开始。白天上课,每一节课都是四十五分钟,大家听同样的课,完成同样的作业,似乎都在同一条起跑线上,谁也不比谁学得多。因此,主要的竞争还是在课余时间,谁能充分利用课余时间,多学一点,多记一点,高考就会多一分希望。我们的学校在一座不大的集镇上,出了校门,周边就是农田。田里长着密密匝匝的庄稼。每到傍晚,同学们吃过晚饭便纷纷来到庄稼地旁,找一条偏僻的田埂或清静的地头,开始背课文、记单词、默公式。晚霞中,同学们有的摇头晃脑,口中念念有词;有的步履蹒跚,若有所思;有的双目远眺,似乎还在回味着老师课堂上的讲解……一个个青涩的身影与田间的庄稼相映成趣,成了一道独特的风景。有时那些在地里干活的农民也有意远离着我们,生怕打搅我们用功读书。

临近高考,竞争也到了白热化的程度,许多同学想出怪招、奇招,努力做最后一搏。班上有一位男生长得白白净净,十分帅气,赢得班上一位女同学的芳心。青春年少,帅气的男生平时难免春心萌动。为了迎战高考,不让自己分心,他毅然做出了一个大胆的举动,剃成了光头,光着发亮的脑袋默默坐在那位女生的前面。同寝室的一位同学,本来成绩很好,在迎考前,成绩有所下降。为了赶上同寝室其他同学,他选择睡在靠近寝室门口的床位。刚开始谁也不知道他的意图,后来才发觉,每天晚上睡觉前,他都会悄悄在门上系一根绳子,一头连着门,一头拴着自己的脖子,一旦早晨哪位同学起得比他早,开门出去看书,就会把他惊醒,他会立刻起身下床……青春的梦想演绎着激情,也上演着酸甜苦辣的剧情。

所有的拼搏努力都是为了大考,为了那特殊的三天。几张考卷如同寄托着希望的风帆,承载着远航的梦想;也似命运的符咒,抑或把人无情地打入绝望的深渊。一颗颗年轻的心似乎还没有做好充分的准备,便踏进考场,迎接有生以来第一次命运的抉择。兴奋、紧张、焦虑,各种复杂的情绪混合在一起,在踏入考场前化为一种神圣,一种赶赴沙场般的悲壮。

走进"战场",每一个人可能都有相同的经历,为顺利答出一题而暗自庆幸，为遇到一题"拦路虎"而心生纠结，为粗心大意看错一道题目而懊恼不已。每一场考试，每一个场景，甚至每一个细节，像是镌刻在脑海中，时隔多年，依然历历在目。

弗洛伊德说：梦境是愿望情结隔离时空的对话。一次次梦见高考，一次次在纠结、无助中惊醒，尽管梦中的情形与高考并不完全一致，每次却依然让我惊心。因为愿望，梦里梦外，都让我对这个决定人生命运的大考始终心生敬畏。

（原载 2015 年 7 月 8 日《合肥晚报》）

挑着菜罐去读书

我对咸菜有着一种特殊的情感。它咸中带着微涩，酸中透着香鲜，脆中夹杂着几分绵柔，让我难以割舍，也难以忘却。十六岁那年，我就是挑着咸菜罐子走进高中校园的。

那年的暑气刚刚消散，一纸通知书将我带进离家二十多里的一所高中。这是县里仅有的几所高中学校之一，校园里挤满了和我一样来自偏远乡村的学生。由于离家较远，入学后，我成了一名住校生，平时吃住在学校，每个周末回家一趟，讨取一周吃的菜、米以及衣服等生活必需品。

那时，家中一年四季存放着一种用青菜或油菜薹腌制的菜，因其味极咸被称为咸菜。这是农村饭桌上最常见的菜，也是家中唯一拿得出供我上学吃的菜，因此成了我带往学校的不二之选。每到周一返校，一大早母亲就开始忙起来，从咸菜坛里挑选一些上好的咸菜，切成细丝，然后放在锅里炒熟，再滴入几滴菜籽油，小心翼翼盛出来，装进我带到学校的咸菜罐子里。黑油油的咸菜罐口小肚大，装满一罐子咸菜正好够吃一个星期。带上母亲给我准备的咸菜，还有半袋大米，我挑起它们，连同沉甸甸的书包踏上返校的路程。

十六岁的肩膀还有些稚嫩，挑在肩上的咸菜罐、米袋和书包不是很沉，却摇摇晃晃让我找不着重心。这一副装扮虽然看上去极不协调，甚至还有些滑稽，但却无声诠释着令人羡慕的身份——走出村庄，外出上学的高中生。在许多人眼里，高中生或许将来就是一名光宗耀祖的大学生。那时，从村中走出一个大学生是一件了不起的事情，家中的门槛无形中似乎比别的人家高出一截，那种荣耀堪比古时候寒门中出了状元、举人。

一般情况下，回到学校第一天是个无忧无虑且快乐的日子。临近中午，学校下课铃声一响，同学们便从教室里蜂拥而出，赶到食堂取自己的饭盒。铝制的饭盒印着姓名或编号，就是我们的饭碗，端起它，再取出从家中带来的咸菜，这便是我们的午餐。

寝室里开始飘起淡淡咸菜香味的时候，也是我们一天中最开心的时候。大家一边吃，一边相互察看着咸菜里有没有什么新发现。有些家境较好的同学母亲常常在咸菜罐里悄悄放两只咸鸭蛋什么的，此时被大家发现了，如同发现新大陆。不同的家境，咸菜质量也不一样。家境好一些的同学，咸菜里往往伴有毛豆、香干等，有时还有几片令人眼馋的咸鱼或咸肉。这些咸菜常常招来同学们哄抢。寝室里，陶制的咸菜罐子像陈列的古董，在破旧的桌子上一字排开，只有从中飘出的咸菜味，才证明这些粗糙的家伙在我们生活中扮演的角色。

我带的咸菜档次较低，品种几乎一成不变，咸菜里除了几滴油外，很难寻觅到其他"出类拔萃"的东西。这我也很知足了，母亲不仅给我把咸菜炒熟，还放了香喷喷的菜籽油，已经让我很受用。家中餐桌上的咸菜几乎没有炒熟过，更难见到油星。

放了油的咸菜吃久了也倒胃口。去食堂取饭时，我有时也偷偷往墙上小黑板上瞟一眼，那上面每天都标注着食堂出售的菜价，如五分钱一份的青椒炒干丝，一角钱一份的肉片烧土豆，还有两角钱一份的冬瓜炖排骨。食堂出售的菜肴飘着香味，刺激着我的味蕾，我不禁暗自咽着口水。面对诱惑，我通常情况下只能做一个旁观者，偶尔咬咬牙慷慨一回，买一份便宜的青椒炒干丝，算是安抚一下那张不听话的馋嘴。

为了打牙祭解馋，有的同学甚至脑洞大开。有一次中午开饭的时候，食堂前来了一位卖辣椒酱的小贩。小贩把一桶红红的、诱人的辣椒酱摆在那里。这一放，如同在馋猫面前摆上了一盘荤腥，立刻引来同学们围观。辣椒酱三分钱一小勺，有的同学买，但更多的是看。拥挤之下，只见一位同学故意把一个饭团丢进辣椒酱桶里，大声喊道："我的饭团挤掉了！"

小贩慌忙去捞，捞上来的饭团沾满了红红的辣椒酱。那位同学接过饭团，得意地一溜烟跑了。

母亲总是担心我在学校天天吃咸菜，嘴里没味，除了周末回家特地炒一盘新鲜蔬菜给我改善伙食外，家中偶尔有什么好吃的，也会惦记着我。有一次，我正在教室里听课，教室门突然被推开，一个人冒冒失失闯进教室，也不同正在讲课的老师打招呼，高高举起手中的菜罐。我一看，顿时傻了眼，闯进来的竟是我的姐夫。只见他一边扬着手中的菜罐，一边用目光在教室同学中寻找，还大声喊叫着我的名字。这一举动，让老师蒙了，同学们在安静了片刻之后，笑得前仰后合。我臊得脸像被火烤了一样，慌忙冲过去，把姐夫拉出教室。原来，家中来了客人，母亲做了一份红烧黄豆，执意盛出一些让到中学附近粮站卖公粮的姐夫给我捎来。姐夫在学校转了半天才打听到我所在的教室。姐夫没上过几天学，自然也不懂进教室的规矩。

带到学校的咸菜不仅用来佐餐，有时还用来充饥。晚上，下了晚自习回到寝室，常常感到头脑一旦从书本中解放出来，肚子就开始闹情绪，咕咕直叫。此时，寝室里除了咸菜，没有用来填肚子的东西。不知哪位同学别出心裁，带头发明了开水就咸菜的吃法。大家纷纷效仿，一边喝着开水，一边打开咸菜罐，猛吃一通，那架势似乎吃的不是咸菜，而是饕餮大餐。吃完后，有的同学还夸张地打着饱嗝，装着一副心满意足的样子，可惜从胃里送出来的都是咸菜味。

寝室里所有的咸菜罐都被吃得底朝天的时候，也到了周末回家的日子。我和同学们逃兵似的开始收拾空空的菜罐子和米袋子，一周的时间并不漫长，我们却归心似箭。

（原载《铜陵文学》2017年第四期）

变味的书香

古人将书的味道称为书香，读书人家被称为书香门第，这让读书这件事不但变得浪漫风雅，也让人觉得捧起书本便会如沐春风，两腮暗自生出一缕清香来。

细细嗅起来，书还真有味道，那是一种从洁白的纸张中透出的丝丝木浆味和黝黑的字迹上残留下的淡淡油墨味，说它是书香，也未尝不可。

20 世纪 80 年代，对于一群来自偏远乡村，身上还带着泥土味的中学生来说，我们读书不是冲着书香味去的，而是有更直接、更纯粹的目的和动机。古人说"书中自有黄金屋，书中自有颜如玉"，在我们眼中，那一本本厚厚的书，就是一块块改变命运的"敲门砖"。考上大学，就能从此改变祖祖辈辈面朝黄土背朝天的命运。高中三年，我们搬砖似的把一本本厚厚的课本摞在课桌上，然后天真地想，背完了其中的词语，解完了其中的题目，就会实现这一梦想。那一摞书垫在脚下，就能帮助我们跨进大学的殿堂。

现实情况是，这摞书架起的只是一座独木桥。那时，即便是县城重点高中，一个班级几十人，能考取大学的也寥寥无几，成绩好一些的班级也就七八个而已。对我们而言，高考就是千军万马过独木桥，谁能闯过去，就会改写人生的轨迹；闯不过去，就要再度回到农村，接过父辈手中的锄头，过着刨地为生的生活。在严酷的现实面前，同学们只能暗下决心，牢牢记住刚进校时老师告诫的一句颇为流行的名言：书山有路勤奋为径，学海无涯苦作舟！因此，从踏进高中校门的第一天起，同学们都以一种虔诚刻苦的心态对待书本。书本一旦成为改变命运的神祇，也就失去那种令人陶醉的书香味了。

在学校，除了上课外，同学们几乎所有的课余时间都被书本占用。无论是朝阳还没露面的清晨，还是西天晚霞尚未散去的黄昏，只要稍微留意，就会发现，在树丛下、在宿舍后、在操场边，一个个拿着书默默苦读的学生，或蹲或坐、或站或倚，状如雕塑，行如苦僧，这似乎是校园一道永不褪色的风景。

教室课桌上放着书，寝室饭桌上摊着书，连睡觉的床上也堆着书。书构成了生活的全部。手离开了书，心里就不踏实，有的同学晚上睡觉必须拿着书才能入睡。有的甚至在睡梦中突然坐起来惊叫："我的书呢，谁拿走了我的书？"

如同一个宿命，无意间，书本抹杀了我们所有业余爱好，夺走了我们所有课余时光，只给我们留下露着一丝光亮的缝隙，让我们飞蛾扑火般向前扑去。

在《梦里梦外》一文中，我曾经举例发生在我身边两则真实的故事。在冲刺高考的最后一个学期，寝室里有一位同学主动要求把自己的床铺安在最靠近寝室门口的位置，这是寝室中最差的位置。大家不得其解，后来才发现，他每天晚上睡觉前，悄悄用一根细绳，一头拴着寝室大门，一头拴着自己的脖子。早晨，只要哪位同学早起出门读书，就会把他拽醒，他立马起床跟着出去读书。班上有一位长得帅气的男生，临近高考时，突然剃光了头发，原本乌黑帅气的长发一下子变成看上去丑陋无比的"秃头"，原因竟然是以此阻挡一些女生向他投来暧昧的目光。女生火辣而又温情的目光一度让他很得意，但他很快就明白，高考大战在即，任何分心的举动都是作死的行为。

书能带来希望，也能带来绝望。那年高考前，学校突然接到上级通知，要实行预考。一纸通知如同一根无情的栏杆，挡住了许多同学进入高考的大门。按规定，班上只有一半同学有资格参加高考，而另一半的同学在三年苦读后，连参加高考的资格都没有。许多同学因为没有通过预考含泪离开了学校，有一位同学差点走上绝路。好在这个颇受争议的政策只实行了一年，第二年就被废止了。

预考上的同学暗自庆幸，依然走在独木桥上，虽然战战兢兢，但毕竟向希望的目标又迈进了一步。

高考前，老师对班里几个"尖子生"特别看好，常常向他们投去关怀和期待的目光。其中一位被老师寄予厚望的同学突然不愿看书了，上课时连碰都不愿碰一下。老师很纳闷，走到他面前询问缘故。那位同学沉默了半天，回答说："一闻到书的味道，我就想吐！"听了这话，老师架在鼻梁上的眼镜都差一点惊得掉下来。他忙翻开那位同学的书，发现书中除了用钢笔密密麻麻圈注着重点外，并无其他东西。老师似乎明白了什么，只好用一声同情的叹息代替了欲言又止的批评。

原本飘逸着书香味的书本读到令人厌烦的程度，这是局外人很难理解的。我敢说，那位同学绝不是无病呻吟的矫情，而是刻骨铭心的感受。物极必反，深奥的哲学道理在我们这里变成了最简单的现实。

对书本表露出的极端情绪最终还是爆发了，在离开学校前往县城参加高考的最后一天晚上，几位同学来到教室，将课桌上的书本狠狠摔到地上，有几位同学拿起书，将它撕成碎片，然后高高抛向空中，一些同学还发出歇斯底里的尖叫声。

片片纸屑从空中纷纷落下，灯光下犹如片片雪花。我知道，撕碎的纸片已经没有书香味了。透过这些如雪花纷飞的纸屑，我看到许多同学眼中噙满了泪水。

（原载《铜陵文学》2017年第四期）

那年桃花笑春风

同学周君,从家乡来淮北相聚,三十多年未见,当年青涩的读书郎,如今是西装革履的大律师。同学相见,带来的不仅仅是久别重逢的欣喜,更多的是回味往事如老酒般发酵多年的甘醇。

忆起当年,我们一群从乡间田埂小道走出来的农家子弟,为了跳出"农门"发奋苦读,既有一飞冲天实现"鲤鱼跳龙门"的喜悦,也有屡屡受挫"沙场折戟"难言的曲折和坎坷。与我们曾经同班的谢君,便是其中最具代表性的一位。

谢君学习刻苦,几乎到了"学痴"的程度,每天除了吃饭睡觉,手不离书,即便如厕,也手持一张上面写满英语单词的纸片,不肯浪费那点滴时间。谢君平时在班里成绩数一数二,每次月考,同学们都向他投去羡慕的目光,无奈高考发挥失常,连续两年都以几分之差,与一纸梦寐以求的"高考录通知书"失之交臂。谢君与其他同学不同,许多同学的理想就是能考取,至于考什么学校、读什么专业,似乎都无所谓。而谢君的目标很明确,"志在蓝天"。他曾直言不讳地说,他的理想就是要当一名飞机设计师。同学们听后都在背后捂嘴窃笑。

春天,谢君的身影再次出现在校园。学校学生宿舍后面有一片桃园,每到春天,朵朵桃花,娇美诱人。同学们爱在桃花下一边晨读,一边享受着被桃花渲染烂漫的春光。谢君也不例外,只是,他似乎无心欣赏桃花,手捧几乎翻烂了的课本,紧皱眉头,徘徊于桃树之下,口中念念有词。同学走到他身边，他常常视而不见。有的同学说他孤傲，有的说他不合群，只有与他同桌的我知道，他是怕浪费早上宝贵的背书时间。他的特立独行少不了遭到同学们的调侃与讥笑。只是，谢君依然如故，对同学的议论也是一笑了之。

转眼到了六月，再次迎战高考。老师同学都为谢君捏了一把汗。高考成绩出来后，班上又有几位同学如愿以偿，拿到了梦寐以求的高考录取通知书，谢君却再一次落榜。

据说，那天早上，谢君正和弟弟在家中稻田里给秧苗除草。当他听到自己再次落榜的消息时，似乎显得很平静。他对弟弟说："我几次高考不中，连累了家人，再也无脸见父母了。看来我没有这个命，你回去转告爸妈，我要出去闯荡一番，再也不去复读了。"弟弟问："你要去哪里？"谢君说："美国！"弟弟以为哥哥是在说笑。谁知哥哥真的从田里爬上田埂，洗去脚上的泥巴，穿上鞋子，头也不回地走了。弟弟知道哥哥心中的苦，在高考这条铺满鲜花与荆棘的道路上，哥哥走得太久，也走得太累，只是命运对哥哥太不公平。他不知道哥哥今后的路该怎么走。

弟弟回到家中，把哥哥的话一五一十地告诉了父母。父亲一听，抽了半天闷烟，然后叫来家中亲属，分头去寻，最后在芜湖长江轮渡码头找到了正准备乘船过江的谢君。父亲见到谢君，没有一句责备，默默领着他回到家中。又一个学期开始的时候，父亲将家中一头正在长膘的肥猪，悄悄拉到镇上卖了，将卖猪的钱连同书包一同交给谢君。一位农民父亲以一种特有的方式，表达对儿子的理解与支持。

我和周君回忆起这段往事，仿佛又回到三十年前的校园，回到那片春天开满桃花的桃林。高考，为我们这一代人提供了改变命运的机会，美好的前景如同桃花般绽放在枝头。但能考取的屈指可数，残酷的竞争让人一度把每年的高考形容为千军万马过"独木桥"，一旦失利，美好的前景就会像桃花一样，被一阵春风轻易吹落。

周君告诉我，那次出走后，谢君在父母的鼓励下再次踏上复读之路。第四次冲击高考时，终于以优异的成绩被南京航空航天大学录取。如今，谢君已是一名功成名就的飞机设计师。

一片桃林，见证了一段不平凡的岁月。我想，也许有一天我们会忘记桃林中那笑傲春风的朵朵桃花，忘不了的是桃林中那一个个青涩的身影。

（原载 2019 年 12 月 24 日《新安晚报》）

文澜书店

我是无意中走进文澜书店的。

去新公司报到的那天,为了避开闹市的车流和人流,我选择了一条相对僻静的街巷,文澜书店就在街巷的一端。书店门面不大,准确说更像是一个书摊。一间不到二十平方米的店内,墙壁周围挂满了书刊,一个宽大的摊位摆放在店中央,占据了室内三分之二的面积。书摊一头延伸到店外,上面花花绿绿的报刊,既是一种展示,也是一种招揽。

书店所在的街巷狭窄而悠长,一头连接着闹市,一头通往一所学校。书店左右都是清一色的商铺,出售服装、鞋帽、日杂用品之类。在这样的街巷中,遇见一家书店,让我有些意外。

光顾了几次,我才注意到店面上方悬挂着"文澜书店"几个字,被门前一棵高大的槐树树叶遮掩着。也许是年久风吹雨淋,字迹已经褪色模糊,像一块褪色的广告牌。文澜是一个饱含文化韵味的词语,我熟悉这个词还是它曾经是一位知名文化学者的名字。我不知道书店主人当初起这个店名时,寄托了怎样的美好情怀与期望。

遇见就是缘分。自从发现了文澜书店,我便成了书店的常客,上下班总爱在这里逗留片刻。书店规模虽小,出售的书刊却很齐全,除了大众口味的《读者》《意林》《故事会》之类,我看到了很久没有见到的《南方周末》《扬子晚报》等。更让我惊喜的是书摊上还摆放着《十月》《清明》《散文百家》等纯文学期刊。如今,纸媒报刊阅读面日渐萎缩,一个小小书店出售这样一些纯文学类刊物，不禁让我刮目相看。

经营书店的是一对五十多岁的夫妻。男店主长相瘦弱，少言寡语，平时坐在书店一角，总是低头读着自己出售的报刊，偶尔抬头扫一眼店内的顾客。女店主则显得十分热情，对前来书店光顾的顾客，笑脸相迎，主动招呼。

我光顾书店还藏着私心。此时，我写的长篇人物传记《桓谭传》正在小城日报上连载，每周不定期刊出；平时写一些小文章，遍地撒网般地投稿，报刊上偶尔会出现自己的名字。因此，每次到书店，我先翻看当日出版的日报，看有没有连载，再把新到的报刊浏览一遍。男店主也不制止，只是每次翻动之后，他都要走过来，将我翻过的报刊仔细整理一遍，再放到原处。

也许注意到我浏览报刊与其他顾客不一样，有一次，他走到我身边，问我，你咋光翻不看？语气中带着明显的不满。我抱歉地冲他一笑，解释说，我是一个业余作者，平时喜欢写写画画，我看看新到的报刊有没有刊登我的文章。

听了我的解释，男主人有些吃惊，目光立刻变得柔和起来，似乎面前的人一下子变成另外一个人。从此，男店主对我的态度明显好起来，每次翻动那些报刊，不再向我投来异样的目光。不仅如此，有时发现新来的报刊有我文章时，他还提前准备好一份，放在一边，见到我，提醒我说，今天报上有你文章呢。他的语调不高，仍然是一副淡然的样子，但却透露出一份友善与默契。

与店主人熟悉之后，我慢慢了解到，这个书店是夫妻俩20年前从朋友处接手的。男主人年轻时是一位狂热的文学爱好者，爱读书，写过文章，还在省报上发表过，后来到煤矿当上了一名矿工，因为一次事故造成工伤，从矿上辞职后便开始经营这个书店。20多年来，书店历经风风雨雨，几度差点关门。为了支撑书店，夫妻俩从没出过远门，至今还居住在不到50平方米的房子里。这几年，受电子读物冲击，书店经营愈加困难。为了维持生计，夫妻俩也开始在书摊上摆放一些学生教辅材料和工具书之类，改善经营。

艰难，是近几年大小书店共同的命运。在小城，曾经最有名气的新华书店如今三分之二的店面改成新华眼镜店；一些曾经有一定规模和影响的书店也纷纷改弦易辙，有的改成网吧，有的改成歌厅饭店，有的变成单纯出售学生教辅资料的所谓书店。我不知道在这座城市中，还有多少书店像文澜书店这样，在艰难中苦苦坚守。

走过文澜书店，我的心中总有一种复杂的情感。书店是一个城市的文化符号，也是城市一道独特的文化风景。书店的数量和规模从一个方面折射出城市的文化品位。正是有像文澜书店这样的坚守，默默为城市文化埋单，让我们在今天纷繁、浮躁的尘世万象中，依然能闻到书报的墨香，感悟到飘荡在城市骨子里的文化气息。

（原载 2018 年 12 月 27 日《中国煤炭报》）

"代笔"的家书

上大学的时候,我没有奢想收到家书。父亲不识字,母亲虽然上过几年私塾,却患有眼疾,我离开家时,她的眼睛甚至连我的背影都看不清。因此,到学校后,每当看到同学们收到家书喜形于色的样子,我总是在心中暗暗羡慕。然而,开学后不久的一天,我竟意外地收到家中一封标注着"儿收"字样的来信。

不知道是疑惑,还是惊喜,当我拿到那封信时,我的手竟有些发抖。我慌忙赶回宿舍,想一看究竟。一路上,薄薄的信被我紧紧攥在手里,生怕一阵风会把它吹跑似的。

信竟然是父亲"写"来的。父亲在信中首先对我只身一人出远门表示担忧,叮嘱我要学会照顾自己,吃饱穿暖。然后告诉我说:家中一切都好,今年收成不错,又卖了些稻子,你弟弟和妹妹的学费都已凑齐,他们都去学校读书了,你不要担心和挂念。在信的末尾,父亲告诫我说,你要好好念书,学到真本事,不辜负家中对你的希望!

信不到两页纸,我一连读了好几遍,生怕漏读一个字。信中提及弟弟妹妹学费的事,让我的眼前又一次浮现起离开家时的情形。父亲卖掉了刚刚从地里收割回来的稻子,又七凑八凑,总算凑齐了我去外地读书的学费。然而,弟弟和妹妹们也开学在即,他们的学费却仍无着落。父亲独自抽着闷烟,把烟丝抽得吱吱作响,这是他遇到难事犯愁的时候习惯性动作。母亲话语也少了很多,脸上挂着愁容。我知道,每年新学期开学为我们筹学费,父母都像跨一道坎，只是这一年的坎特别难跨。

其实，在得知考上大学的那一刻我就看出父母的隐忧。他们既喜又愁，喜的是我考上了大学，弟弟妹妹都以优秀的成绩考入中学；愁的是，要筹措的学费又多了一个大学生。父母靠着刨地为食的双手，同时供养我们五个子女上学读书，压力让人难以想象，在家乡方圆几十里，很难找到第二家。看到我家的困境，有人曾经建议父母，狠狠心，让我们辍学回家，也好帮衬他们在地里搭把手。父母听到后，沉默了半天回答说：只要伢子们争气，就是砸锅卖铁也要供他们上学读书！这听起来像是豪言壮语，然而，对一个普通的农家来说，背后包含着多少艰难与不易。父母的一句承诺，如同为我们成长撑起一把遮风挡雨的伞。我不知道，为了撑起这把伞，他们咬着牙，暗自里流下了多少汗水和泪水。

父亲在信中说弟弟妹妹的学费都有了着落，我不知道是故意安慰我，还是果真如此。我离开家时，家中倾尽所能，也倾尽所有，总算筹够了我的学费，弟弟妹妹的学费却悬在半空。为此，我一连几天闷闷不乐，父亲难道看出了我的心事？

最让我纳闷的是，父亲不识字，请谁代笔帮他写的这封家书？

那年寒假回家后我才知道，弟弟妹妹在我去学校不久，果真都入了学。父亲请人代写家书的是村小学一位姓张的老师。那天，父亲来到张老师家，说明了来意。张老师让父亲一边口述，自己一边记。张老师写好信后，怕父亲不放心，又逐字逐句读给父亲听，直到父亲满意后，才把信装进信封。父亲带着那封信回家时，天已黑透，还下起了雨。

父亲一生不爱求人，为了给我写这封信，大字不识的他竟然求人代笔，花了半天工夫，去安慰和教诲一个懵懂的孩子。我不知道他当时是什么样的心情。岁月匆匆，父亲已经离开我们多年，许多往事渐渐淡忘，然而他怀揣着那封信，冒雨走在乡村泥泞的小路上，深一脚浅一脚回家的情景，却时常在我脑海中浮现。

古人说"家书抵万金"。对我而言，这封"代笔"的家书分量似乎更重！

（原载2017年9月22《新安晚报》）

给父母"搬家"

冬至前,我怀着复杂的心情赶回老家。此行是为了了却一桩心愿,给父母"搬家"。

大姐打电话对我说,父母为我们操劳了一辈子,这次给他们"搬家"也是最后一次尽孝了,一定要操办得风光些……大姐说着说着,声音有些哽咽。我也不禁黯然神伤。这次给父母"搬家",从某种意义上说,只是把他们从一堆黄土,移送到另一堆黄土,操办得再风光,又能弥补我们子女心中多少缺憾呢?

父母的坟茔在老家村庄附近一条长满杂草的田埂上。母亲去世时,为了满足她对家中眷念不舍之情,便把她安葬在离村庄不远的地方,好让她离开之后,依然能守望着村庄,守望着她与父亲在岁月风雨中撑起的家。后来父亲去世,也安葬在距离母亲坟茔不远同一条田埂上。父母离世后,我们兄弟姐妹陆续离开了家乡,去了外地工作。家中只剩下老房子,如同一个空巢。陪伴父母的除了日月星辰,便是那条布满他们脚印的田埂和他们劳作一辈子的庄稼地了。

这几年,家乡被列为工业开发区,原本安静的村庄、田野变得骚动不安起来。父母坟茔的那条田埂被挖得七零八落,面目皆非。一年四季绿油油的庄稼地也被一片片白色的塑料大棚所取代。父母安息之地不得安宁,身处外地的我们也忐忑不安。为父母"搬家",让他们在天之灵有个寂静安稳之所,成了我们子女的一桩心事。

为了给父母"搬家"办得周到一些，我们兄弟姐妹提前一天赶回老家，商量一些细节。大姐考虑得很周到，把该办的事情安排得都很妥当。按照家乡的风俗，给父母"搬家"要提前"通知"他们一声。大姐准备了饭菜，用几只碗碟盛着，还特意备了一壶酒，早在一天前就恭恭敬敬摆放在父母的坟前。

在家乡，移坟是不宜惊动乡邻的。然而，当我们来到乡下时，那里早已聚集了许多亲朋和邻居。他们听说父母即将离开家乡，离开他们辛劳一辈子的土地，执意赶来做最后的送别。父母已经离世多年了，家乡父老乡亲还依然怀有如此心意，让我们感动不已。

也许是很长时间没有修整的缘故，父母的坟茔很矮小，周围满是枯萎的杂草，在冬日的寒风中显得孤零而凄凉。坟前一棵小树上，几只不知名的小鸟显然不知道眼前将要发生什么事情，惊恐地飞走了。大姐置办的饭菜没有丝毫动过的痕迹。我知道这只是一种仪式，一种表达怀念和敬重的方式。然而此时，我却希望父母真有在天之灵，冥冥中能够看到子女们所做的一切，能够感知我们压抑在心中无尽的怀念与敬仰。然而这一切只能是一厢情愿罢了，父母在操劳一辈子之后，带着对家庭的眷恋、带着对子女们的担忧永远离开了。今天，我们所能做到的，只有在他们坟前深深的一跪，以此来表达我们无尽的哀思。

父母的新"家"位于市郊一个叫"龙塘"的公墓。这是政府为了拆迁新建的一座公墓。公墓虽然没有家乡的田野开阔，但环境比较安静，还有专人看护。父母来此安息，也算免遭外界惊扰了。

请来的师傅修好了父母的新坟，让我们过去一一跪拜行礼。父母的新坟紧挨在一起，形似两座小屋形状，与在乡下的旧坟相比，大小相似，墓前多了两块石碑。记得为母亲刻石碑时，我们兄弟姐妹居然都说不清母亲确切的生辰。后来询问两个姨妈和舅舅，也都难以说清，最后还是从母亲的族谱中查到。母亲为我们操劳一辈子，生前，每到我们过生日，她都要亲自给我们单独做一份可口的饭菜，或煮一个鸡蛋，却闭口不提自己的生日。在我记忆中，我们也从来没有专门给她过一次像样的生日。现在我们竟连她的生辰都忘得一干二净，这让我们唏嘘不已。

两座坟茔落在土地上，如同两个硕大的符号，终结了父母在这个世界所有的历程，也寄托着我们的情感和哀思。给他们"搬家"，把他们移送到新的安息之地，虽然了却了我们一桩心愿，却滋生了难以言表的隐痛与怀念。

有人开始燃放起鞭炮。蹿起的炮硝在冬日的天空中画出一道道闪亮的弧线，发出孤寂的声响，如同撕裂般的哭泣。这是家乡祭奠亲人一种古老传统的方式，也是替代我们在父母"新家"前表达的一种埋藏在心底的心声。

（原载 2016 年 1 月 11 日《中国煤炭报》）

父亲的小屋

父亲健在的时候，我回老家去看他。他站在他居住的小屋前，努力挺直有些佝偻的身子，不停地向远处张望，满是皱纹的脸上挂着微笑，用一种不轻易流露的惊喜迎接着子女们的归来。此时，他身后那间低矮的小屋也仿佛笼罩着一层特殊的光晕，让我从心底感到一种温暖，一种久违的亲切……这几乎是我每次回去都会出现的场景。如今，时光将这一切定格成一幅永恒的画面，留在我的记忆里。

父亲是一位地地道道的庄稼人，一辈子勤劳、简朴，尽管带着我们兄弟姐妹无数次冲破生活的藩篱，却一直向往着过一种简简单单的生活。母亲去世后，他不顾我们的劝说，毅然选择一个人独自生活，我不知道他是真的不想拖累我们，还是在操劳一生后想有一个清静的归所，一个真正属于自己的自由空间。我们说服不了他，只好遵从他的意愿。那时，小弟在乡下盖起了一幢漂亮的楼房，我们在楼房旁为他盖起了两间小屋。小屋很简陋，普通的砖瓦，墙面用水泥简单进行粉刷，屋内也没有做任何装修，房檐上的木料散发出树木的味道。父亲却对小屋十分中意，他把两间小屋一间当作卧室，一间用作厨房兼客厅，又在屋前栽了几棵冬青树。简朴的小屋有了几分生机。

岁月在父亲身上一天天雕刻着衰老，我们的挂念和担忧也与日俱增。每次给他打电话，在询问他身体情况之后，有意无意地问起那间为他遮风挡雨的小屋。说起小屋，父亲立刻提高了嗓音，对我说，小屋好着呢，很清静，不透风、不漏雨，冬暖夏凉！每当听他带着满足的口吻说这些话时，我总觉得鼻子隐隐发酸。在我记忆里，父亲一生盖了几次房屋，从最早的土墙茅草房，到土墙瓦房，再到后来砖墙瓦房。因为子女多，房子盖得虽然宽大，却捉襟见肘，难掩贫寒与窘迫。即便是他最后为我们盖起的那座砖墙瓦房，也是夏天漏雨，冬天漏风，房顶上露出的缝隙，夜晚在屋里就能看到天空的星光。父亲的无奈时时挂在脸上。我知道，为子女盖起不漏风、不漏雨的房子，一直是他隐藏在心中多少年的心愿。走向暮年后，父亲对一间简陋小屋流露出的满足，让我们这些居住在城市高楼大厦中的子女们常常无言以对，总有一种说不出的滋味萦绕在心头。

小屋是父亲人生旅途最后的栖所，也是身在他乡的子女们意念中的"家"。每到逢年过节，我们总有一种按捺不住的心情想回到那个家，回到那间小屋。一到年底，父亲便在他的小屋里用一种特殊的方式期盼着我们的到来。他把小屋打扫得干干净净，收拾得整洁利索，房檐下挂满了腊肉、香肠，水缸里浸泡着洁白的年糕，碗橱里放着他从菜地里摘回来的新鲜蔬菜。每当我们踏进家门的时候，他总要把一盆早已煮好、热了又热的五香茶蛋端上饭桌，按照我们儿时过年的风俗让我们品尝。茶蛋的香味伴着炉灶里尚未熄灭的柴草的味道，弥漫在小屋里，也浸透到我心里，那是一种只有在父母身边才能体会到的家的味道。

子女们回家的时候，是父亲最开心的时候，也是他的小屋最热闹的时候。一张简陋的饭桌被他擦得油光锃亮，几只矮小的方凳整齐地摆放在桌旁，似乎还能让我们找到儿时的快乐和温暖。饭菜端上来的时候，父亲吃得很少，静静坐在一旁，看着我们兄弟姐妹一边吃饭，一边天南地北地聊着。我们怕短暂的相聚后，即将到来的离别会引起他的伤感，于是故意装着若无其事的样子，大声说笑。父亲也笑，但我分明察觉到他眼角边闪动着一丝隐隐的泪光。

那一年正月刚过完，父亲感到身体有些不适，在城里大哥家住了几日后，忽然像有什么心事似的，心急火燎要回家，回到他的小屋。大哥同他打趣地说，就那两间小屋还担心有什么值钱的东西被别人偷走不成？大哥最终还是没能劝住父亲，只好把他送回乡下。万万没有想到的是，父亲在从城里回到小屋第二天，突然摔倒，从此永远离开了我们，也离开了陪伴他近十年的小屋。

父亲走后，小屋失去主人的呵护，成了真正的空巢，在晨光和暮霭中茕茕孑立。只有屋前那几棵冬青树一年比一年茂盛，似乎以一种姿势，盼望着主人的归来。每次回老家，尽管父亲永远不会再出现在小屋前，可是我们依然要来到小屋旁，默默回味着从前的一切。小屋传递给我们的是一份凄凉和哀伤，更是一份温暖和怀念，至今我们依然不忍心拆除它。它是一段难忘时光的见证，更是我们心灵的一种寄托。

（原载 2017 年 4 月 12 日《中国安全生产报》）

故人帖

二 憨

清晨，雾气浓稠得像一张网，紧紧网住河边的村庄。村里人大多数还沉浸在梦乡，二憨提着渔篓一溜烟溜出了庄子，像一条漏网的泥鳅。他要去河边起钩收鱼，查看一夜的收获。

二憨是我的邻居，与我同龄，我俩一起长大，又在同一天跨进小学大门，而且分在同一个班级。读到小学三年级的时候，二憨难倒在"九九乘法口诀表"上。我和班上其他同学很快背诵过关，他背到五九、六九乘法口诀时总是卡壳，像是一道无法跨越的坎。老师气得捆了他一巴掌。老师出手并不重，却打出了他的拗劲。从此，他死活不愿意再踏进学校的大门。

二憨父亲知道这件事后，在家中闷闷地抽了两袋烟，然后把烟袋锅子在桌腿上磕得啪啪响，丢下一句"看来真不是一块上学的料"就下地了。

其实，在那个年代，孩子上不上学，是父母眨巴眨巴眼就能决定了的事情，只是，二憨的父亲多抽了两袋烟。

二憨在家排行老二，据说三岁多还不会说话，一家人愁得以为生下一个憨子，于是"二憨、二憨"就这样叫开了。

二憨对"九九乘法口诀表"犯迷糊，有些事却有过人之处，比如，逮鱼捞虾。

我们上学要经过一条小河。河水时涨时落，水落的时候，二憨能辨认出河边上的鳖路。野生老鳖生性狡诈，只有在晚上才出来觅食，在河边留下不易察觉的脚印，一般人很难辨认。二憨似乎有火眼金睛。好几次，他顺着鳖路，一路跟随，居然在河边草丛中捉住吃饱喝足正贪睡的老鳖。二憨洋洋得意抓住惊恐万状的老鳖，美滋滋地送回家，至于去学校上学的事，早已忘到脑后了。

辍学后，二憨更加专注逮鱼捞虾。水乡，纵横密布的河湖沟汊是鱼虾繁衍生息的温床，也成了二憨施展逮鱼捞虾绝活的舞台。二憨逮鱼的方法很独特，用手指一般粗细、半尺长的木棒做棒杆，系上渔线、渔钩，再用一条活蚯蚓穿在渔钩上做诱饵，晚上沿着河堤将鱼饵抛进河中，只等着第二天早晨起钩收鱼。二憨会察看水情，知道把鱼饵投放在哪里，鱼儿最容易上钩。这让我既羡慕，又佩服。二憨得意地告诉我，早晨一看渔钩线在水草中绷得直直的，拽上来，准是一条上钩的大鱼。二憨有几十根棒杆，每天早晨起鱼回家，提在手里沉甸甸的渔篓总能赢来村上人羡慕的目光。

二憨兄弟多，家中日子过得很清苦。自从辍学回家后，他家餐桌上有了鱼虾荤腥。有时逮的鱼吃不完，二憨还挑拣一些鲜活的提到小镇上卖，换些零花钱。

二憨日子似乎过得很惬意，他的父亲却不愿意。父亲说："逮鱼捞虾，误了庄稼。"在二憨父亲眼中，庄稼人种地是根本，地里才能刨出生活的希望。

在父亲严厉的目光下，二憨只得收起逮鱼的棒杆，踩着父亲的脚印，下地学习割稻插秧。

我读高中的时候，二憨已经是父亲得力助手、庄稼地里一名壮劳力了。从学校回家，我去看他。见到我，二憨放下手里的活，掂了掂我背在身上沉甸甸的书包，用一种好奇的眼光看着我，问，这么多书，你能读得完吗？

二憨平时寡言少语，一副心事重重的样子。其实，我知道他心里最怕两件事，一件是怕算账，另一件是怕将来娶不上媳妇。前者也许是小学老师那一巴掌留下的阴影，后者却是基于现实的担忧。二憨个头高，长着一副结实的身材，地里的农活也是一把好手，但家中贫寒，一个"穷"字剥夺了他所有的优势。村上已有几个娶不到媳妇的光棍汉了,二憨害怕重蹈他们的覆辙。

二憨在懵懵懂懂的年龄,看中了邻村一个女孩。女孩其实长相一般,二憨却对她情有独钟,每次遇到总是找她搭讪。一次,女孩提着篮子去河边割牛草,下到一个河坎处,半天不露头。二憨怕有什么意外,慌忙跑过去。谁知女孩见到二憨,慌忙提起裤子,朝他一顿臭骂,从此不再搭理二憨。二憨觉得很委屈,却又找不到解释的理由,越发觉得将来娶不上媳妇了。

二憨干庄稼活虽然是一把好手,但最让他着迷的还是逮鱼捞虾。二憨听说邻村有人养螃蟹发了财,很眼馋,也想试一试。刚开始,父亲朝他瞪眼,就是不同意,后来经不住二憨犯拗劲,只得咬咬牙,拿出家中刚分到的二分自留地,挖成一口养螃蟹的池塘,让二憨折腾。二憨像铆足了劲的发条,日夜守候在池塘边,满怀希望等待秋天菊黄蟹肥时刻的到来。谁知那年夏天,接连几天罕见的闷热天气,池塘缺氧,几千只蟹苗几乎全部死光。二憨在父亲叹息声里,偷偷大哭了一场,为了几千只蟹苗,也为了娶媳妇的希望愈加渺茫。

时间又过去两年,村里要招人承包鱼塘养老鳖。生产队长知道二憨从小就识鳖路,决定让他承包。这一次,二憨吸取了养螃蟹的教训,不再闷头憨养,虚心向人请教,时刻关注老鳖的动向。到了年底,一只只肥嘟嘟的老鳖在水塘边憨态可掬,爬来爬去,爬得二憨心中痒痒的。二憨把老鳖运到小镇上出售,不仅赚得钵满盆满,还认识了一位邻村卖菜的姑娘,后来这位姑娘成了他的媳妇。

二憨养老鳖渐渐出了名,来他鱼塘买老鳖的、参观的依然叫他二憨。二憨媳妇不乐意,冲着来人说,我家二憨有大名,叫金贵!

三 宝

我背着母亲用一块黄帆布为我缝制的书包,沿着家乡长满青草的泥土路奔向学校的途中,常常能遇见放牛的三宝。三宝骑在牛背上,一副悠然自得的样子,本来就瘦弱的身体,伏在牛背上,像一只大鸟,两条腿吊在空中，兀自摆动着。

见到我，三宝总是勉强伸一伸似乎直不起来的腰，然后用拇指和食指在空中打个响指，算是同我打招呼。

三宝在家排行老三。乡下人给孩子起名比较随性，最省事的办法就是单取一个宝字，按照老大、老二、老三排序，大宝、二宝、三宝叫开了。三宝既是乳名，也是学名。三宝比我大，我不知道他上过几年学，当我背起书包去读小学的时候，他已经辍学在家，开始给生产队放牛挣工分了。

其实，在村上，叫他三宝的人并不多，大多数人更喜欢叫他绰号"三猴子"。这一称呼不雅，听起来有一种侮辱人的味道。三宝也不乐意。俗话说，"叫猴三天愁。"但他长相瘦小，本该生机勃勃的年龄，却像没有发好的豆芽菜，整天弓着腰，胳膊腿细得跟麻杆似的，头上顶着稀稀拉拉的黄毛，一副营养不良的样子。刚开始，人们叫他"三猴子"，他还吹胡子瞪眼表示抗议，后来叫的人多了，他渐渐觉得无所谓了，便默认了这个称呼。

当然，人们称三宝为"三猴子"，还有另外一层含义，就是他鬼马精灵。父母没有给他一副硬板的身子骨，却给了他一个机灵、聪明的脑瓜。

我听说，三宝上学时，成绩特别好，经常缺课逃课，还能跳级。后来因为家里穷，交不起学费，无奈离开了学校，还没有到成年，便去生产队挣工分。

水乡稻花飘香，田野风光有一种诗情画意般的美，然而水田里的农活却异常艰辛，犁田打坝，割稻栽秧，样样是重活，每一件干起来，都是汗珠摔得啪啪响。生产队长看三宝的身子骨瓢得像一把没有筋骨的稻草，怜惜他，给他派了最轻松的活——放牛和护秧。三宝也聪明，每次放牛，总是把牛喂得饱饱的，圆鼓鼓的肚子像气吹的，队长看着欢喜。看护秧苗时，他不忘给队长倒茶送水，在田埂上跑得屁颠屁颠的。队长说，三猴子这伢，真的精得跟猴似的。

然而好景不长，自从生产队换了一位妇女队长，三宝的好日子也到头了。妇女队长一心想在自己管辖的一亩三分地干出点名堂，好出人头地，便思忖着怎样树立自己的威风。三宝成了她最佳整治对象。

妇女队长说，三猴子放牛、护秧是巧活，工分要减去一半；后来又说，三猴子怎么说也是男人，必须与其他男劳力一视同仁，下地割稻插秧。

三宝刚学插秧，横竖不成行。妇女队长气不打一处来，跳到秧田里，将他好不容易栽插好的一趟秧，一棵棵拔掉，罚他重插。三宝眼泪在眼眶里打转，本想辩解一番，看到妇女队长好像还没有耍够威风，好汉不吃眼前亏，只得忍气吞声。

这一天，三宝正在田里插秧，妇女队长又气势汹汹奔他而来。妇女队长故伎重演，先是骂三宝长脑袋不长眼，栽插的秧苗像驴子拉屎，歪歪扭扭，见三宝头也不抬，气得又要跳下水田拔掉他插好的秧。

三宝没有和她争辩，只见他爬上田埂，慢悠悠地来到地头，从一堆衣服下取出一瓶水，咕咚咕咚地喝起来。

妇女队长先是一愣，不明白自己骂三宝，三宝居然还敢爬上田埂去喝水，定神一看，不禁大惊失色。原来，她看到三宝手里居然拿的是一瓶"敌敌畏"。这是一种剧毒农药，别说喝几口，就是闻一闻都会要人命。妇女队长顾不得矜持，吓得大喊大叫。几个男劳力跑过来，见状也吓傻了眼，架着三宝就往医院跑。三宝挣扎着想反抗，无奈身体瘦小，几个男劳力像捉小鸡一样，提着他，一点都动弹不得。

走了半路，三宝终于说出了真相，他喝的不是"敌敌畏"，那个"敌敌畏"瓶子早已被他冲洗干净了，里面灌的是白开水。他想以此杀杀妇女队长威风。几个男劳力一听，"扑哧"一笑，骂道："你这个精猴！"

三宝的方法很奏效，从此妇女队长不敢找碴挑刺欺负他了。

三宝到了婚娶的年龄，却一直找不到对象，被介绍来的姑娘一见他长相，水都不愿喝一口就要走。三宝很苦恼，整天郁郁寡欢。

有人给三宝出了个招儿，换亲——用他妹妹，给他换个媳妇。

换亲既不合情，也不合法，但为了延续香火，贫穷人家只能把它当成没有办法的办法。

三宝的妹妹叫兰花，虽然生活在贫穷人家，却长得楚楚动人，落落大方。如同所有花季少女一样，兰花也憧憬着自己的未来，幻想着美好的爱情。突然有人提出要给哥哥三宝换亲，本来一颗炽热的心，一下子掉进冰窟窿。得知要嫁的男人是一个比自己大十几岁，还有残疾时，兰花更是死活不愿意。三宝父亲无奈，哭丧着脸央求女儿说，你总不能看着你哥哥打一辈子光棍吧。兰花哭了三天三夜，最终同意换亲。

三宝娶上了媳妇，像是换了一个人，连走路都哼着小曲。三宝原以为从此会美滋滋地过日子，谁知道换亲结婚不到三个月，妹妹却突然失踪。三宝父亲带着两家人，找遍了亲戚朋友家，就是不见人影。

自己的妹妹跑了，换来的媳妇也不愿意再待下去。三宝虽然把换来的媳妇视为掌中宝，却依然拢不住她的心。媳妇的话说得虽绝情，却在理，你妹妹走了，我也得走，这就是换亲的法则。媳妇最终离开了三宝。三宝瘦弱的腰更加直不起来了。

我离开家乡后，再也没有见过三宝，听说他后来到广东打工，已经好多年没有他的音讯了。

青　春

在所有的吹奏乐曲中，我最痴迷的是箫声，悠扬、婉转，带着丝丝哀怨。我不会吹箫，村中唯一会吹箫的人是青春。

我读初中的时候，青春刚从县城里的中学毕业，回到生产队当上了一名会计。会计掌管着生产队记工和分配大权，在队里算是举足轻重的人物。当上生产队会计后，青春依然是学生模样的着装打扮，穿一件干净的中山装，系着风领扣，左胸前的口袋里别着一支钢笔，露出锃亮的笔头和笔夹，有意无意中透露出自己身份和水平。

青春的父亲是镇上中学老师，他也算得上是书香门第。他一口气从小学读到高中，高考时，一紧张把作文主题写走偏了，仅仅三分之差，遗憾地与大学失之交臂。

回到村里，青春心中一度很憋屈，准备复读再考。此时，生产队缺会计，在队长三请四邀下，他最终接下了生产队的记账簿。

在农村，高中生是稀缺人才。青春的到来，给沉闷散漫的乡村带来了一股新鲜的空气。上工时，他让那些平时散漫惯了的大叔大婶们排成一队，一一点名，还要答到；下地时也不准打打闹闹。平时稀稀拉拉的下地队伍，一下子有了规矩。队长暗地里给他竖起大拇指。闲暇时，青春的身边总围着一群人，听他讲县城里的逸闻趣事，还有他从书本上看到的故事。渐渐地，生产队里有什么不明白的事，人们总是说，去问青春吧，他能说得准。

人一旦有了优越感，就会产生惰性，渐渐地，青春似乎不再想着复读高考的事了。

青春家有许多藏书。像《青春之歌》《林海雪原》《野火春风斗古城》等难得一见的名著，我就是第一次从他家书架上看到的。这些书，青春看得像宝贝，轻易不外借。

青春家屋后有一棵枣树，树姿婆娑，树冠如盖。夏天，树上结满了青枣，树下是一片浓荫。周末，我常常和村上几个上初中的伙伴结伴来到他家，坐在树荫下津津有味地听他讲林道静、余永泽、金环、银环的故事。有时，他故意卖关子，比如讲到《林海雪原》中，小白鸽如何与203首长谈恋爱。他清了清嗓子，朗读起203首长偷偷写的一首情诗：万马军中一小丫，颜似露润月季花。她是雪原的白衣士，她是军中的一枝花。胜后静思小丫事，雪乡我心……我们正听得起劲，他却戛然而止，然后拍拍书说，要想知道后来的事，你们以后自己到书上去看吧。

青春家屋后有一口水塘，栽种了满塘莲藕。青春卖关子时，总喜欢来到藕塘边。亭亭如盖的荷叶在微风吹拂下婆婆起舞，轻轻摇曳，洁白和粉红的莲花隐约其中，有风无风，都能闻到一股沁人心脾的清香味。青春常常望着荷叶、荷花发呆，我们也猜不透他心中究竟揣着什么心思。

青春的书架上放着一支箫。箫身细长，泛着紫红色的光泽。箫与笛子相似，但吹奏的难度却非常高，掌握不了技巧，连吹出响声都很难。青春却能吹出悠扬动听的曲子。

水乡的夏夜，一天的暑气渐渐散尽，村里人们开始扎堆纳凉。村后有一个水库般大小的河塘，人们叫它龙塘，塘边有风，是夏夜纳凉最理想的地方。每到傍晚，家家户户都搬出竹席凉床在塘堤上抢占一席之地。劳累一天的村民躺在凉床上，一边摇着蒲扇，一边谈天说地，享受难得的清凉与惬意。

青春很少到人群中扎堆纳凉，他喜欢独自一个人坐在龙塘边，吹他那支箫。箫声婉转悠扬，带着一丝凄婉，在夏夜的晚风中传得很远。一轮明月升到空中，月光照在龙塘水面上，荡漾开来，闪动着粼粼波光，像是有人扔了一把细碎的银子。月夜箫声，让人感觉有一种说不出的美，也滋生出一种说不出的惆怅。

每当青春吹箫的时候，河堤纳凉的人们便停下聊天话题，静静地去听箫声。一曲听完，有人轻声啧啧称赞。我不知道他们是称赞曲子，还是称赞青春。

青春在生产队日子久了，他的婚事也成了人们议论和关注的热点。那时，生产队里有一位从城里来的女知青，打扮得很时髦，从人们身边走过，常常留下一股浓浓的香水味。女知青喜欢往青春家跑。人们都认为青春和她是很般配的一对。就在人们满怀希望盼着吃喜糖的时候，却传出青春和村中荷香在偷偷谈恋爱。本来，青春和谁谈恋爱都是顺理成章的事情，唯独和荷香谈，出乎人们预料。大家都心知肚明，荷香和青春两家因为祖辈宿怨，结下了解不开的疙瘩。

果然，青春和荷香恋情一公开，立刻引起轩然大波。荷香父母坚决反对，甚至威胁说，青春再和荷香有来往，就打断他的腿。荷香哭得死去活来，甚至以死要挟父母，无奈父母就是不松口。后来，荷香父母想出了一个损招儿，为荷香找了一位刚从部队转业的退伍军人。青春傻了眼。在那个年代，谁插足或破坏军婚是犯重罪的。青春只得向命运低头。

每到夜晚，青春依然吹箫，只是那箫声，比起以前更加凄婉，听起来让人有一种从心底不寒而栗的感觉。

（载《安徽文学》2019 年第 9 期）

与兄书

哥,今夜月光如银,鸢尾静开,四起的虫鸣彼此传递着春天的消息。我又一次禁不住想你,想你平凡却不平庸的一生,想你在我记忆中那些渐渐钙化的点点滴滴。三年来,我无数次拿起笔,却又一次次搁下,笔重言轻,我怕表达不了内心真切的感受。

回忆是一种重揭伤疤的痛,伤未愈,血在流。

一

哥,至今我依然不相信你真的离去!一切恍惚如昨,你的身影依然常常伴着我在黑夜里行走。我伸出手,似乎就能拉住你的衣襟,你却像春天里的一阵风,夏日里的一场雨,转眼消失。梦醒了,我更是捕捉不到你一丝踪影,只能用泪水默默平息心中的隐痛。你离开我们时才过花甲之年呀,在如今,正是人生中坐下来喘口气,享受打拼成果的时候,而你却走了,走得那么急匆,连给我思想准备的时间都没有。

人间已是三月天,此时的江南正是桃红柳绿,金灿灿的油菜花会把家乡变成一望无际的花海,你在乡下院前亲手栽植的桃树一定又是花满枝头。春天是家乡最美的季节,也是你喜爱的季节,你在的日子,我总是回乡心切,去看江南春色,去看乡下那片花海,去品味故乡的温情。如今,父母不在了,你又不在了,"回乡"变成两个让我轻易不敢触碰的字眼。漂泊在外的我,如同河流中的浮萍，即便是停留在曾经最熟悉的水域，也不知哪里是归处。近乡情更怯，回到家乡，我怕触碰到大嫂哀伤的眼神和侄女们悲伤的叹息。家乡有你一手创造的家业，那曾经是你的骄傲，也是我们兄弟姐妹们的骄傲，如今它却变成思念你的一道道重影。物是人非，我已经闻不到昨日温暖的气息。

想起你，我总情不自禁想起我们辛劳一辈子的父母。为把七个子女抚养成人，他们一辈子操劳，一辈子艰辛，一辈子都在翻越贫穷那道"坎"。家乡的田野和老旧的房舍前，至今依然印刻着他们忙碌的足迹。兄弟姐妹中，你最先来到这个世界，父母对你也特别期待。你从父母眼中早早读出了生活的无奈，也读出了一份作为长兄额外的责任。

每当我想你的时候，我总会把家乡那方山水在脑海中细细过滤一遍，每一遍，都会出现你的身影。其实，你只比我年长十岁，你留给我最初的记忆，是你穿着那件洗得发白的蓝褂子，在房前场地上一趟一趟往地里挑猪粪。那个早晨清凉如水，晨光穿过被露水打湿的树叶，映托着你瘦弱的身影。房屋内，妹妹发出凄厉的哭喊声，那是饥饿带给她的恐惧。哭声把一份不安传染给你。你紧闭嘴唇，默默无言，把眼前的粪筐加得满满的，然后跟跟跄跄奔向田野，奔向播种着一家人希望的几亩地。那个早晨从此定格在我的记忆中，成为我解读你一辈子辛苦打拼的一道背影。

如果说贫穷是一棵苦涩的瓜秧，那么我们兄弟姐妹就是一根藤上的苦瓜，只是你比我们早来到这个世界，过早尝到生长在贫瘠土地上营养不良的滋味。

家中通往小学的那条路并不算长，你却走得很艰辛。父亲曾怀着一种愧疚的心情说起用一根草绳帮你换学费的事。你在学校成绩特别优秀，不仅博得老师的喜爱，甚至引起校长的关注。无奈家贫，你随时都有辍学的可能。有一年新学期开学，家中没钱给你交学费，你只能眼巴巴地看着同伴们蹦蹦跳跳去了学校。开学几天了，校长在校园里没见到你的身影，亲自来到家里询问原因，才知道是家里没有钱给你交学费。好心的校长不忍心看着你辍学，便想出了一个法子，让父亲编织一根草绳，说是供学生上体育课拔河用，抵了你一个学期的学费。你带着草绳来到学校，在同学们一阵哄笑声中走进教室。

然而，一根用心良苦的草绳只能解决一时的燃眉之急，却终究改变不了家中的窘境，你最终还是没能把读小学的路走完，就无奈辍学回家。

贫穷如同一件破烂不堪的外衣，不仅让你困惑，也伤害你的自尊。听母亲说，有一年过端午节，家中吃不起粽子，尚不懂事的大姐哭着要吃。无奈，你领着比你小两岁的大姐去邻村乞讨。站在人家门前，你默默忍受着冷言冷语与白眼，乞讨了一个上午，最终只讨到一个粽子。包裹着碧绿芦苇叶的粽子发出诱人的香味，你和大姐舍不得吃，一路捧着它，嗅着它的香味。到家后，你把它递到正在洗衣服的母亲面前，想让母亲也闻一闻粽子的香味，谁知一不小心，那个粽子竟掉进满是污水的洗衣盆里……

我知道，贫穷不仅断送了你的学业，困扰着你的生活，甚至影响到你的婚姻。成年后，你的婚事一度成了父母心中一道阴影。虽然你在同龄人中出类拔萃，品质优秀，但在那个年代，贫穷就是一位傲慢的法官，随时会对命运做出不公正的判决。初涉爱河，你还没有真正牵起对方的手，对方就因为嫌弃家里穷，不顾母亲苦苦挽留，绝尘而去。后来你和大嫂相识，几年的爱情长跑，家中却拿不出钱给你们成亲。那一年春节，你带着大嫂去祖籍老家拜年，叔伯们自然知道家中的境况，明白你迟迟没有结婚的原因，他们竟然做出一个大胆的决定，在老家帮你和大嫂完婚。父母知道后又喜又忧，喜的是你们终于成了亲，了却了一桩心愿；忧的是这件事没有和大嫂娘家人商量，他们还蒙在鼓里，说不定会惹起一场风波。你领着大嫂走进家门，本来应该是鞭炮锣鼓相迎，家中却不敢声张，善良怕事的母亲吓得两腿发软，面对你们一对新人难过得掉泪；父亲也不知如何是好，躲在屋子里一个劲地抽闷烟。果然，大嫂娘家人难以接受这桩先斩后奏的婚事大闹了一场。好在你与大嫂一辈子相亲相爱，用实际行动给那场结婚风波做了一个圆满的注脚。

面对贫穷，年幼的我们常常困惑无助。然而，贫穷如同路途上的风雨，打湿的只是我们的衣襟，却阻挡不了我们成长向前的脚步。

二

哥，如果说在我人生成长的道路上，有人默默影响着我，激励着我，让我看到人性的真诚与善良，看到执着、奋进、不懈追求的价值，看到做人做事，对家庭、对子女的责任，那个人就是你。

我还在懵懵懂懂的年龄，你就是家庭中主要的劳动力成员了，开始用稚嫩的肩膀为父母分担养家糊口的重任。那时农村的年轻人都时兴学一门手艺，既能挣钱补贴家用，同时也有一技之长立足社会。你辍学后，再也没有机会踏进学校的大门，学一门吃饭的手艺是最现实的选择。你十六七岁便离开了家，去跟远在滁州的姨父学做瓦工。姨父是一位性格耿直的人，对徒弟要求严厉得近乎苛刻，许多徒弟忍受不了，手艺学得半途而废。他唯独对你喜爱有加。你的勤奋、刻苦博得了姨夫的认可，甚至若干年后我到滁州求学，他还要我以你为榜样，学会刻苦和自立。"穷人家的孩子早当家"，这句古谚在你身上是最好的印证。

如同刚刚长满羽翼的雏鸟，离开了巢穴，就必须学会飞翔。学了两年的手艺，你便开始独自闯荡，在离家几十里的市里一个建筑工地上揽活。你身材瘦小，一天要提几十桶甚至上百桶沉甸甸的水泥拌料，在工地上一路小跑，爬高上低。这不仅仅是体能的考验，也是意志的大考。我去工地上找你，看到你穿着破旧的工装，灰头土脸，一时竟难以辨认。时间过去几十年了，我依然记得那个地方叫芜湖市团结路，因为你曾经在那里流下过太多的汗水，那里也留下了我对家乡那座城市最早的记忆。

家乡有一种说法，喜鹊登枝就会有喜事。我记不清楚那年家中的树上是否有喜鹊登枝，却迎来了一件大喜事，你被推选为公社拖拉机手！那时，拖拉机还十分罕见，许多人连听说都没有听说过。全公社仅有几个名额，能被选上真是凤毛麟角。你以你的聪明、机灵和勤奋，有幸成为其中一员，被贫困、沉寂笼罩的家庭传出少有的笑声。在派去县城"五七干校"学习回来后，你开着崭新的拖拉机奔驰在田野上，引来无数人羡慕的目光。我和弟弟妹妹也怀着好奇赶去观看。拖拉机发出的"突突"声，如同一支美妙的乐曲，在家乡田野上空飘荡，也久久回荡在我的心中。

你曾说过，能吃苦、肯钻研的人总会有用武之地。这是你对我的忠告，也是你一生执着的信念。当家乡开始流行搞村办工厂时，你又被聘去当上了一名技术员。大队部几间临时改建的厂房简陋而昏暗，你领着几名年轻人在厂里，不分白天黑夜，硬是用土法浇筑出只有大厂才能制造出的铸件。两三年的时间，村办铸件厂不仅成了创收大户，还成为全公社的一个标杆。

干一行，会一行，精一行，你用勤奋、钻研，书写着你的青春，也书写着令我羡慕的人生答卷。

至今在家乡还有许多人提到你，夸赞你有思想、会经营。我知道他们说的是20世纪80年代，当市场经济大潮来临时，你在家乡成了率先吃螃蟹的人。你敏感地意识到那是摆脱贫困的大好时机，于是，你第一个在村中搞起了家禽专业化养殖，把祖祖辈辈传统方法饲养的鸡鸭，变成具有一定规模的致富产业。许多人慕名而来，向你学习养殖技术，你毫无保留地一一传授给他们。你的行动不仅带动了一大批养殖专业户，还让专业化养殖一度成了家乡致富的支柱产业。那时，每到春天来临，家家户户门前鸡鸭欢唱，成了一道别样的风景。饱受贫穷困扰的家乡人，脸上终于露出难得的笑容。

别人夸赞你精明、能干，只有我知道，那是你心中有一份穷则思变的执着，更有一种饱受生活磨难之后奋起的决心。

在从事养殖业和后来经营的饲料生意中，你以诚信为本，用心做事，坦诚做人，赢得了客户的信任和支持，客商们都愿意同你打交道。你把生意做得红红火火，和大嫂一起，一步步从乡下到城里，从一个小批发商到地区一级代理，成了业界小有名气的"老板"级人物。从你的奋斗足迹里，我读懂了一个只有小学文化的普通农民，成长为业界认可的商人传奇。

家乡有一条河承载着我们共同的记忆。那条河河水很奇特，从山中流下来的清水和从长江汇入的浑水，中间总有一条清晰的界线，清浑两道，泾渭分明，那条河也被称为清水河。

从农村到城市，你的生活也如同一条小河汇入江海，城市的灯红酒绿没有迷失你的视线,你如同从山涧流下来的清水,依然保持清澈的本色。很长一段时间,穿行在城市的高楼大厦间,你和大嫂依然住在简陋的平房里,家中没有一件像样的家什,公司办公室紧连着你的卧室和厨房。那年春节我们一同去老家拜年,大姑看到你穿着一件已经打皱的西服、一双旧皮鞋,责怪你生活太清苦,对自己太苛刻。你听后笑而不答。只有我知道,对一个从穷苦岁月里摸爬滚打出来的人来说,简朴不是一种小气或偏执,而是勤俭的惯性形成的生活轨迹。那一年,我去湖南张家界,站在风景如画的景区,忍不住给你打电话,劝你带着大嫂出来走走,放慢一下生活的节奏。你似乎动心,询问旅行的路途。然而,生活终究没有给你机会,一年后,可怕的病魔终止了你在这个世界所有的旅程。

你对自己的生活近乎苛刻,但对我们弟妹却关照有加。自从父母离世后,你默默承担起照顾弟妹的责任,每到逢年过节,你总是早早就打电话,询问我们在外地工作的弟妹什么时候回老家,你的住处成了我们兄弟姐妹欢聚的大本营。回家途中,你总是一个电话接一个电话,询问我们几时到达。每次回去,你早早预定好饭店,站在门口迎候。我们弟兄姐妹多,你预定的饭桌从一桌到两桌,甚至三桌。兄弟姐妹的团聚凝聚着亲情,也传递着温暖。有你关爱,我们忘记了失去父母后的孤单。而如今,你不在了,我们再也没有那样兄弟姐妹大团聚的热闹场景和气氛了。虽然懂事的侄女也为我们准备了可口的饭菜,但再也吃不出曾经的香甜,一切都因你的离去而改变。

三

人生无常,生命真的如同一条蜿蜒在荒野中的道路,不知道什么时候会遭遇险阻,甚至走到尽头。

哥,在我的印象里,以你的身体、你的坦然开朗的性格,以及现在的生活条件,在家族中一定会是长寿的一员,最起码会比父辈那一代活得更长久,尽管我从来没有思考过,因为我总觉得那是十分遥远的事。当可怕的病魔突然降临到你的身上,我才意识到,生命有时脆弱得像一张纸,生死竟然近在咫尺。

至今仍然令我愧疚与遗憾的是，当你第一次把疾病信号告诉我时，我竟然是那样的粗心大意，那样的麻木无知。我常常想，假如在第一时间督促你去医治，也许不会是这样的结果。可惜，生活中没有假如，灾祸降临时，只有血淋淋的残忍的结果。

我记得，你是在一个下午打电话告诉我说你身体贫血。你的口气轻描淡写，如同偶尔被蚊虫叮咬般无须在意。我听后也不以为意，以为是你饮酒或过度劳累所致，压根就没有想到有什么可怕的后果。因为贫穷，我们从小就学会了忍耐，从没把小病小灾当成一回事。后来，贫血加重，你怀疑是不是造血功能出现了问题，去医院检查，也没有查出什么结果，你又饮食如故。大嫂给你买来了补血的药，你吃后状况有所好转，但过了一段时间反而更加严重。我记得那次在滁州遇见你，你脸色发黄，我劝你再去医院查查，你依然是一副无所谓的样子。你的神态让我，也让家人放松警惕，错失了督促你就医的宝贵时机。

终于在大嫂和三弟的一再催促下，你去医院接受全面检查。那天下午，三弟在电话中用一种悲哀的语调告诉我你的检查结果，胃癌晚期！如同一声晴天霹雳，我无法相信，脑子瞬间一片空白，缓过神来后质问三弟是不是搞错了，也怀疑自己是不是在做梦。我真的希望那是一个梦，如同在梦中接过无数个奇怪荒诞的电话一样，然而，它却不是梦，残酷的现实击碎了我徒劳的幻想。

为了有利于你的治疗，也为了不让大嫂和侄女们过分担忧和悲伤，我让三弟暂时隐瞒了你的病情。我在悲哀中抱着一线希望，期盼现代医学能创造奇迹。

我联系了南京一家医院，并赶回老家，陪同你立即转院，接受治疗。

记得转院那天，你从我们难以掩饰的神情中，似乎察觉到了什么。大嫂看着你踉踉跄跄上了车，竟然忍不住哭泣起来。我知道那一刻你心里一定很难受、很复杂，但你仍然去安慰大嫂。只有我和三弟心中明白，此次去治疗实际上是与死神赛跑，是你一生中最为凶险的一次旅途。

转院本来是可以从芜湖医院直接去南京的，我不知道那天你为何固执地要让车绕路经过你的住处，难道你心中已经知道此去的凶险？我们只好满足你的要求。到你居住的小区时,你久久往住处张望。我的心中升起一种不祥的预兆,看到你深情地注目,我慌忙转过身,强忍住眼角中打转的泪水。

对生命的渴望和同病魔顽强的抗争,一直伴随着你的医疗始终。以你的精明和对世事的明察,你应该早就知道你病情的严重性,只是,你在亲人面前依然装着一副没事的样子,甚至还反过来安慰我们,越是这样我们越是感到悲伤难忍。在做介入治疗时,每次护士把你从手术室推出来,我看到你的衣服几乎全部湿透。一次,我忍不住对你说,哥,如果实在疼痛难忍,你就喊出声来吧。你用无助的目光看了看我,无力地摇了摇头。我看到,你的双手把衣服一角攥得像一根麻花。

你热爱生活,珍惜生命,因为你明白父母离开我们后,你不仅是你小家的顶梁柱,也是我们兄弟姐妹大家庭的主心骨。常言说,长兄比父,长嫂比母,你更比我们懂得这个道理。你清楚如果你倒下后,会在我们心中留下怎样的痛。你渴望死神放你一马,积极配合治疗,出现奇迹。

那是一个阴冷的下午,厚重的阴云堆积在天空,仿佛要坠下来。我正开车去单位,突然接到你的电话。你在电话中一扫往日低沉的语调,用一种近乎兴奋的口气对我说,今天查房有一位医生突然对你说,你的病情可能是一个误诊,不是什么绝症。如同在黑暗中看到一丝光亮,你的精神一下子振作了许多。可是我心里知道,这是在你治疗到了最后时期,看你情绪低落,我们特地安排医生说的一个善意的谎言。接完你的电话,我再也难以抑制内心的悲痛,把车子停在路旁,伏在方向盘上失声痛哭。

无论你怎样配合,奇迹终究没有出现。看着你一天天消瘦,病情一天天加重,一天喝不下两勺侄女为你熬煮的汤汁,我们的心如同煎熬般疼痛难忍。

至今我都后悔在你生命最后时刻没有好好地陪陪你,哪怕是不说话,就静静坐在你的床前,握一握你的手,让你感到兄弟的温暖和情谊,让你在生命的最后时刻,减轻一些痛苦,不再感到恐惧与孤独。

我是接到三弟的电话再次赶到你的病床前的。那时你还能说话,意识还很清醒。你用微弱的声音对我说,这么远还回来,路途一定很劳累,叮嘱我去宾馆休息。几句话累得你气喘吁吁。稍停片刻后，你又喘息着对我说，大姐身体不好，这几天一直在医院陪着，让她也回去休息。这是我们听到的你最后的话语。在生命的最后时刻，你惦记的依然是我们。那一夜我们在惊恐、无助中度过，看着你呼吸变得困难而急促，看着你渐渐失去意识，直到你停止呼吸。最后的送别让我们体会到什么叫作生死别离的悲伤，什么叫作"叫天天不应，叫地地不灵"的无助与无奈。我们只有用泪水，献上对你最后的不舍与依恋。

哥，你走了，你把你的爱、你的痛都带走了，留给我们的是兄弟的一场不了情，是一份难以治愈的伤。我知道我们思念的目光无论多长，再也追逐不到你的身影；我的文字再温情，也无法到达你的身边。我只能把心中的悲伤化作一腔心愿，愿天堂的你不再有病痛的折磨，好好安息。

愚弟泣笔！

（原载《相城》2018 年第 2 期》）

幽暗之花

一

很长一段时间，我和我的家人都不敢面对残酷的现实，不敢谈及有一点沾边的敏感话题，甚至不敢思考隐藏在巨大悲恸之后事情的缘由和真正的原因。如同一块无法愈合的伤疤，任何触碰，哪怕是抚慰，都会再次触犯隐藏在心底的疼痛。

然而，我又不忍忽略他，不忍将他遗忘在另一个阴暗寒冷的世界里。他曾经是家族中的一员，血脉中流淌着家族的基因。他曾经来过这个多彩的世界，尽管只有短暂的十二个年头。他用淳朴灿烂的微笑，点燃一个家庭的梦想；他以活泼的身影，以及割舍不了的血脉亲情，给我们留下难以磨灭的记忆。

一个天真烂漫的少年，竟然用自杀的方式离开这个世界，结束如花蕾一般绽放的生命，无论如何，这都是让人无法理解和接受的事实。然而，它却发生了，发生在亲人们猝不及防中，用一种最残忍的方式呈现，如同用一把锋利的刀刃活生生在亲人们的肌肤上剜割出一道血淋淋的伤口。

事件的缘由简单得让人难以置信。弟弟和弟媳在家中拌嘴，如同农村所有家庭一样，柴米油盐，鸡毛蒜皮，针尖儿大的小事都会成为引起口舌之争的起因，在大人们看来早已习以为常，不至于在孩子身上引起多大的反应。弟弟和弟媳感情甚好，侄儿是他们一段轰轰烈烈爱情的结晶。然而，这一幕碰巧被刚刚放学回来的侄儿碰见。我很难想象侄儿当时的表情，只是事后弟弟追悔莫及反复念叨的一句话，让人感到父母的争吵，哪怕是玩笑似的拌嘴，在子女心中引发的发酵和震荡。侄儿说：你们再吵嘴，我就死给你们看！

　　侄儿的话，当时弟弟和弟媳谁也没往心里去。在他们看来，这或许就是一句玩笑，一如往常说过无数无关紧要的玩笑，充其量只是想吓唬父母，终止他们争吵的一种激将法而已。然而，正是这微小的忽略，导致了悲剧的发生。不一会儿，侄儿从房间出来，说：爸妈，我喝药了！弟媳刚开始还以为是儿子在搞恶作剧，等她急忙跑到房间一看，果然看到那瓶在庄稼地里尚未用完的农药，瓶盖已被打开，一股难闻的农药水味直冲口鼻，差点让她喘不过气来。弟弟、弟媳这才意识到事情的严重性，先是慌忙地给侄儿灌肥皂水，一种让其呕吐解毒的急救的土方法。看到侄儿脸色渐渐发白，他们彻底害怕了，慌忙骑上摩托车，发疯似的朝市区医院奔去。

　　得到消息时，我刚开始怎么也不相信，后来又抱着一分侥幸心理，即便侄儿真的喝药了，也许不至于出现最坏的情况。在我眼里，侄儿一直是一个懂事、乖巧的孩子。我每次回到家乡，他总是最先站在路边，没等我的车子停稳，就欢天喜地地扑过来，二伯长、二伯短，问这问那，亲热得不得了。他身材比同龄人略显矮小，却机灵过人。在学校，他的学习成绩在班级始终名列前茅。就在不久前，他还自豪地打电话向我报喜，他又考了全班第一！他不仅是弟弟、弟媳的命根子，也是家族中惹人喜爱的好孩子。他不仅是弟弟家的未来，也寄托着一份家族的希望。

　　这样的孩子怎么会如此极端，用这种惨烈的方式对待自己？我难以想象，更不能相信！

　　车子载着我一颗焦急的心向弟弟家飞奔。我试图转移思绪，注视着窗外一闪而过的树木与村庄，然而，各种各样的结局情形还是在脑海中胡乱闪现。我不敢想象，如果真的发生不幸，弟弟和弟媳会如何承担如此无情的打击，更惧怕那一幕生死离别的场面一旦出现，该是何等的残忍，让人如何面对？

来到弟弟家，心存一线的侥幸最终还是被无情的现实击破。弟弟家中哭声一片。弟弟、弟媳被人强行从医院护送回家。而侄儿已经永远离开他熟悉的家，冰冷地躺在医院的太平间了。

弟弟家天塌了！

二

侄儿的离去，弟媳整整哭了三天三夜，不吃不喝，一刻没停！

弟媳刚开始是号啕，呼天抢地，后来嗓子哭哑了哭不出声，便是无声地哀号。她瘫坐在地上，双手不停地拍打着地面，一遍一遍呼喊着侄儿的名字。每一次呼喊，似乎又拉扯一次痛苦的神经，唤起更大的哀伤，哭声更加悲戚。她反反复复述说着她自己的不是，哭诉着自己不该闯下的祸端。哀号成了她唯一能做的事情，谁也劝说不了，谁也制止不住。事实上，试图劝说她的人，也都在哭泣。

弟弟的反应却是相反，他没有哭泣，一直沉默，面无表情，如同雕塑一般。从医院回来后，他就蜷缩在家中墙边的一角，瘫倒在那里。面对瞬间发生的灾难，他找不到依靠，也找不到答案，叫天天不应，喊地地不灵，似乎只有蜷缩在那里，才能把自己与眼前的世界隔离开来，才能找到一些躲避现实的可能。他目光呆滞，四肢僵硬，似乎还没有从突如其来的灾难中缓过神来，不知道眼前究竟发生了什么，为什么会发生。他一直不相信自己疼爱的孩子已经离他而去，灾祸已经降临。

大姐和妹妹们，这些平时被侄儿唤作姑姑的亲人们，一边哭泣，一边帮助弟媳收拾着侄儿留下的遗物。理智告诉她们，这些衣物如果不进行清理，那将会埋下日后悲伤的种子，尽管有万分的不舍，却不得不含泪将它们付之一炬。她们抚摸着遗物，似乎还能感知侄儿留下的体温。她们流泪，然而泪水再多也平息不了内心的悲痛，再多的泪水也换不回那个刚刚逝去的年幼生命。

左右邻居都来了。女人们呜呜哭泣，男人们闷声不响地抽烟，空气凝重得让人难以喘息。

弟弟沉默可怕的表情一直持续到送侄儿最后一程。当侄儿被人推出来，让亲人见最后一面时，弟弟突然不顾一切扑上去，发疯似的嚎叫，哀求人们放开他，让他再抱儿子最后一次。

侄儿静静地躺在那儿，如同熟睡一般，似乎不经意间还会醒来，头发还像从前一样，梳成他曾经喜欢的三七分，衣服被整理得整整齐齐，身边放着他曾经天天背起的书包。只是一张还满是稚气的小脸，苍白得像一张纸。他已经无法感知周围这个世界了，而周围这个世界正为他陷入无限的悲哀。

谁都不忍心多看一眼，谁都无法相信，一个活泼的生命，一株茁壮成长的小苗，就这样无情地消失了。

泪水模糊了所有人的视线，却无力改变眼前残酷的现实。我们只能用哭泣，用叹息，用发自内心的悲伤，向这个不幸的幼小生命投去最后不舍的一瞥。

生死对于人类来说，是一件常事，而它降临到一个家庭，却是如此让人不可接受，如此惊天动地！

三

又是一年清明节，弟弟、弟媳上完祖坟后，执意要去侄儿的坟茔上去看看。

弟媳说，孩子离开我好久了，一个人在那里，不知道他害怕不害怕，也不知道他想不想我，我要去看看他，和他说说话。弟媳的话半疯半傻。

侄儿的坟茔矮小、简陋，孤零零地在那里，十分扎眼。大地上，那本是不该出现的一堆黄土，如同肌肤上本不该长出一个意外的脓疱。

弟媳半跪半趴在侄儿的坟上，将脸面紧贴在黄土上。她似乎想努力抱起那堆黄土，去亲近，去爱抚，就像过去无数次抱起侄儿那样。

她哀伤地哭泣着，一遍一遍呼唤着侄儿的名字，不停地自责。她哭诉着种种假设，似乎每一个假设都会避免悲剧的发生。但假设终究是假设，即使与现实只有一步之遥，也阻挡不了灾祸埋下的陷阱。

忏悔，只能是事后一种残忍的自我解剖，问题关键显然还是如何预防和阻止悲剧的发生。

十二岁，正是懵懵懂懂的年龄，作为一个涉世未深的少年，对于死亡，也许觉得就是一个游戏，对它的认识，对它的敬畏，还处在一知半解状态。而这一点，作为家庭、学校以至社会，应该如何尽到各自的责任？如何让他们走出心理的误区，珍爱生命？从这个意义上讲，侄儿的不幸夭折，不仅仅是弟弟和弟媳一时失误所酿成的悲剧，尽管他们有着不可推卸的责任。

对家庭而言，这是一种灾难；从社会来看，它是一个痛点。每一个幼小生命逝去的背后，都有泪水无法冲刷抹去的教训。

我曾经读到一则报道，在美、日等国，从小学开始，就开设一种特殊的课程，那就是死亡教育。在青少年启蒙阶段就让他们了解死亡、正确认识死亡，从而珍惜生命，珍惜每一天的阳光，感受生活的美好和人生的快乐。

而在中国，青少年中关于死亡的教育，几乎为零。

死亡不应是青少年教育中回避的话题，更不是对那些涉世未深青少年避讳的理由。让悲剧不再重演，让每一个生命都能沐浴和煦的阳光，健康成长，这不仅关乎青少年身心健康，也是社会成熟的一种标志。

显然，驱散笼罩在青少年心灵上的阴霾，防止悲剧的发生，需要依靠社会各方力量，需要每一个人都伸出关爱的双手。

家庭是港湾，不仅有养育子女的责任，更有保护他们的义务。

父母不仅要关心孩子的衣食住行，留意他们的言行举止，更要关注他们的心中最隐秘、最容易被忽视的一角。

学校是摇篮，不仅要教授青少年自然知识、社会知识，更要传授他们生活经验，培养一颗能经受风雨的健康之心。

社会是熔炉，不仅要为青少年提供成长的环境，还要为他们擦亮心灵明净的蓝天。

那天，在侄儿坟茔的角落处，我无意中看到一朵孤独的小花，淡黄的花蕊，白色花瓣，娇嫩、弱小，在料峭的寒风中摇曳着身子。

这是一朵幽暗之花，生长在阴暗的角落里，没有阳光照射，没有园丁呵护，兀自生长，轻易不会引起人们的注意。尽管它和阳光下的花草一样，在春天举起自己生命的旗帜，但看上去很难经受住风吹雨打。

我轻轻掐起那朵小花，把它放在侄儿的坟前。

（原载《山东文学》2020年第3期）

祖先、祖籍与族谱

一

对祖先的追忆有时是一种奇妙的感觉，像是陷入一种欲罢不能的旋涡里，越是走不出，越想穷尽浑身的力气，追根溯源，探寻藏匿在岁月深处的奥秘。

儿时，夜晚坐在村头，看到深邃无垠的天空，繁星点点，神秘莫测，常常会产生一些奇怪的想法，我从哪儿来？我最早的祖先是谁？他们经历了怎样的世代传承，留下我们这些子孙后代？答案像是霄汉中的星星，遥远而神秘。祖先在我们生命的源头扬起风帆，早已湮灭在时间的长河里，只给我们留下一些虚无缥缈的传说与莫名的敬畏。

先辈中，祖父祖母离我血缘最近。如今，我对他们的记忆，犹如夜路途中远处一盏灯，明明看到它的光亮，却可望而不可即，兀自在迷蒙混沌中摇曳不定。

记得在我四五岁的光景，父亲用箩筐挑着我和弟弟，第一次把我带回到他的出生地，一个位于巢湖南岸的小山村，也就是我祖籍地。从那时候开始，我才懵懵懂懂知道，除了父母，在一个遥远的地方还居住着一群人，他们是父亲的亲人，也是我的亲人。我第一次见到我裹着小脚的祖母，第一次见到相貌与父亲极为相似的大伯和四叔，也是第一次知道还有许多与我同辈的本家兄弟。一条奇妙的血缘纽带将我与他们的生命紧密相连，如同一根藤系上结出的瓜果。从此，祖先和祖辈的概念在我心中渐渐扎下根来。

　　祖母面容清癯，身材瘦小，也许是裹着小脚的缘故，走起路来颤颤巍巍的。祖父已经去世多年，祖母独自一人居住在村中一个简陋的"马屁棚"草屋里，门前是一片不大的场地。父亲年轻时只身一人外出，多年没有回过家乡，这次回来还带了两个儿子，消息一经传开，立即在村里引起不小的轰动。祖母门前的场地上挤满了前来问候和看热闹的人。我紧紧拽着父亲的衣襟，躲闪在他身后，偷偷看着这些人。后来我才知道，这些人与我拥有共同的姓氏、共同的祖先。我听到许多人与父亲兄弟相称。祖母一边向他们道谢，一边用满脸的慈祥欢天喜地把我们接到家中。

　　这是我人生中最遥远的记忆，也是我对这个世界有关祖辈亲情最初的认知。让我惊奇的是，几十年过去了，它一直保留在我的脑海里。儿时许多记忆就像藏久了渐渐融化的米花糖，只能记得一丝甜甜的味道，模样早已模糊不清，唯有这份记忆像一根常春藤，沿着我成长的脚步，一直缠绕在我的生命里。我想，这大概就是血脉亲情的力量，能够抵挡岁月的风雨，在心灵深处留下历久弥坚的印记。

　　祖先遥远，我所知道的是长辈们口口相传的一些事。我的远祖可以追溯到明代，他们从江西一个叫瓦屑坝的地方迁徙而来，最先落脚到长江北岸的三河镇，在那里开荒种地，繁衍生息。我的曾祖父又从三河镇移居到巢湖南岸一个村庄，因为靠近巢湖，这个村世代以编织渔网出名。到了我祖父这一代，家族人丁兴旺，像湖边一棵大树，枝繁叶茂。我的祖父兄弟八人，人称"八虎"。无论在什么年代，兄弟八人站成一排，都是一种蔚为大观的景象。祖父一家成了远近闻名的大户，就连土匪打家劫舍，也惧怕几分，平时在周围十里八村说话做事说一不二。据说，有一年，祖父兄弟中最小的八爷遭到邻村人欺负，兄弟们还没出门，邻村人便主动登门赔礼道歉。

　　祖辈以农耕为业，兄弟八人中无人与仕途有缘，但身强力壮，靠着双手置下了不薄的家业。在兵荒马乱的年代，富裕的家业如果没有靠山，也是一种包袱,要么遭人妒忌,要么被人觊觎。我祖父在家排行老七,也许从小娇惯的缘故,对耕种不精,却被引诱染上赌博陋习,到我祖母进家门的时候,家境渐渐败落。我祖母是大户人家的小姐,平时很少抛头露面,也缺少主见,一辈子跟着我祖父,说话都不敢高声,陪嫁的东西也渐渐被我祖父输在赌场里。八位爷爷中,我祖父体质最弱,平时又沉湎于赌场,不到知天命之年便去世了,留下祖母带着我父亲、叔伯和小姑,在贫寒中艰难度日。

这些传说真伪无从考证,甚至带着一些传奇的色彩,我不知道后人是否添加了感情因素,但我依然坚信这就是家史。从某种意义上说,这是我来到这个世界上能够了解到的生命的源头和起点。

今年清明节,我回到祖籍地,询问父辈中健在的姑母有关祖父祖母的生辰与年庚。年近八旬的姑母竟然也语焉不详,这让我脊背上陡然冒出一丝凉气。生命虽然有着强大的基因传承,而对先辈的铭记有时也脆如早春的柳枝,经不起风吹雨打。

二

祖籍是生命的溯源地,它坐落在尘世间,却凝聚人世间一份特殊的情感。

我的祖籍地在巢湖边。背靠这座烟波浩渺的大湖,头枕着湖水波涛,祖籍地似乎有了一份厚重的底蕴。湖水养育了我的祖辈,也培育了后人对它的依恋与感情。父亲健在的时候,每次说起祖籍地,说起家乡,语气中总流露出特有的自豪与留恋。

其实,祖籍地的村庄与周围的村庄并无两样,坐落在乡野里,朝闻鸡鸣,夜听狗吠,延续着世俗的烟火。然而,每次走近它时,我的心中都会油然而生一种亲切感。我知道,虽然它与我现在的生活并无多少交集和关联,但在我的血脉里,与它有着一种割舍不断的渊源。

祖籍地与我出生地一江之隔。当年,父亲因为家贫,只身一人离开家乡,离开巢湖,渡过长江来到芜湖,入赘到我外公家。如同被风吹起的一颗种子,从此他在我的出生地落下根，有了我们兄弟姐妹。父亲的生活融入了江南，但心里依然装着家乡，那是他一辈子从未割舍过的牵挂。从我记事起，他常常有意无意向我们这些子女说起那座一眼望不到对岸的湖泊，说起他儿时在湖边的山岗上放牛割草的情景。湖水托起的朝霞和落日，是他心目中永不落幕的风景。这让我对那座湖以及湖边那个遥远而陌生的村庄有了一种说不出的亲近与向往。

童年，回祖籍地老家探亲是出远门唯一的事由，也成了我一年中最为期盼的事情。虽然每次回老家都是一次艰辛的长途跋涉，坐车、乘船，不通车船的地方还要靠步行。特别是过长江，坐船在望不到对岸的江面上颠簸摇晃，晕船反应似乎把胆汁都能呕吐出来，但老家的亲情与温馨像一只看不见的无形大手，向我发出无声的召唤。

那时，祖母已经去世，每次回到祖籍地，本家叔伯承担起接待我们的义务。慈祥的大伯大妈会把珍藏在橱柜里舍不得吃的东西拿出来让我们品尝，把平时积攒用来换油盐的鸡蛋给我们解馋。膝下无子嗣的四叔对我更是喜爱有加，常常把我带到田间地头，让我看他如何驾驭那头不听使唤的老水牛耕田犁地。老水牛在四叔的鞭子下瞪着铜铃似的牛眼，倔强地拉着犁铧在田野里奔走，那情形常常把我逗得乐不可支。还有村中一些年龄相仿的堂兄堂弟，带着我走村串户，在花草和池塘边追蜂捕蝶，逮鱼捉鸟。半天工夫，我就和他们混得比亲兄弟还亲。

家族的亲情消弭了陌生与隔阂，快乐像一缕清风吹荡在胸间。只是，这种机会十分难得，回祖籍地的次数屈指可数。后来参加工作，成家立业，回祖籍地的机会愈加稀少。然而，祖籍地依然像旅途中一个温情脉脉的驿站，时常萦绕在梦境中。

今年清明节，与我一样生活在外地的堂哥力邀我一同回祖籍地。我知道，他这次相邀除了祭祖扫墓，还有一桩心事。两年前，他执意要在祖籍地村中盖一栋瓦房，如今房子已经建好，他想让我去见证他在祖籍地留下的根基。

沿着一条新修的水泥路走进村里，我试图寻找记忆中的影子，房舍、道路、周边的田畴，还有那些曾经留下我嬉戏身影的树木和花草，它们沉淀在我记忆中,构成最原始的图像,也成了我对祖籍地一种亲情的解读。村子变化不大,住着几十户人家,依然都是同姓同宗。叔伯健在的时候,村子里人很多,见了面,都会亲切地迎出家门打招呼。如今,村里人绝大多数外出打工,留下一些老人和孩子。老人坐在屋里不出门,偶尔见到一两个孩子,也远远地躲着我们。整个村子静悄悄的,显得寂寞而沉闷。失去人气的村庄,像一个人没有了精神,显得无精打采。只有路旁新修建的楼房,像一棵老树发出几缕新枝,让陈旧的村子显露出一些生机。

拜祭完祖坟,堂哥特地安排在他修建的新房中吃饭。堂嫂亲自下厨,做了一桌地道的家乡土菜。面对崭新的房舍,飘香的饭菜,家人围坐在一起的亲情,我看到堂哥眼中满是欣慰。那是一种从骨子里透出的满足。

堂兄的新房修建了两年,其实他回来居住的时间加起来不到两周,那座房子更具有象征意义。它不一定用来居住,不一定用来遮风挡雨,但它让人联想起比我们生命更长久的东西,如同一种情感的归依。离开家乡,离开祖籍地,想要留住依恋,留住亲情,也许没有比盖一处房舍更合适地选择了。

祖籍地,如同生命中另一个停泊的港湾,虽然是短暂的偎依,却足以让人温暖。

三

早春,在三河古镇,我用手指小心翼翼地翻动着一本泛黄的线装书。那是祖辈流传下来的一册厚厚的族谱。目光与纸页触碰,落在一个个遥远而陌生的祖辈名字上,我的心中充满了虔诚。

我对族谱一直怀有崇敬之心。这不仅仅是它记录了我历代的祖先,还在于它艰辛的编纂和续修过程。我不知道在交通不便、信息闭塞的年代,祖辈如何克服重重困难,将世代祖先名字和家训记录并保存下来,按照血缘支脉序列登记在册,让家族在岁月的长河中有了可以追溯的源头。一本看似普通的族谱,不仅厘清了血统脉络,规范了宗族长幼辈分,而且传承了祖先家训,让后辈为人处世、持家立业有了遵循的准则。从这个意义上说,族谱是一种智慧的凝聚,是祖先在岁月的长河中留下来的一道维系家族情感的风景。

十年前的春天,我跟随我的四叔来到巢湖边三河古镇,参加家族中第六次修谱大典,亲眼见证一个家族众多后人朝圣一般的相聚,也感受到一份延续在岁月中时空阻隔不断的亲情。

这个靠近巢湖的古镇是我更远的祖籍地,大概是我太祖或曾祖曾经居住过的地方。如今古镇上依然居住着许多同姓同宗的后人。在漫长的岁月长河中,一些族人为了生计,奔赴他乡,在外地立足,如同一条大河中分出的支流,成了宗族中的支脉。而生活在这里的后人则固守祖先的根基,坚守着先辈传承的家业,让同宗同族的后辈有一处可以回溯拜祭的地方。我不知道祖先在这里留下多大家业,也不知道他们有过怎样的名声与威望,但这样一群同宗后辈在此坚守,足以让我们这些分散在外地的族人感到温暖。

于我而言,这是一次真正意义上的寻根之旅。如今,宗族如同一棵枝繁叶茂的大树,后人遍布四面八方,子孙就是树上的每一片树叶。我们经历着不同风雨,但每一片树叶都有相似的质地与纹理,都与同一根系相牵相连。这棵大树的根就在古镇。也许我们无法辨析祖先在这块土地上留下的足迹,也无法嗅闻到他们曾经在这里升起的烟火,但我们能感知他们就在时光深处,用绵延在岁月中的余晖,引领后人。这是一个我从没到过的地方,却与我的生命息息相关。

好像有一种无形的磁力,续修族谱大典把分布在全国各地的同族宗亲吸引到古镇。相聚在这里的男女老幼,来自不同支脉、不同辈分,怀的却是相同的心情,为的是同样的目的,寻根问祖,感恩祖先赐予了我们生命。尽管大家生活并没有交集,许多人是第一次见面,但血脉里流淌着同一祖先的血,隐藏着相同的基因,如同置身于一个强大的磁场,生命中有一种力量来自同一方向。回归到生命起源的地方,我们似乎找到了生命最原始的密码。

割舍不断的血缘亲情拉近了彼此的距离,也消除了隔阂和拘谨。眼前都是陌生的面孔,但又似曾相识,从脸部的轮廓到走路姿态,甚至说话的声音腔调,都或多或少带有同质的部分。无论岁月如何演变,不变的是,我们都是同一祖先的子孙。

在这个特殊的场合，最难辨认的是辈分。祖先用辈分规范了长幼尊卑秩序，厘清了宗族血脉渊源。辈分不论年龄大小，只遵循血脉传承。因此，每一个人面前站着的，也许是高出几辈的长辈，也许是晚了几辈的子孙。当然，这并不会妨碍大家交流的热情，辈分反而成了一种十分有趣的现象，几代同堂的愿望在这里轻而易举就能实现。

修谱的盛况让平日安静沉寂的古镇有了一种节日般的气氛，有了一种特殊的情怀。鞭炮从清晨就开始在古镇响起，一直响到中午，绚烂的礼花在空中炸响。同宗族人用这种传统的方式，释放着特殊的喜悦与情怀。炸响的烟花不仅凝聚着对祖先的怀念，对宗族亲情的释放，也寄托着对家族后辈殷切的希望。

接过族谱，那里不仅有祖先的名录，更凝聚着一种亲情与力量。先辈历尽艰辛，将族谱一代代传承至今。如今，我们接过重任，也将我们的名字加入谱系中，与祖先的名字一道，来迎接谱系里更为年轻的生命。厚重的族谱在我们手中延续。这是一份机缘与巧合，更是一份荣耀与责任。它不仅关乎家族、关乎子孙后代血脉传承，更关乎社会的伦理与秩序。它让我们融入一种血脉亲情，帮助我们认清生命的来路。

我在古镇感受修谱的情怀，领悟祖训教诲，也在冥冥之中沐浴祖先的光辉。

（原载《美文》2020年第10期）

第三辑

行畔山水

一株花与一座山

山，因奇花而誉满九州，名扬四海；花，因名山而神奇诡秘，称绝天下。山是巢湖之滨的银屏山，花是千年不凋不败的牡丹花。

清明时节，路过烟波浩渺的巢湖，感叹此地山清水秀，人杰地灵。有着"天下第一奇花"之称的银屏牡丹所在地银屏山就在巢湖南岸。此时，春意正浓，万木吐翠，正是银屏山牡丹开花的季节。我不禁怦然心动，于是与同行的友人掉转车头，直奔银屏山。

有关银屏山牡丹种种神奇传说，我最早还是从父辈那里听到的。父亲出生在巢湖，年轻时只身一人下江南，后来定居芜湖，养育了我们兄弟姐妹，也把对家乡美好的情愫传递给了我们。儿时，他给我们讲述最多的便是银屏山上神奇的牡丹。在父亲眼中，那棵牡丹不仅仅是一株生长在悬崖绝壁之上千年不败的奇花，还有观测风雨，预知水旱灾害的神奇功能。一年光景是风调雨顺还是旱涝多灾，只要看看那株牡丹花在谷雨前后开出几朵便能知晓。当地流传着一首民谣："三朵以下旱，五至八朵保平安，十朵以上淹。"父亲怕我们不相信，还给我们讲了他小时候亲身的经历。有一年，有人看见银屏山牡丹开了十一朵白色的花朵，预言有水灾。一开始人们还不相信，到了六月，果然大雨倾盆，接连下了一个多月，不仅淹没了土地庄稼，就连村庄上的许多人家房屋也被大水淹没冲垮。父亲还告诉我们说，古代有位皇帝听说了银屏山上牡丹奇花，派大臣来查看，大臣回去如实禀报，皇帝专门派人来此祭拜。从此，三朝观牡丹也成了当地一种民俗。

银屏山的牡丹是否真有预测旱涝神奇的功能，我无心考究，但是它的神奇传说却一直深深印刻在我的脑海中。虽然心仪已久，但好几次路过银屏山，来去匆匆，没能亲眼一睹奇花的芳容。

小车驶过几条山路，进入银屏山，霏霏细雨似乎给起伏的山峦蒙上了一层神秘的面纱。漫山遍野都是茂盛的植被，也许是连日春雨的滋润，山涧树木青翠欲滴，路旁不时闪现出几块高大的石头。同行的朋友介绍说，这是巢湖石，也是天下奇石的一种。我试图在树木与山石中寻觅牡丹或类似牡丹的花卉植物，却一无所获。树木丛中，只有一些不知名的小花在春风春雨中轻轻摇曳着纤细的身姿。

到了山顶，眼前是一座古色古香的楼阁，这便是观赏牡丹花的入口。穿过楼道里的画廊，一路是陡峭的台阶，沿着台阶往下，似乎下到了山底，忽见一处开阔地，人头攒动，许多人在兴奋地议论、指点着什么。顺着人们手指的方向看去，只见悬崖绝壁之上，果然有一株牡丹，凌空绝壁，风姿绰约。绿叶丛中，有四五枝白色的花朵含苞吐蕊，时隐时现。牡丹花的周围并无其他植物，全是光滑的岩石。也许是历经风吹日晒的缘故，峭壁的岩石呈现一种古铜色的沧桑。沧桑之处，有如此一株蓬勃的奇葩，更显娇艳神奇。花下绝壁上有"银屏奇花"四个遒劲的红色大字，为曾任安徽省省委第一书记、著名书法家张恺帆所题。峭壁之下有一天然溶洞，人们称之为"仙人洞"。

面对峭壁上的奇花，人们在啧啧称赞中，也对它的身世颇感疑惑。它是如何生长在悬崖峭壁之上的？是风吹来的种子，还是鸟儿留下的杰作？周围除了这株牡丹外，并无一株牡丹，整个银屏山也没有种植牡丹花的历史。它生长在绝壁之上，历经千年风吹雨打，为何千年一貌，不凋不败，不蔓不枝？它为何能预测一年的旱涝？有一种解释是，它的根部深深扎入岩层之中，大气和岩石的湿度和水分与每年花开几朵有关。这些疑惑传了几千年，如同悬案，至今无人知晓。我不知道这是大自然有意创造的奇迹，还是刻意掩藏在岁月风雨中又一个秘密。

回程途中，我把所拍的牡丹奇花，连同银屏山秀丽的景色发到微信朋友圈，立刻引来不少朋友围观和点赞。一位朋友感慨留言：天下山水处，千万棵牡丹不为贵；银屏峭壁间，一株牡丹天下奇！物以稀为贵，更以绝为奇，这或许就是大自然的法则吧。

（原载 2016 年 4 月 24 日《合肥晚报》）

一座湖的光阴

一座湖，在经历无数次塌陷阵痛之后，变得雍容大度，终显大湖风范；一座湖，在饱受争议和诟病之后，绝地重生，实现华丽转身。光阴流转中，一座湖改变了自身的命运，也改变了一座城市的容颜。

行走在曾经是淮北煤矿塌陷区的南湖静谧的湖畔，我的心中总会涌起一番由衷的感慨。

夏日的傍晚，咄咄逼人的暑气尚未散尽，掠过湖面的微风已经送来丝丝凉意。和往常一样，我习惯站在湖边，凝视着一抹晚霞落入湖中，将碧绿的湖水染成橘黄色，在微风的吹拂下，荡漾开去，化成一湖梦幻，一湖如同碎银般闪烁的迷幻色彩。

落日的余晖给湖畔建筑镀上一层金光。如画般的亭台楼榭，飞檐斗拱，尽显汉唐建筑风格，而临于一湖碧水，却又展露出江南古镇的风韵。那些连接楼台的曲廊，迂回其间，似乎要将汉风古韵与现代派建筑手法，一网打尽。

湖中有一岛，被称作湖心岛。岛上植被茂密，宛如一艘绿色的航船停泊在碧波之上，由于人迹罕至，岛上静谧，自然成了鸟儿栖息的天堂。一年四季，这里像是有一股无形的磁场，吸引着百鸟翔集，呢喃绕飞。

湖边的树木错落有致，我能认清的有大叶垂柳、香樟、冬青、紫檀、紫薇，更多的是我叫不出名字的草木与花卉。只是它们发出的幽幽清香，会把我带入一个梦境，让我忘记这里曾经的杂乱与荒芜。

湖边的健身步道上，不时会有身着统一服装的健身徒步群迎面走来。他们高举着旗子，伴着一支支铿锵明快的乐曲，大步流星，挥舞着双臂，劲头十足，像是去执行一项特殊的任务。每每遇到他们，我总是忍俊不禁。这些自发的健身大军，像一支训练有素的队伍，风雨无阻，用别具一格的方式强身健体，也享受着湖边的美色。

　　南湖的荷塘是我每次到南湖必去的地方。这是靠近湖边南岸的一隅，此时满池的荷叶碧绿清新，亭亭如盖，晚风中，有的矜持不动，有的像是在显露身姿，婆婆起舞。几支粉红色的荷花花箭，含苞待放，掩映其间，浪漫却又有几分神秘。天上没有月光，我却依然联想起朱自清笔下荷塘月色描绘的情景。

　　不远处立于湖水之上的是七孔桥。此时，桥身已被初放的灯光勾勒出一道道优美的弧线。这是南湖整治时修建的一座人工桥，它将万顷湖面一分为二，既给湖面增添了一道风景，又增添了湖的特殊韵味。

　　湖，为淮北增添了内涵；水，为城市注入了灵气。如今的南湖宛如镶嵌在淮北大地上的一颗璀璨明珠，无可争议地成为城市一张最亮丽的名片。

　　然而，也许谁也不会相信，这里本来没有湖，这里曾经是一片狼藉的塌陷区。

　　60年前，伴随着淮北煤田大规模开发建设，这里因地下埋藏着丰富的煤炭资源一跃成为世人瞩目的地方。一时间，井塔高耸，机器轰鸣，一列列火车拉着被称为"乌金"的煤炭，驶向各地……

　　煤炭被开采出来，大地却在令人恐惧地下陷。不可抑制的塌陷如同一张无形的血盆大口，一天天吞噬还摇曳着庄稼穗子的土地。最终，大面积的塌陷给这块土地烙上了一个特有的地标符号——采煤塌陷区。它像一块巨大的伤疤，从此裸露在广袤的淮北大地上，也牢牢粘贴在淮北人的胸口。

　　10年前，我曾来到这里，眼前是一片塌陷的水域，水中浸泡着倒塌的房舍，高高的电线杆横七竖八立在水中，一些树木露出尚有树叶的树梢，在水中苟延残喘。

　　医治塌陷"伤疤"，成了淮北人心中的一个"结"。

时光荏苒。5年前，伴随着塌陷区综合治理和国家矿山地质公园项目的兴建，一场大规模治理南湖的行动悄然兴起。湖面被清理，路面得到整修，湖区变成了"湿地"。水绿了，树密了，花开了，鸟来了。塌陷区，人们原本以为是一块粘满泥垢的"丑石"，被"洗净"后，竟是一块不可多得的"美玉"。

天色渐渐暗淡下来，湖边的路灯开始如花般开放。远处，如黛的相山在夜色下呈现出黑魆魆的轮廓。山脚下，城市的灯光璀璨一片，摇曳着不夜城梦幻一般的色彩。此时，眼前的湖面闪动着丝丝波光，静如处子，偎依在城市身边。我的脑海中忽然想起一位诗人的诗句：山色湖光，丰盈的不仅仅是一座城市，还有心灵。

一座湖的光阴，见证了这里山水巨变，也见证了一座城市的变迁。一座湖，经历了煤城曾经的沧桑之后，更承载着未来的希望。

（原载2019年8月《清明》杂志社、安徽广播电视台"我和我的祖国"征文展播）

夜宿香山

临近傍晚的一场雨，让进山的道路又湿滑了几分。看不到周围景色，看到的只是一座座黑魆魆山体的轮廓。夜色像一道沉重的黑色布帘，将山岭包裹得严严实实，只有不时闪现在远处的灯光，将黑幕撕开，漏出一丝缝隙。

车越往山里开，路似乎越来越窄，我的心也越来越悬，甚至滋生一些后悔的情绪来。放弃山下的宾馆不住，而选择山上的民宿，出于好奇，也掺杂着几分怀旧的情愫。久居城中闹市，静谧的乡野如同饕餮盛宴上的一道土菜，虽然素雅，却很诱人。进到山里才发现，这夜晚的山路远不像想象中那样浪漫，爬坡、翻越、颠簸，不时还来一个急转弯。司机不停地转动着方向盘，像驯服一匹野马，攀爬在山道上，让人不时惊出一身冷汗。虽然看不到路边的悬崖，但民宿地处海拔900多米的山顶，需要跃过多少山道险坡，才能爬上去？

山是香山，位于泰山余脉莽莽群山之中。

山上的民宿是一处叫王石屋的小山村。它是香山山窝里仅有的几处山村之一，据说也是山东境内目前海拔最高的原始住户，人称"天上人家"。

一阵山风挤进车内，带着山中夜晚特有的凉意，身上如同泼洒了丝丝凉水。这是人间四月天，山下已经有了夏天的影子，而山上依然保留着春天料峭的寒意。我不知道，这夜风来自哪一道沟壑，吹过一片什么样的山林，但微风吹过鼻息，能明显感到山野花草的纯朴气息，清新中，透露出淡淡的香味。

车终于爬上山顶。眼前，零零散散的几户人家静静地蛰伏在夜幕里，露出一些模糊的轮廓。四周空旷而沉寂。

一处灯光把我们引到住宿地。这是一个普通的住户，两层楼房被改造成几间客房。说是民宿，其实同我儿时居住的乡村民宅已经大相径庭。房间里有空调、电视，洁白干净的被褥被叠得整整齐齐。倒是房间里一张木桌和几只棕绳编制的马扎小凳，还透露出拙朴的农家气息。

热情的房东送来一瓶用劈柴烧的开水。水是山间的泉水，用山柴煮沸，有一种淡淡的甜味，用它泡茶；茶叶遇到煮沸的清泉，似乎受到仙气的点化，散发出缕缕清香，把不大的房间缭绕得温馨而柔和。

我和房东攀谈起来，好奇地询问，现在村中还有几户人家，住在山上生活方不方便？

房东说，现在整个村子有十来户人家，都在经营民宿。过去山上主要是吃水困难，不通电。如今山上吃上自来水，用电、通信网络和山下几乎没有什么区别。

打量着干净整洁的民宿房间，我又询问起民宿的经营情况。

房东说，现在到香山来旅游的人一年比一年多，生意也一年比一年红火。每逢节假日，山路上的车挤得满满的。有的游客为了能在山上住上民宿，提前一个月就在网上预订房间，但村中的民宿根本不够住。房东透露说，她和老伴正向村里申请，准备投资再盖几间房，扩大经营规模，争取多接待些游客。

夜已经很深了，我却毫无倦意。身在山顶高处，感受最深的是山中的静。窗外，万物好像都屏住了呼吸，一切仿佛都被禁止一般，只有丝丝风声吹过房顶的瓦片和窗户缝隙，让人感到时空依然在流转。这种静，让人不知不觉滋生出一种远离尘嚣之感，身体从里到外有一种说不出的轻松。

早晨，我是被屋外一阵鸟儿的鸣叫闹醒的。它们的叫声像一首合奏的晨曲，细细听来，有的清脆，像风吹的哨子；有的悠长，似唇边的竹笛；有的短促，如同轻敲的木鱼。我甚至听到远处山鸡的鸣叫，一声接着一声，嘶哑、粗犷，透露出野性。难道它们与山下雄鸡一样，用晨时报晓迎接新的一天到来？

我循着鸟声来到室外。此时，天已大亮，晨光已将眼前房舍和远处的山峦涂抹成一种耀眼的金色。对面的山体，裸露出重重叠叠的花岗岩，一层层刀劈斧削般直立在那里，气势雄浑。山石岩缝间生长着稀疏的树木，如同一些零星的点缀，却恰如其分地勾勒出山体磅礴高大的轮廓。远处，有淡淡的薄雾在山间氤氲袅绕，虚幻而神秘。我这才意识到，我所投宿的民宿是在香山山巅如画的风景里。

中国地名重名极多。据说，神州大地上有十二处香山，分别分布在北京、河南、甘肃、福建等地。此处的香山，地处山东腹地莱芜，是巍巍泰山的余脉。也许是泰山的盛名，让它在流年时光里，如深藏闺阁，羞于抛头露面。只是近年来，这片原始的生态美景，才渐渐为人们所知晓。

下山的时候，遇到一群游客，他们徒步爬上山，正长枪短炮聚精会神地对着王石屋村拍照。我不知道在他们的镜头里，这座深藏在大山里的山村会呈现什么样的景色。我的心依然停泊在香山静谧的夜色里。

（原载 2019 年 7 月 16 日《联合日报》）

又闻蛙声

夜宿江南小镇，我被窗外一阵阵蛙声所吸引。

蛙，是水乡春天的使者；蛙声，是飘荡在水乡独特的音符。回到家乡，忽然听到这曾经熟悉的声音，像是遇到多年未曾谋面的儿时伙伴，除了相逢的惊喜，还有一种久违的亲切。我有些迫不及待走出住所，朝着那一片蛙声走去。

蛙声来自不远处一条小河。小河不宽，却很雅致，像一条长长的丝带，从住所旁蜿蜒而过。白天从这里经过的时候，这条小河就吸引了我的视线，浅浅的河水清澈见底，两岸是摇曳的垂柳，河上还有一座精致的木头小桥。富庶的江南小镇已经实现了城乡一体化，在高高矗立的楼丛和一排排整齐的厂房间，还有这么一条绿色生态的小河，宛如一个被精心梳洗打扮的小姑娘，挤在人群中，格外引人注目。

朦胧的夜色下，我看不清河中的景物，依稀可见眼前一湾清水，在不远处路灯的照射下闪动着细碎的波光。河边有些暗，却能辨认得出影影绰绰的水草，像一处没有散开的云团落入水中。蛙声正是从那一簇簇水草丛中发出来的。

我的到来并没有惊动这些小精灵。它们沉浸在彼此欢唱之中，时而竞相独唱，时而集体和鸣，如同正在演奏一曲精彩的乐章。在河岸附近的草丛里，也有一些说不上名字的昆虫，兀自发出鸣叫，声音散漫而细碎，落在蛙声里，像是一种可有可无的伴奏。

沉浸在一片蛙声中，忽然想起唐代诗人贾弇的诗句："江南孟夏天，慈竹笋如编。蜃气为楼阁，蛙声作管弦。"

孟夏，正是蛙声四起的季节。诗人把蛙声作比管弦，不仅描绘出蛙声的气势，也道出了蛙声的奇妙与精彩。雾气缥缈，竹笋如编，一阵阵蛙声如管弦演奏出天籁之音，萦绕在海市蜃楼般的梦幻之中。这是水乡江南独有的景致。

记得儿时，家乡每到春耕时节，蛰伏了一个漫长冬季的蛙，纷纷跳出洞穴，开始骚动不安起来。秧田里的水漫过足踝，老水牛在人们吆喝声中慢条斯理地犁着地。一只只蛙就在秧田里蹦来跳去，也不怕人，有时还翻动着两只圆鼓鼓的眼睛，瞪着身躯庞大的水牛，冲着它呱嗒呱嗒地叫。直到水牛粗壮的大脚眼看就要踩到它们娇小的身子，它们才懒洋洋地蹦跶开来，全然是一副满不在乎的样子。

每到夜晚，田野里、水塘中，蛙声此起彼伏，连成一片。密集的蛙声如同有无数根琴弦在大地上弹奏。我常常躺在床上，一边听着蛙声，一边胡乱猜测，它们是在为争夺求偶发出含情的吟唱，还是捍卫自己的领地发出恐吓的喧嚣？铺天盖地的蛙声令那些只能发出哼哼唧唧的昆虫望尘莫及。村庄里，劳累了一天的村民似乎习惯了这种声音，枕着蛙声坦然入睡。人与蛙，蛙与人，似乎达成某种默契，这是村民的家园，也是蛙的领地。

然而，家乡的蛙声却一度戛然而止。一块块水汪汪的秧田变成了机器轰鸣的工地；河塘沟渠因为严重污染，水生物几乎灭绝。河里没有鱼虾，田野里也很难觅到蛙的踪迹。即使在春天的夜晚，也难以听到蛙声。曾经喧嚣热闹的夜晚陷入一种可怕的沉寂。

今晚，我与久违的蛙声不期而遇。依旧是这块土地，依旧是我梦回牵绕的故乡。我知道，这几年，家乡重拳出击治理污染，天蓝了，水绿了，沉寂的土地上又重现蛙声。诗人曾经吟唱的"蛙声篱落下，草色户庭间"的江南又重新回到了人们眼前！

夜色中，我悄悄离开那条小河。在这春情萌动的夜晚，这一方水域是蛙的舞台，我不想打扰它们那一声声飘荡在夜色中天籁般的吟唱。

（原载 2017 年 5 月 23 日《合肥晚报》）

西藏，有一种体验叫"高反"

一

连续乘坐40多个小时的火车是一次漫长的旅程。只因为它是通往雪域高原，一步步迈向越来越高的海拔，一步步接近拉萨，这种漫长变成一种美妙，且越来越激动人心。

拉萨火车站以别具一格的建筑风格迎接着来自四面八方的游客。候车室高大的橘红色墙体呈斜梯状，上面有一排极小的窗户，站在它面前立刻就有一股高原粗犷之气扑面而来。深深呼吸一口雪域高原清新的空气，除了急切想一睹这座高原之城风情外，心中还掺杂着一丝隐忧，会不会出现"高反"？确切地说，这个意念如同一个影子，尾随着我从内地一直到高原。

"高反"就是高原反应，大凡到过西藏高原的人都这么称呼。进藏之前，有关"高反"的种种描述，已经消耗了我一部分信心和热情，我甚至准备接受建议，去服一种名为"红景天"的药物。据说进藏前连续吃一周，就能有效减轻甚至防止"高反"情况的发生，但最终还是把药物丢在抽屉里。去西藏，就是要体验一下与内地不一样的感受。

前来接站的是刚从内地到西藏网信办工作的一位朋友。几年前，他曾作为援藏干部在西藏山南工作了三年，现在算是二次进藏。简单寒暄一番，朋友便关切地询问我和同行的文友身体状况，有没有出现"高反"？得到我们模棱两可的回答后,他介绍"高反"的几种典型特征和必须注意的事项,嘱咐我们走路一定要慢下来,如果感到胸闷、气喘,必须停下脚步短暂休息。走到一个台阶,朋友还示范性地做出一个慢下来的动作,那情形,不像是接站的朋友,倒像是一位接诊的医生。

我们下榻的宾馆是拉萨圣维斯大酒店,靠近拉萨河。也许是迎接内地的客人,会议安排细到每个环节。尽管是一次文学颁奖论坛活动,应对"高反"变成其中一项重要内容。宾馆接待大厅里,除了会议报到之处外,还专门摆放了一张桌子,几位身穿白大褂的医生忙着帮助测量血氧含量。据说,这是检测有无高反的一个重要指标。正常人血氧含量应该是95%左右,低于80%就属于有"高反"的症状。几位测得血氧含量过关的与会文友喜形于色,好像逃过一劫。我有些犹豫地伸出手,测得的结果是血氧含量79%。这个数值让我有些沮丧,意味着极有可能滑向"高反"行列。同行的文友邱晓鸣幸灾乐祸地冲着我伸了伸舌头。

高原上的夜色姗姗来迟,晚上九点多钟,天色才渐渐暗淡下来。会务组再三交代,刚到高原晚上不宜逛街,不宜洗澡,也不要过多交谈,早早休息。据说,这一切都是为防止"高反"。

二

我在睡意缱绻中迎来了高原上的第一个早晨。推开宾馆窗户,窗外碧空如洗,朵朵白云飘浮在不远处深褐色的山峦间,与山色构成一幅彩墨画卷。太阳刚刚升起,万道明亮的霞光给高原的建筑物镀上了一层玫瑰金色彩。极目远眺,布达拉宫在晨曦中展露出雄伟的身姿。

我庆幸晚上睡了一个好觉,摇摇头,拍拍脑袋,不痛,也不晕,一切似乎都很正常。看来,"高反"不像传说中那么可怕,我在心中窃喜。

会议第一天安排的是颁奖典礼和高峰论坛。应该说这是最重要的议程,然而,却有几位与会者缺席。会议组织者、《西散原创》主编梅雨墨先生神情凝重地告诉大家,有几位"高反"者昨夜情况严重,不得不去医院打点滴。还有一位参会文友,竟然想打道回府。

高峰论坛上，几位主讲嘉宾也出现不同程度的"高反"。《人民文学》编审杨海蒂一贯爽朗、干练，当她出现在大家面前时，却是脸色苍白，嘴唇发紫，走起路来风一样摇摆。原来"高反"把她折磨得一夜没合眼，论坛进行了一半，她实在支撑不下去，不得不提前离开。另一位主讲嘉宾、畅销书作家雪小禅刚开始还侃侃而谈，后来也因为"高反"越来越重，顾不得名媛的矜持，留下一句深情款款的"抱歉"，也匆匆离席。

有人说，"高反"不关乎男女，不关乎年龄，甚至不关乎身体强弱。它像一杯高原上的青稞酒，面对它，不同的人有不同的反应。

一位多次来西藏的文友介绍说，"高反"的高峰期是在到达高原后12至48小时之间，也就是说有一个延时期。这让我悄悄收起了自信。

不知道是受到"高反"者的感染，还是身体的防御能力失效，我也渐渐感觉不适，开始头晕，双腿乏力，走起路来打不起精神。

三

真正的"高反"考验是去纳木错的途中。纳木错是大家神往已久的地方，然而它又因路途遥远、高寒缺氧、"高反"严重令人望而却步。会议组织者郑重告诫，有"高反"者谨慎前往！大多数文友走南闯北，表现出无所畏惧的气概，表示冒险也要体验圣湖风光；而几位"高反"严重的文友不得不用一种羡慕的目光为我们送行。

从拉萨到纳木错，地图上是短短一小截距离，实际上坐车需要4个多小时路程。一大早，我们分乘4辆大巴向纳木错进发。9月正是高原气候宜人的季节，车出拉萨城，在蔚蓝的天空下，一望无际的高原草场像是一块硕大无比的绿色地毯，将高原大地覆盖得严严实实，只有在草场的边缘才能偶尔看见几棵低矮的灌木。一群群肥硕的牦牛低头啃吃着青草，无拘无束地散落在草场上。远处，褐色的山脉绵延通向天际，隐约可见雪山的身影。平时只在照片看到的高原景色，此时近在眼前，有一种近在咫尺的亲近。

车到那根拉山口，这是翻越念青唐古拉山脉唯一通道，也是通往纳木错海拔最高的地方。一块一人多高的石碑上标注此处的海拔高度——5190米。登上人生从没有攀登过的高度，兴奋和自豪写在每一个人的脸上。拍照、发微信，大家都想把自己的身影留在珍贵的镜头里，都想把登高的感受与千里之外的亲朋好友分享。而此时，"高反"也像一个幽灵尾随而来。山口的风脾气暴躁，扯得五色经幡哗哗作响，又推搡着人们，让人难以站稳。就在这样的风口下，每一个人都在喘着粗气，不敢跑动。我低头系一下鞋带，抬头时顿时感到头晕目眩，想爬上附近一个稍高一点的地方去瞭望纳木错，双腿却像捆绑着重物，难以挪动。我感到高海拔带来的"高反"完完全全俘虏了我，将我原本的一些自信打回了原形。好在司机及时提醒，没有让我们在山口久留。大家喘息着爬上汽车，朝纳木错驶去。

　　纳木错，藏语的意思是"天湖"。它是西藏三大"圣湖"之一，也是世界上海拔最高的咸水湖，湖面海拔4700多米。纳木错如同一块巨大的蓝宝石镶嵌在高原之巅，湛蓝的湖水像一面镜子，映照着周围皑皑雪山，低矮的云朵紧挨着湖面，似乎要坠入湖中。雪山、湖泊、云朵，构成一幅美妙绝伦的画卷。

　　湛蓝清澈的湖水像一块磁石吸引着游人。徜徉在湖边，有人在忘情戏水，有人在拍照留念，有人骑着憨态可掬的牦牛。这里，每一个角度都有绝妙的背景，每一个瞬间都能定格成珍贵的回忆。人们长途跋涉赶来，似乎终于找到一处可以尽情释放情怀的窗口。然而，这里毕竟是高海拔地区，行动稍稍快一点，就会感到明显不适。文友邱晓鸣是位到哪都闲不住的活跃分子，遇到这样的景色，乐得在地上打滚的心思都有，无奈还没有折腾几下，便气喘吁吁。纯美的风景与极致的"高反"体验，这似乎是纳木错馈赠给远方客人共同的礼物。

　　从纳木错回到拉萨已是晚上十点多钟，这个时间对拉萨人来说并不算晚，大街上依然车来人往。一到宾馆，我就感到一种从没有过的疲倦重重袭来，头重脚轻，两只脚明明踩在地板上，却有一种不着地的感觉。大自然总是以一种奇特的方式展示着它的诡谲与奇妙。

四

经过纳木错的考验,在接下来的行程里,身上的不适渐渐消失,无论是在气势恢宏的布达拉宫、金碧辉煌的大昭寺,还是充满着异域风情的八廊街、民族村,几乎感觉不到"高反"症状。当我们沿着川藏线一路东行,到达林芝的时候,已经是神清气爽、气定神闲了。

回程途中,接到在西藏工作的朋友打来的电话,询问我高原之行的感受和几天来的"高反"情况。我如实作答。朋友听后不无幽默地说:"没有'高反',来的就不是雪域高原了。"

是的,"高反"是雪域高原带给我的一次特殊的生命体验,是一次曼妙生理和意志的双重考验,它让我在一丝恐惧和好奇中细细品味这里的一山一水,一草一木,让心静下来,也让脚步慢下来,以一种独特的感受领略和铭记高原最纯净的风景。

(原载《西部散文选刊》2018年第5期)

沱江迷夜

抵达凤凰古城的时候，夜幕像被一只无形的巨掌，从周边黑魆魆的山峦一点一点推上古城上空。而此时，沱江岸边无数盏霓虹灯正竞相绽放，似乎划破一道披挂在古城身上的黑色布幔，点亮古城神秘的夜色。

这座被沈从文称为"边城"的古城，有着山高水长的路途。长途跋涉于湘西群山峻岭之中，一路几乎看不到像样的城镇。当古城的身影在期盼中退去神秘的面纱，朦朦胧胧出现在眼前时，竟有一种久违般的亲切。这就是有着古风流韵，荡漾着民族风情的凤凰古城？这就是沈从文大师笔下巫蛊神通、土匪出没，流传着"赶尸""哭嫁"传说的湘西？一阵微风从古城吹拂过来，也吹散了我一路旅途的疲倦。

沱江岸边的灯火吸引着我的脚步。眼前的江紧紧偎依在古城身旁，虽然夜色和灯火让我看不清江水真正的颜色，但我能感觉到它流经湘西的崇山峻岭带来的灵动与清澈。我不知道它是否就是沈从文《边城》中那位淳朴善良的"翠翠"偷看心上人赛龙舟的那条江？江水在并不宽敞的江面汩汩流淌，只是眼前的江已被璀璨的灯光映射得五彩缤纷，像一位俏丽的苗家姑娘盛装出场。流淌的江水在灯光照射下，泛动着波光，仿佛是无数双苗家少女的目光，闪烁多情。沿河两岸，建筑物被灯光照射得熠熠生辉，各种流线造型汇聚在一起，看上去宏大而壮美；江上那座著名的虹桥，此时流光溢彩，真的宛如一条彩虹横卧在江水之上。灯火阑珊处，装饰得典雅玲珑的店铺展示着各式各样的湘西土特产和工艺品，吸引着游人的目光。

江边的饭店和特色小吃纷纷打出"正宗血粑鸭""凤凰腊肉"等鲜亮的招牌，给人以一种异域风味的诱惑。令人惊奇的是，一些前卫的酒吧也跻身在江边，幽幽的灯光和震耳欲聋的摇滚乐在古城的江畔演绎着另一种时尚。

苗家的吊脚楼最富有令人玩味的特色，虽然是一排排独脚伶仃的木柱支撑起飞檐翘角的楼舍，但层层叠叠立于江岸边，竟有一种古朴雄浑的气势。我不知道那里是不是还依然居住着苗家汉子，此时，他们也许正手持长长的水烟袋，睨视着江边璀璨的灯火和摩肩接踵的游人，脸上露出狡黠的微笑。而他们的女人，身着婆婆的裙裾，头戴叮当作响的银饰头巾，正穿梭往来于游人之中。这些能歌善舞的苗家妇女有着与生俱来的勤劳与聪慧。她们低声向游人兜售着手中银光闪闪的项圈手镯、做工精巧的牛角梳、甜中透辣的湘西姜糖等。还有一种用藤蔓和小朵鲜花编成的花环，做工虽然有些粗糙，看上去却十分新鲜时尚，极受游人中年轻女子喜爱。她们花四五元钱买一个戴在头上，立刻就有一种浪漫的情调，引得一些中老年女游客也纷纷效仿。

夜色的沱江流淌着古朴风情，荡漾着浪漫时尚，我不知道它是古城文化沉淀之后的一种释放，还是古城的魅力随着时空转变为另一种延伸。江边，一排排茶座虽然有些简陋，看上去却十分温馨。坐在幽幽的灯光下，或细细品茗，或观赏一江灯火，无须片刻就能洗去满身的风尘，荡涤心中的烦忧。江边昏暗处，有情人喁喁私语。江边的夜色营造了爱的浪漫，也增添了爱的色彩。

北城门在江边灯光映射下凸显出高大的身影。在闪烁的灯光下，镶嵌在门楼上方的"壁辉门"三个大字依稀可辨。那是古城历史的一种见证，古朴的造型和凌空的气势让人领略出它曾经的威严。城楼的炮台和枪眼早已散去仇恨的烟火，岁月的风雨把它定格在远去的时空，演变成一道独特的风景。顺着城楼下拱形城门就可以进入古城。古城内的街道依然是石板街，看上去虽然狭窄而清瘦，却能通往城郭每一个角落。沈从文、熊希龄等一些名人故居就在巷道深处。沈从文在这里虽然只度过童年，但家乡的青山绿水和古城的风物人情却深深浸润在他的血液里，又从他多情的笔端如流水般涓涓流出。他的《湘行散记》让人们读出古城的质朴与淳美，也读出湘西的古老与神秘。这位因去世与诺贝尔文学奖失之交臂的一代文学大师，把人生最后的句号也落在家乡。他的墓就在古城附近树木葱茏的山麓。熊希龄算得上是古城走出的"职位"最高的人，这位民国第一任民选内阁总理有着湘西人特有的聪慧和果敢，由于反对袁世凯复辟帝制，就任后不久就被迫辞职，晚年怀着一腔爱国救民的热血，致力于慈善和教育事业。周恩来曾评价说：熊希龄是袁世凯时代第一流人才。当代书画大师黄永玉也是凤凰人，身为中国画院院士，至今古城仍有他的画室。古城文物馆长期展览他的作品。那里还挂着一张他站在沱江边的放大的照片，脸上的微笑流露出一位艺术家对家乡特有的感情。古城人杰地灵，一方山水滋养了他们的灵性，造就了他们独特的品格，也成就了他们不平凡的业绩。今天，他们又成为人们解读这座古城厚重文化一种重要元素。

与城门相连接的是将古城与沱江分割开来的古城墙。夜色朦胧，古城墙却依然显露出透迤的气势。城墙上有分布均匀的垛口、炮台，以及哨卡一类的防御工事，看上去如同北京八达岭长城一样的情形。这便是被称为"苗疆万里墙"的中国南方长城。它的规模没有北方长城宏大，功能却是相似的。当年，明清统治者为了防止苗民造反，禁止苗汉之间的贸易和文化交流，专门沿着古城、沱江和山道修筑此墙。清王朝还派重兵在这里驻防。据说，一些远离朝廷和中原家乡的防卫士兵不甘待在寂寞无聊的城里，逃到附近山上，落草为王，干上打家劫舍的营生，从此也让湘西"土匪"声名远扬。如今，城墙上早已找不到弹痕矢迹，苗汉之间曾经的仇视和怨恨随着滚滚的沱江水，流进了历史的长河。只有古城墙和城门楼屹立在此，日夜俯视着不息的江水和古老的城池，见证这里的一切。

夜色渐深，沱江岸灯火璀璨依然。古城的夜，让人忘了身在异乡的孤寂，也忘了归途。

（原载《阳光》2017 年第 1 期）

最后的柏庄

一

一堵老墙,连同它支撑村庄的最后一间老屋,在一阵刺耳的轰鸣声中轰然倒塌,溅起烟雾般尘土扑向周围断垣残壁,也扑向周边无辜的花草。尘土弥散之后,倾圮的老屋如同给村庄画上了一个句号。村庄不再是村庄,像大地上一枚空心腐烂的果实。

一群柏庄人,还有一只夹着尾巴的狗,仓皇而去,像逃离一场灾难。溅起的尘土覆盖了他们留在村庄上最后一行混乱的脚印,也终结了皖北大地上一个关于柏庄村的叙事和传说。

其实,随同人群一同逃离的不仅仅是狗,还有许多柏庄人看得见和看不见的东西。比如动物,走的、飞的、爬的,它们的祖先尾随着村民的祖辈而来,在村中筑巢,或是掘穴,组建家室,一代代繁衍,进行生命的接力。柏庄不仅仅是柏庄人的村庄,也是它们的家园。它们把命运嫁接在柏庄人的命运上,如同树木与果树之间的嫁接,有些牵强,却一直借力生长。

同样是逃亡,只是,它们没有目标,没有方向。等待它们的或许只有死亡。

我无法想象柏庄人离去时的眼神。淡定,惊慌?快意,悲伤?抑或是木然、惆怅?村庄的拆迁,远处的钢筋水泥垒起的楼宇将会接纳他们的身躯，但是否能安放他们的灵魂？无论如何，他们的眼眸里一定会装着村庄昨天的模样。古朴的房舍，爬满青藤的老墙，密密匝匝的树林，还有袅绕在屋顶上的炊烟……我知道，逃离是柏庄人现实生活中一种无奈的选择，不久的将来，这里机器的轰鸣声会替代村庄曾经的鸡鸣狗吠。

只是，柏庄人的双脚，曾经在村庄上停泊，如同庄子里的柏树扎下的根系，盘根错节。

二

柏树是柏庄最早的村民。在柏庄，它们最早与土地签下了契约。

柏树耐旱，质地坚硬，最宜生长的地方是山地，或者是丘陵。柏庄地处一马平川的平原，前不靠山，后不依岭，柏树却生长得葱茏苍翠，云飞鸟绕。

柏庄人谁也说不出村中柏树的来历，如同说不清楚村里那些长眠在地下陌生却又令人敬畏的祖先。村中的柏树，有人说是祖先有意栽植，有人说是鸟儿携来的种子。周围十里八村，见不到一棵柏树的影子，唯有柏庄的柏树郁郁葱葱。时光带走了有关柏树与村庄最初的秘密，只留下几段关于村名的传说。

然而，这似乎并不影响柏树的生长。走进柏庄，你会看见一排排柏树苍老而青翠，宝塔状的枝干指向天空，如同精神抖擞的卫士。柏树无人修剪，也无人刻意雕琢，但每一棵都是神形兼备，绿叶葱茏。无论是头顶烈日，还是风雪裹身，它们总是呈现出一种姿态，带着绽放在时光里的绿，从容、淡定、挺立。

在如水流淌的岁月中，一代代柏庄人与柏树相互偎依，互相守望，似乎有一种缘分和气息彼此相连。柏树将柏庄人经历的风风雨雨，酸甜苦辣，一件件刻进年轮里，变成一种不离不弃的陪伴。柏庄人眼中的柏树是一种伟岸的姿态，从柏树的身上，他们学会了生存与成长。

柏庄也有其他树木，笔直挺拔的杨树、四季常青的香樟、细枝纤叶的杨柳，等等。在柏庄，它们只是柏树留白处的一种陪衬。

老墙轰然倒塌的时候,柏树依然挺拔而从容。只是,村庄的消失,那些柏庄人从村庄土地上逃离,将带走它们所熟悉的生命气息,它们会从此形影相吊,渐渐沉寂,最终将走向消亡。这是一个无法改变的宿命。

岁月里,一代代柏庄人如同一棵棵行走的树,而柏树未尝不是最为忠诚的柏庄人。

三

一只鸟,突然受到惊吓,从一枝树丫上"扑棱棱"飞走了。在它的世界,显然不知道眼前究竟发生了什么,更不会知道最后一堵墙、最后一处老屋的倒塌对一座村庄意味着什么,尽管隐藏在它身躯里的基因密码让它早已把自己也当成柏庄的主人。

这是一只斑头雀,一身光洁的羽毛如同水洗一般纯洁,圆润透亮的双眼影映着一方天空明亮的色彩。

生活在柏庄的鸟儿除斑头雀,还有灰喜鹊、燕子、画眉、黄鹂鸟,还有斑鸠家族、麻雀家族,以及村庄人叫不出名字的鸟儿。它们从何而来,何时飞来?柏庄人并不知道,也无心猜测,如同无心关注田野中一只地鼠的来历。

在柏庄,鸟儿总是把它们的任性寄存在柏庄人和善的目光里。它们选择在村中树干最高、枝叶最为浓密的杨树上筑巢。鸟巢拓扑,却不失巧妙。每到冬天,呼啸的北风吹光了杨树上的叶子,一个个的鸟巢裸露在过往行人的眼前,如同慢时光里提示柏庄人一组记载岁月的符号。

天空是鸟儿翱翔的天堂,柏庄的鸟儿更喜欢穿行在房前屋后。它们跳跃在树梢枝头,行走于庭院厅堂之中,有时对着柏庄人啁啾,有时旁若无人在地面觅食。日复一日,它们与柏庄人相遇而安,一起在阳光下打理各自的生活。

我一直觉得鸟儿的鸣叫其实是在唱歌。在柏庄,每一个早晨都是在鸟儿们歌声中醒来。

无论是奋飞还是跳跃,鸟儿都是柏庄一抹灵动的色彩。它让一座村庄变得温情脉脉，也让村庄变得色泽饱满。

我不知道，受惊吓的鸟儿还会不会飞回？也许没有人知道，它会飞向何方。

四

一条小河贴着柏庄蜿蜒而过，勾勒出村庄一些不规则的轮廓。

河水清澈，有风无风的日子，都会泛起微微波澜，像柏庄年轻人的心事。

河上的木桥，刷过桐油的木头开始腐烂，露出黢黑的斑点，如同村中长者伸出布满青筋的手背。晴天里，河水中总有一些房舍和树木的倒影映在水中，像一幅未干的水墨画。河边的柳树，还有顺着河沿长出来的杂草，不紧不慢地生长。柏庄人在河边行走，河水带走了他们的青春与激情，也留下一些无奈和惆怅，像河水中漫无目标漂荡的浮萍。对柏庄人而言，河水曾经是秋波一样的蛊惑。

河水中的鱼儿是冲着柏庄人游来的。早晨，或者是黄昏，柏庄人在河水中淘米洗菜，那些鱼儿便纷纷围拢过来讨食。它们潜伏在水下，也有的浮出水面。柏庄人喂它们，也捉它们。一根鱼竿，半天工夫的垂钓，就能吃上一顿美餐。

河水从何处流来，桥是何人架设，柏庄人并不关心。水有水的野性，只是偎依在村庄身旁，与村庄厮守在一起，它们便有了灵气，有了风情，有了柏庄人挂在嘴边的一些风花雪月的故事。

柏庄人逃离时，河水是安静的，鱼也是安静的，没有浪花，甚至没有波痕。只是，人逃离后，那将是一条河孤寂的开始。河水终将失去往日的风情。

我不知道，明天投进河中一块石子，河水还会不会激起一片涟漪？

五

褐色土地上，有两条路在柏庄人目光中延伸。

一条是泥土路，泥泞的路面被柏庄人踩踏之后，柔和而松软。路边是一块块棋盘式的庄稼地。地里，泥土黄褐，如同柏庄人被阳光烤晒过的肤色。

　　曾经，柏庄人对泥土路有着说不出的亲近，对路边的庄稼地有着道不尽的虔诚，每走进一次，都是一次朝圣。他们弯下腰身，与耕牛同行，与农具相伴，与泥土相亲。他们的身影一次次被暮色吞没之后，土地也一次次分娩。收获的季节，每一粒稻谷，都是对朝圣者最好的回报。

　　因此，泥土路虽然凸凹不平，散发出潮湿的腥味，却寄托着柏庄人最原始的希望。

　　后来，泥土路开始延伸，一直延伸到柏庄人目光够不着的远方。村庄的脚步也被吸引到远方。远方的诱惑虽然无踪无影，却像一阵风，穿过柏庄一道道古老的院墙，也穿过柏庄人的胸膛。从此，路上行走的人越来越少，路也一天比一天寂寞，像一个垂暮的老人。

　　黑色的土地上，还有一条路，时隐时现，在柏庄人迷离的目光中蜿蜒到岁月的深处。柏庄人虽然看不清路面，却能看得见路上飘动着祖辈们的身影。柏庄人没人知道祖辈从何处而来。在口口相传的村史中，他们只知道是柏树最早陪伴着祖先来到这里，从此，这块土地渐渐有了烟火气息。祖辈们经营着一个村庄，如同经营一个小小的王国，他们小心翼翼，专注而虔诚，用一砖一瓦、一草一木垒起了家室，也垒起了村庄最初的雏形。从此，柏庄人开始与村庄在岁月风雨里相守。

　　时光不会打结，柏庄却走到了尽头。

　　一位诗人曾经说过，村庄是人类在大地上最古老的栖所，也是依恋土地最生动的杰作。

　　村庄不再是村庄，如同大地上一枚被丢弃的腐烂的果实。通向柏庄村的路，从此消失。

（原载《散文百家》2019年第10期）

浸染生命的三次感动

有一种红，鲜艳如血，殷红中深藏着生命的色素；有一种红，卷动似焰，淬炼升腾涌动着火一般的热情；有一种红，如同朝霞裁剪下火红的一角，挥洒蓬勃朝气，孕育着大地崭新的希望。

这红，便是中华人民共和国的国旗红。

在生命的旅程中，我曾经三次被国旗红深深感动。

一九九二年，三月。北京。

坐了整整一夜的火车，凌晨四点终于抵达北京。我和同伴下了火车，一边打量着这座心仪已久的陌生城市，一边争论应该先去哪里，最后商定，先去天安门广场，去看那里的升国旗仪式！

到达天安门广场时，东方已经露出一线晨曦。黑魆魆的广场上已经满是前来观看升旗仪式的人。人群像是被一种磁铁吸引一般，朝着即将升旗的旗座旁聚拢。第一次站在天安门广场上，心中除了好奇，更多的是激动。广场比我想象的要宽广、开阔。书画上我曾经无数次看到过的天安门，此时，渐渐露出熟悉的轮廓。高大的城楼，庄重的楼阙，还有立在城楼前古朴的华表，无不显示出一种特有的庄严，演绎着一个古老国度特有的气度。众目聚焦处，高高耸立的旗杆挺拔而威严。那里，众人期待的国旗将伴着东方的日出冉冉升起。

三月的北京，虽然空气中已经流动着春天的气息，但依然十分寒冷。

我穿着笨重的棉衣，挤在人群中缓缓向前挪动着步子。周围的人群操着不同口音，有老有少，有的昂着头，有的踮起脚尖，还有的让孩子骑在自己的脖子上。大家都想抢占一个观看升旗的最好位置。

期待，是一种凝固在内心的情绪。我屏声凝息，紧张而又兴奋。

不知是谁轻轻地喊了一声"来了"，大家不约而同引项望去。金水桥上，一支威武雄壮的国旗护卫队迈着整齐划一的步伐朝这边走来，铿锵的步伐伴着雄壮的乐曲，大地都好像在微微颤动。

旗手们来到旗杆下，用一套干净利索的动作完成了升旗前的准备工作。随着护旗手一声高亢的喊声，鲜红的国旗沿着银白色的旗杆缓缓升起。

那一刻，我周身的热血似乎突然凝固，又似乎突然奔涌。抬头仰望鲜艳的国旗，一种从没有过的神圣、庄严和自豪感涌上心头。我感到，伴随着那面冉冉升起的旗帜，仿佛有一种号角在吹响。嘹亮的声音打破千百年来封闭的沉寂，响彻天宇，吹出一种扬眉吐气的豪气；好像有一种力量在升腾。它让我联想起欧洲一位著名的国君曾经把我们拥有五千年文明的国度比喻成东方睡狮。如今睡狮醒来，正高昂头颅，屹立在东方；又感到那飘动的红旗似乎在发出一种无声的召唤。此时，中国改革开放的大门刚刚开启，百废待兴，革弊图新、自强不息的浪潮正在涌动。在高高飘扬的旗帜下，有一股不可阻挡的洪流正在汇聚、澎湃激荡……

望着国旗，一股热乎乎的东西从我嗓子眼往上涌，又从眼中流出。我用手一抹，竟是眼泪。

二〇〇三年，七月。美国，华盛顿。

在美国华盛顿著名的宪法大街上，美国国家档案馆掩映在一片绿荫之中。怀揣美国国家矿业协会邀请函，我与中国煤矿企业家代表团7名成员一道，迈向这座号称世界一流、馆藏资料最丰富的档案馆。

档案馆珍藏着约30亿页珍贵历史档案纸质原件，500万张照片、14万卷影片和11万件原始录音资料，集中了美国历届联邦政府军事、外交、内政、财务等各部门重要档案。其中，被誉为美国立国文献——《独立宣言》《宪法》和《人权法案》的三件原件作为"镇馆之宝"在这里永久性珍藏并展出。

步入二楼一个陈列室，一帧熟悉的照片映入眼帘。那是一张 1972 年周恩来总理接见美国总统尼克松访华的照片。照片上，两国领导人面带微笑，两双巨手紧紧握在一起。这是尼克松总统在中美关系陷入冰点时来到北京的破冰之旅。在中美两国关系曲折的发展道路上，这是一张具有划时代意义的珍贵史料。

考察临近结束时，档案馆一项安排令我颇感意外，也让代表团每一位成员惊喜万分。展馆的工作人员把我们引导到一个办公的地方，从一个方盒中拿出一件东西递到我们面前。我一看，竟然是一面精致小巧的中国国旗。熟悉的图案，夺目的红色，方寸大小的国旗在我们眼前绽放出奇异的光彩。工作人员看出了我们的惊喜，打着手势，又把我们引到一幅巨大的世界地图面前，让我们把国旗插在所在家乡的位置，以此作为中国游客参观国家档案馆的纪念。

地图上的地名虽然标注的是英文，但了然于胸的中国地形图让我很容易就找到中国版图，找到家乡的位置。我仔细打量着地图上的中国版图，上面每个省份都插有几面或多面小小红色的国旗。看来，来此参观的中国公民都能享受这种极富有纪念意义的特殊待遇。

此时，一面小小的国旗握在手中，我却感到有一份难以言喻的重量。平时看似简单的红色，此时犹如一团火，释放出一种特有的温度。我把它郑重地插到家乡所在的位置上，自豪感顿时油然而生。

在大洋彼岸，在异乡国度，在一个远离祖国千山万水的地方，能遇到神圣而又熟悉的国旗，能亲手插在祖国的版图上，内心有一股暖流在涌动。

我与考察团成员在地图前合影留念。背靠祖国的版图，背靠那一抹鲜艳夺目的红，我们每一个人的脸上都露出无比自豪的笑容。

二〇一八年，十月。西藏，拉萨。

西藏，在我心中一直笼罩着神秘的光环。

金秋季节，应《西部散文》颁奖组委会邀请，我与内地 50 多名获奖代表，终于走进这块神秘的土地，来到雪域圣地拉萨。

金秋的雪域高原有着梦幻一般的景色。天蓝得像一面魔镜，几朵絮状的白云缓缓飘动，似乎触手可及。白云之下，一群牦牛在开满黄色、紫色小花的草地上悠闲地啃草。远处，皑皑积雪的雪山闪动着神秘的光泽，刀刺一般指向苍穹，像是竖起一道特殊的屏障，默默庇护着祖国遥远的疆域边陲。高原的景色让我忘记了高反带来的不适，贪婪地用相机镜头记录下眼前的一切。

根据组委会安排，第二天的活动是去拉萨城外一处藏民新村参观采风。接待我们的是一位名叫雪儿达瓦的年轻姑娘。达瓦身着藏族传统服装，头戴一顶藏银装饰的头饰，站在家门前笑盈盈地迎接我们。

达瓦的介绍从她家庭身世开始。达瓦说，她的爷爷名叫桑吉，在新中国成立前曾经是农奴，是解放军把他从农奴主家救了出来。新中国成立后，她爷爷成了一名兽医，如今七十多岁的爷爷依然在为村民服务。她的爸爸名叫扎西，现在拉萨城跑运输，一年的收入相当于过去家里饲养十几头牦牛。而她，刚从拉萨民族大学毕业，准备去阿里地区当一名教师。

达瓦的介绍充满了激情，特别是介绍起家乡的变化，更是侃侃而谈。我注意到一个细节，每当她提到共产党、新中国时，她都会双手合十，神态虔诚。

参观达瓦家刚刚落成的新居，房顶上一面飘动的鲜艳国旗吸引了我的目光。问达瓦，为何房上插国旗？雪儿达瓦说，这是藏民房舍的新标志，我们藏民有今天这样幸福的生活，靠的是共产党，靠的是新中国，我们藏民从内心感激共产党，感谢新中国！我能看出，达瓦说得很真诚，丝毫没有虚假夸张的成分。

经达瓦一说，我才注意到，整个村子，一排排崭新的藏民新居，几乎家家户户房顶上都飘扬着一面国旗。鲜艳的国旗在瓦蓝的天空下，格外鲜艳，有一种夺目的光彩。国旗，平时在内地司空见惯，而它飘扬在雪域高原的藏民房顶上，被藏民们赋予与五色经幡一样的虔诚与敬意，这是我没有想到的。

后来，无论在拉萨、那曲，还是在昌都、林芝，我看到许多藏民的房顶上都飘动着一面鲜艳的国旗。那夺目的红在高原蓝天白云下，犹如一团跳动的火焰，成为高原上最耀眼的颜色。

西藏，神奇、遥远。西藏之行，留在我记忆里的东西有很多，而飘扬在雪域高原那一面面国旗红，成了最为难忘的一抹色彩。

国旗红，在我人生的三个阶段，三个不同地点，三次浸染我的生命，令我无比感动。近三十年，时光记录了中国发展前进的步伐，以及七十载的沧桑巨变。我想，变化的是容颜，流走的是岁月，不变的是国人对国旗、对祖国永恒的情感。

（原载《骏马》2019 年第 10 期）

小城高铁梦

淮北是地处皖北的一座小城,交通相对闭塞,去省城合肥,曾经是一段令人望而生畏的旅程。

20世纪八九十年代,淮北人去合肥,通常选择乘坐火车。作为安徽的北大门,淮北是京沪铁路的支线——阜夹线上的一个站点。由于没有直达火车,去一趟古老的庐州城,必须到蚌埠中转,再绕道淮南才能到达。300多公里的路程,常常要耗去一整天的时间。

有一年春天,我去合肥探亲,一清早,穿过叫卖声此起彼伏的淮北火车站站前小吃摊点,随着人流挤上了开往蚌埠的火车。火车车体是墨绿色,被称作绿皮车,开动起来,发出震耳欲聋的隆隆声,经过村庄、路口,会拉起长长的汽笛。行驶在皖北平原上,绿皮车看上去速度挺快,令人望而生畏,其实坐上去,才感觉它慢得像一头慢条斯理的老黄牛。因为是站站停靠,每到一个站点,它都要停下来,等待着手提肩扛大包小包的乘客挤上挤下。好不容易在混乱中完成了人流的置换,车上人眼睁睁等待着它出发,它却迟迟不肯动身,直到车站工作人员一次又一次地舞动着信号旗,它才慢吞吞、好像极不情愿似的开始跑起来。遇到大站,停留的时间则更长。

中午时分,绿皮车像是一位疲倦的旅者,终于停靠在蚌埠火车站月牙形的站台上。

接下来是转车。本来就心急如焚,却偏偏遭遇火车晚点。那时,火车晚点属于不正常中的正常,晚点的不确定性,似乎已经超出了车站掌控的范围。候车大厅里，拥挤的人群发出的嘈杂声，盖过了车站喇叭里女播音员机械而尖细的播音声。我试图从嘈杂声中辨别出播音员的声音，得到一个确切的晚点时间，听了半天，却一无所获。任何焦急都是徒劳的，只好硬着头皮等待。直到下午三点多，有人喊："开闸放人了。"人群一下子骚动起来，逃亡般涌向检票口。我被人流推搡着，奔向开往合肥的火车。

依然是绿皮车，除了眼前多了一批陌生的面孔外，一切依然如故。到了合肥，大街上已是万家灯火。

情况终于发生了改变。20世纪末，淮北到合肥有了高速公路。尽管这条高速是合徐高速，在淮北只是顺道拐了一个弯，从市内开车上高速，还需要半个小时路程，但满足感还是挂在淮北人脸上。去省城的时间，从一整天，一下子缩短到只要三四个小时，缩短的不仅仅是时间，心理上似乎也一下子拉近了与省城的距离。很长一段时间，人们津津乐道，描述着高速路上的风景，也分享着交通便捷带来的喜悦。早晨从淮北出发，中午就能稳稳当当坐在古城的餐桌上，吃上热气热腾腾的午餐。

当淮北人开着车，怡然自得行驶在往返于省城的高速公路上，谈论着大城市之间开通的高铁时，却梦一般迎来了自己的高铁时代。一切似乎来得太突然，以至于人们还没有足够的思想准备，一夜醒来，高铁就停在自己家门口。白鲸一般的"和谐号"驶进市内火车站，许多人看着它流线型漂亮的车体，干净舒适的乘车环境，还有风驰电掣般的速度，如同目睹一位天外来客。

一抹朝阳映照在淮北城市的天空，给小城涂抹出一片绚丽的色彩。此时，又一趟高铁从小城开启。我坐在干净的座椅上，感受着与乘坐飞机一样的新鲜与惬意。在两声嘀嘀轻微的启动信号后，车便飞速驶离市区，箭一般奔向广袤的皖北大地，驶向合肥。我已记不清这是多少次去合肥了，却是第一次体验只需要两个多小时的旅程。

对我和乘客来说，两个多小时仅仅是时间上的概念；对一座城市而言，它却意味着一个崭新时代的开始。

（原载2018年12月8日《团结报》）

孝祖的村庄

我不知道它承载了多少赞誉，如同我不知道它在岁月中历经了多少世代传承。此时，古老的村庄就在我的眼前，虽然正值仲春，有桃红柳绿春色的点缀，却依然显得沧桑、古朴，然而这并不妨碍它成为皖北大地上一处独特的亮点。一则有关孝贤千年不衰的古老传说，就印刻在它的褶皱里。

此行，我寻访的村庄名叫鞭打芦花车牛返。第一次听到这个有些拗口的名字时，感觉它不像是一个村庄的名字，更像一个经过时光研磨和沉淀之后的故事。有人说，它是中国村庄中最长的村名。显然，与那些雷同而平庸的张村、李村相比，这样一个鹤立鸡群的村名足以让寻访者产生好奇和联想。时光穿越千年，古村联系着一个备受世代景仰的人物——孝道始祖闵子骞。

闵子骞，又称闵子，名损，字子骞，春秋时期鲁国人，生于公元前536年，卒于公元前487年，他所经历的年代正值中华文明的思潮澎湃激荡时期。据史载，闵子的父亲闵马夫因不满鲁国"三桓弄权"，举家迁往宋国的附属国萧国，也就是今天的皖北萧县，安家落户，抚育后代。

作为儒家学说创始人之一，闵子以孝道著称，他最为著名的故事当属那则流传于后世的"单衣孝母"。在各种版本的传说中，我找到了一则比较权威的记载，这便是《萧县志》中描述的情形：

闵子遭继母姚氏虐待，寒冬时节，姚氏两个亲子穿的都是棉衣，而闵子穿的是塞填着芦花花絮的衣服。一次父子四人坐牛车外出探亲，闵子负责赶车，芦花衣不耐寒，冻得他瑟瑟发抖，牛鞭从手上掉落，此时两个弟弟却泰然自若。闵父以为闵子偷懒，便挥鞭朝他身上打去，这一打，打出他衣服内芦花四溢。闵父纳闷，忙去查看另外两个儿子的衣服，发现衣服里缝的都是丝絮，这才察觉出后妻姚氏无德。闵父气愤不已，于是准备打道回府休妻。闵子见此情形，跪劝父亲道："母在一子寒，母去三子单。"面对懂礼孝顺的儿子，闵父只好作罢。后姚氏悔改，待闵子如同亲生。

闵子父亲这一鞭子不仅打出一段礼孝贤道的佳话，还让途经的村庄从此声名远扬。为了铭记闵子骞的孝行，人们把此地原名"杜村"，改称为"鞭打芦花车牛返村"。

孝，是蛰伏在人们内心深处的一种情怀，是一种乌鸦反哺、羊羔跪乳的大爱。千百年来，它构筑起国人生动却又内敛的精神家园。眼前这座平凡朴实的村庄和它蕴藏的故事，就是这种情怀和大爱最好的见证与诠释。

通往村庄的是一条并不宽敞的小路，我不知道，这条路蜿蜒到历史的深处，是否就是闵子当年跟随父亲出行途径的那条路。此时，道路的两旁一排排杨树已经吐露出绿芽，返青的麦苗在春风中摇曳，不远处，依然有盛开的油菜花吐露出缕缕芳香。时光总是在人们不经意中悄然流逝。我想，再深邃的目光也穿不透历史的烟云，再深沉的脚步也留不住岁月的旅痕，只有流淌在人们血液中那种世代相传的孝贤基因，如生命中生生不息的密码，演绎着最原始、最真情的传承。正是这种传承，让这座普通的村庄有了令人敬仰的热度。

古村依山而建，百余户人家分散在道路两旁。村庄很清静，静谧的氛围让我对它增添了几分虔诚。我在村庄中走走停停，希望能寻觅到先贤留下的音讯。让人感到遗憾的是，整个村庄并没有闵子的后人。然而，这并没有妨碍一代孝贤品行的传承。从村民们流露出的敬仰虔诚的神情和他们如数家珍般娓娓道来中，我似乎看到了一代孝贤永不消逝的身影。

闵子以"单衣孝母"而闻名，后追随孔子，成为孔门七十二贤之首。孔子对这位秉性谦顺的学生赞赏有加，向人夸赞说："孝哉！闵子骞，人不间于其父母昆弟之言。"传说闵子跟随孔子求学，因家贫交不起充当学费的束脩（干肉），就用曹溪之水为孔子精心酿制了一缸美酒。同学讥笑说，曹溪的水，怎么能和束脩相比呢？孔子闻此事，说，子骞不远千里来求学，精神可嘉，虽曹溪一滴，远胜似束脩百条。这便是"曹溪一滴"典故的由来。

孔子曾经到萧国周游、讲学，闵子紧随其后。闵子谨言慎行，孔子十分欣赏，称赞他："夫人不言，言必有中。"意思是闵子不轻易说话，一开口就能切中要害。同行的还有儒家八派之首创始人颛孙子张。他因敬仰闵子的孝行，此时也从鲁国迁居萧地居住。如今在离古村不远处的天门山，至今还留有圣人晒书场等古迹，记载着先贤们在这片土地上留下的足迹。

百善孝为先。孝，历来被视为中华文化的核心，它以一种纯真的道德情怀印证人间真情大爱，让人心生敬仰。元代尤溪广平人郭居敬有感历代孝子孝行，将他们的故事进行筛选，编纂成《全相二十四孝诗选》，简称《二十四孝》。闵子骞"单衣孝母"便是"二十四孝"中的第三篇。后来，闵子的故事又陆续被豫剧、曲剧、晋剧、乐亭大鼓、琴书等列入经典曲目，在华夏大地传唱不衰。

徜徉在古村落，我们内心的期望与现实终于得到了嫁接。村东头，一幅巨大的壁画描绘出闵子父亲当年鞭打闵子的情形。画面栩栩如生，不难看出掺杂了画家爱憎分明的个人情感。不远处有两间瓦房，一间是闵子事迹展览馆，另一间门扉上悬挂着两块牌子，分别写着"鞭打芦花车牛返村千年古村落保护小组""鞭打芦花车牛返村中国孝文化节筹备小组"。瓦房的门窗显得有些破旧，两块牌子却很新，在春日的阳光下很是耀眼。从村民口中得知，每年正月二十四，也就是传说闵子诞生日这天起，村中男女老少和附近四乡八邻的村民，都会自发来到这里，以古老的逢会方式集会三天，纪念闵子诞辰，缅怀一代圣贤的孝行。

与古村落紧挨着的是一座古寺庙，名曰千佛禅寺，寺前院落里松柏掩映，香火缭绕。我不知道这座古寺院与古村落是否有某种因缘，也不知道它与孝祖闵子是否存在某种关联。我忽生感悟，这个古老的村庄所铭记的一代先贤孝道也许就是人们心中无形的佛，也许就是无边的禅。

（原载 2017 年 7 月 21 日《安徽日报》；本文获"跟着故事游安徽"征文二等奖）

泾川三题

云岭一日

雨后,远处的山峦依然笼罩着白色的云朵,一团团如同松散的棉絮,在山间缓缓飘动。绿色的植被雨水清洗一遍后,越发葱绿了。云朵萦绕着青山,青山托着云朵,这让我把眼前的景象与山的名称自然而然地联系在一起——云岭。那里,正是我们一日行程的起点。

云岭是皖南泾县一处绵延的山脉。这样一个富有诗意的名字,我不知道这里的云与山有着怎样的约定。皖南的山以清秀著称,葱绿茂密的植被把一座座山体包裹得严严实实,不留一丝空隙。山,便似出土的春笋,越发显得俊俏、挺拔,云雾时常飘忽其间,便有仙境般的韵味了。白云与青山相映成趣,让这方山水有着水墨画般的意境。

然而,这里令世人瞩目的,不是如画的景色,而是70多年前那场震惊中外的事件——皖南事变。

通往新四军军部旧址的道路并不宽敞。路旁,刚刚被雨水淋过的庄稼,绿叶上还挂着水珠,欲滴又止,空气中流动着一种潮湿而又凝重的气息。这样阴沉的天气让我不禁联想到当年的场景:一队队打着绑腿、扛着简易土枪的军人从这条路上急匆匆走过,他们正赶往军部开会,聆听从遥远的陕北传来的消息。军人们个个神情凝重,眉宇间藏着一团怒火。

那是 1941 年 1 月的一天，天寒地冻，天空的乌云越积越重，虽然没有雷声，但军人们心中都十分清楚，一场猝不及防的风暴即将来临。

走进新四军军部旧址礼堂，我仔细打量着斑驳的墙壁上至今仍然保留的一幅幅标语。历经风吹雨打，标语色彩有些陈旧，字迹却依然醒目。此时，当年这里军人们慷慨激昂的声音我已无法听到，但从标语中依然能感受到当时他们愤怒的心情。

极目远眺，远处的山峦便是新四军遭遇伏击的地点——茂林。

密林、高山、复杂的地形，让这里一度成了天然的练兵场。平日里，这里应该是战旗飘飘，杀声阵阵，军歌嘹亮。忽然间，密林里枪声乍起，冲天而起的硝烟取代了平日里袅绕的炊烟。一场惨绝人寰的屠杀，如同一场精心策划的围猎，不仅惊动了山间草木，也惊动了世人。

一组数据看了让人触目惊心。八十万人的庞大军团，围堵九千将士，而且还是突然袭击。结果可想而知，九千将士死的死、伤的伤、被俘的被俘，突围出去的仅有两千余人。

"千古奇冤，江南一叶。同室操戈，相煎何急。"这是当年回响在中华大地上的吼声。一时江河哽咽，苍穹垂泪。如今，侧耳细听，吼声似乎还在这块土地上滚动，萦绕耳际，久久不绝。

云岭，本该是一处清秀的山峦，却因埋藏了千百个冤魂，成了一块洒泪励志的墓碑。它用岁月抹不去的伤痛，祭奠着一方浸泡着鲜血的山水。它耸立在这块土地上，也矗立在人们心中。

诗地桃花潭

在泾县，一条被称作为"江"的河流与诗有着千年的邂逅。

江，名曰青弋江，古名泾水，又称泾川，是泾县境内一条最主要的河流。它发源于黄山北麓，在泾县境内吸纳舒溪、麻溪等数条溪流，向东北经宣城、芜湖，汇入长江，也是皖南流入长江的一条重要支流。

一条河流在大地上留下的景观，有时如同生花妙笔著就的文章。

青弋江不算宽阔，也许是历经江南青山云雾的涤濯，河水清澈见底。

波光粼粼的河水倒映出两岸绵延的山峦和葱绿的植被，宛如大地上一条绿色的画廊。

桃花潭便是这条画廊中一处引人注目的亮点。

潭者，深水之处也。在南方，人们常把深不见底的水域称为潭。潭，犹如水之眼，闪动深不可测的目光，也藏着一方水域的秘密。

桃花潭就是青弋江上一处幽深的水域。据泾县《县志》描述，此地"层岩衍曲，回湍清深"；"清泠皎洁，烟波无际"。

在岸边，我看到了回流湍急的河水，却没有看到烟波无际的景象，潭水也没有想象中那样清深，水面上漂浮着一些荷花和水草，在阳光下呈现出鲜亮的色彩。对岸，就是当年汪伦送别李白踏歌的地方。

桃花潭吸引人的不是一汪潭水，而是诗人的歌声与脚步。

当年，汪伦只不过是泾川一带家境富裕的乡绅，他是如何邀请到一代诗仙跋山涉水，前往一处名不见经传的地方游历，而且还欣然作诗答谢？清代文人袁枚在其《随园诗话》中，对这段文史佳话的真相进行了揭秘：

唐人汪伦者，泾川豪士也，闻李白将至，修书迎之，诡云："先生好游乎？此地有十里桃花。先生好饮乎？此地有万家酒店。"李欣然至。乃告云："桃花者，潭水名也，并无桃花。万家者，店主人姓万也，并无万家酒店。"李大笑，款留数日。

现在看来，汪伦能邀请到一代诗仙登门做客，凭借的是他小小的"计谋"。然而，仅靠计谋是打动不了一代诗仙的，关键还是真诚与热情。正是汪伦的真诚与热情，诗仙明知道被忽悠，非但没有心生不快，反而大为感动，慷慨留下了"桃花潭水深千尺，不及汪伦送我情"的千古名句。精明的汪伦也实现了从一名默默无闻的乡绅，到名扬天下豪杰志士的华丽转身，并随着诗人流芳千古。

诗仙与汪伦的友情和故事，如清弋江滔滔不绝的江水，千百年来成为桃花潭人世世代代引以为豪的谈资，也成为这块土地吸引后人目光的鲜亮招牌。

如今，诗仙的脚步早已了无痕迹，古人踏歌的岸边也不见桃花的踪影。只有那个叫万家的酒肆，门前依然晃动着旗帜般的酒幌，如同在为岁月中那一段佳话提供无言的佐证。

烟雨查济

一个庞大而古老的村落，数百年来百分之九十的居民保持着同宗同姓，这在中国的村庄中并不多见，查济村就属于这样的情形。

一条蜿蜒曲折的山路把我们引向大山深处，也把我们带到一处古老文化与现代文明交汇的截面——查济，一个深藏在青山绿水间的古老村落。

走进查济村时，天空又下起了蒙蒙细雨，这让脚下青石板路变得异常湿滑。路边，一条奔腾的小溪蜿蜒而过，名曰岑溪。这是流经查济村三条溪流之一，它与另外两条溪流许溪、石溪将村庄围成一个天然的船型，而船头正是村庄的入口。

溪水看似不经意围绕着村庄，却透露出查氏祖先选择村庄的独到慧眼和风水智慧。相对封闭的地形地势让查氏家族避免了外人袭扰；清澈的溪水，将山村平静的生活冲洗得清朗而亮丽。

沿着小溪旁的石板路逆流而上，眼前，粉墙黛瓦的古老房舍错落有致，高高的马头墙，回字形的天井院，还有做工考究的石雕、砖雕、木雕镶嵌其间，既看得出查氏先人的独具匠心，也透露出查氏家族的殷实与富足。

房舍中，依然居住着查氏子孙。查济村的辉煌与骄傲就写在他们每一个人的脸上。与他们攀谈，他们如数家珍般娓娓道来，这里曾经有四门三塔，有一百零八座祠堂、一百零八座庙宇和一百零八座桥梁。在他们眼中，这些荣耀与辉煌如同祠堂中先祖的牌位，令后人敬仰。

我不知道曾经一百零八座桥梁现在是增多还是减少。眼前，一座座小桥造型各异，结构精巧。坚固的桥身连接着溪水两岸，也把人们的目光引向时光的深处。

相传，早在明代初年，几位查姓族人为躲避战乱，穿宣州，过泾川，拖家带眷来到这处闭塞的山洼，开荒种地，植桑养蚕，过起了自给自足的生活。世世代代的风雨磨炼和精心耕耘，查氏族人硬是把一处偏僻的小山村，变成一个名扬天下传承风骨的栖息之地。

打量着眼前的古村，我发现有一个有趣的现象，这本是坐落在泾县古宣州土地上的村庄，却呈现出典型的徽派建筑风格。

宣州与徽州，一个在皖东南，一个在皖南，两地沾亲带故，山水相连，然而在文化传承上，却有各自一说。

徽文化博大精深，在人们眼中有着耀眼的光芒。宣州也有自己的文化自信。

当地导游说，早在战国时期，宣州所在的爰陵邑，已是东楚地区一大要邑；而徽州在西汉时，建立都郡，才是建制的开始。唐朝时，宣州为上州，徽州为下州。在文化传承上，宣州有出自泾县名扬天下的宣纸，有被列为贡品的宣笔，有南唐制墨名匠奚超、奚廷珪父子传承下来的制墨工艺。

宣州文化与徽文化的渊源与影响，我不好评说。但是，如同与巨人同行，宣州文化受徽文化的熏陶和影响，甚至主动融入，成为徽文化的一部分，这似乎又是不争的事实，查济就是很好的佐证。

晚上，回到泾县县城独自在街上散步，我惊奇地发现，这座只有六七万人口的小县城，却有着自己独特的迷人景致。在干净整洁的街道上，笔墨纸砚的商铺一家挨着一家。尤其是经营宣纸的商铺，灯火通明，一摞摞宣纸散发出特有的纸浆香味，令行人驻足。城虽小，却氤氲别样的文化气息。

我又想起了白天导游介绍的文化自信。也许，文化的自信不关乎一种解释，而在于它给一方土地带来的魅力和光彩。

（原载 2018 年 8 月 20 日《人民陆军报》）

"南茶北引"及其他

　　山东临沂莒县浮来山，三峰鼎峙，古木参天，人文荟萃，历来是世人仰慕之地。相传刘勰晚年曾经遁迹于此，校典经书。而产于此地的"浮来青"茶，凝名山之灵气，聚物华之神韵，香飘齐鲁大地，饮誉礼仪之邦。当我踏上莒县这块古老神奇的土地时，我才知道，"浮来青"茶并非土生土长，而是所谓"南茶北引"的一个成功典范。

　　自古以来，茶树多生长在气候温和湿润的南方，唐朝茶圣陆羽在《茶经》中就曾经断言："茶者，南方之嘉木也。"在南方，无论是云遮雾绕的山峦、还是细雨润泽的田野，温湿的气候、肥沃的土壤，似乎早已为茶树提供了天然优越的生长条件。云南的普洱、杭州的龙井、黄山的毛峰、福建的岩茶，它们在向世人展示"身价"的同时，也以显著的地域性标志向世人暗示，我们都是在南方风花雪月中生长的"尤物"。

　　回眸历史长河，一条条崎岖不平的商旅古道上，那些南茶北盐的商贩们，在生活与商机的夹缝中历尽艰辛跋涉，也赚得盆满钵满。

　　20世纪50年代，一代伟人毛泽东提出"南茶北引"。据说伟人一生中有两大嗜好，其一是抽烟，其二便是喝茶，茶水终身不离。他和柳亚子先生的诗句"饮茶粤海未能忘"成了饮茶的名句。我们很难揣测伟人当年提出"南茶北引"是出于改天换地、人定胜天的构想，还是出于对茶情有独钟。来到山东，目睹这片广阔土地，他巨手一挥，提出要把南方的茶树引进到北方，让北方大地也披上茶树的绿装。伟人的话落地生根，一场大规模"南茶北引"由此悄然兴起。一株株幼小的茶苗,从南方运往北方,被移栽到田间地头、山坡谷地。南起山东,北到内蒙古,人们目睹了一场茶树迁徙、移栽的人间"茶"话。

其实,有许多作物并非土生土长。玉米原产于中美洲,土豆的原产地远在南美洲的安第斯山。大豆古时候被称为大菽,本是云贵高原与兔丝草共生的一种植物,如今遍布世界各地。当年,文成公主入藏,带去的不仅仅有大唐皇帝御赐的妆奁、文史药典,还有汉人驾轻就熟种植的谷物、蔬菜和果木种子。雪域高原从此有了更广阔的食物来源。明朝科学家徐光启通过反复实验,将本是热带植物的番薯,成功引入北方种植,缓解了久困朝野的大饥荒难题。他据此写出了著名的《甘薯疏》……作物的迁徙、移栽不仅打破了的物种的地域,也极大丰富了人们的生活,改变了人类的命运。

当然,作物对地域有很大选择性与适应性,能否茁壮成长、开花结果,与气候、土壤有着密切的关系,这是大自然物竞天择、适者生存的法则。当年一代伟人一挥手,尽管应者无数,但最终"南茶北引"获得成功的仅有山东、河北等几个省份。几十年来,伴随着一棵棵"南方之嘉木"在北国风雨里成长,一代代茶农为此付出了不懈的努力,终于让伟人梦想成真。

在莒县浮来农庄的门前,耸立着一座高达十几米的茶叶始祖吴理真巨大雕像。始祖目光凝视的地方,分布着两千多亩茶园,一片片茶园被一排排密密匝匝的松树分成棋格状。据说这是几代茶农针对当地气候条件研究出来的一种特殊的茶树栽培方法。过去,每到秋冬季节,许多茶树难以抵御北方的寒气而变得枯萎,甚至被冻死。如今,有了松树这一挡风屏障,不仅能起到防风保暖作用,还有防尘环保的功能。尽管是深秋,我看到茶园里一棵棵茶树青枝绿叶,有的茶枝上还挂着朵朵茶花,呈现出生机勃勃的景象。这便是被誉为名茶后起之秀的"浮来青"原产地。

作物异地移栽不容易,但一旦成功,其品质往往优于原有的品种。相对于南方名茶而言,"浮来青"茶由于地处北方,日照充足,生长期长,具有叶脉肥厚、矿物质元素多、耐冲泡等诸多特点。作物的生长与大自然的馈赠总是相辅相成的,如同冰山上高寒气候和恶劣自然条件造就了雪莲特有的品质。

莒县位于鲁西南，是一个有着2000多年历史的古城，"勿忘在莒"的典故就发生在这里。作为礼仪之邦、中华礼乐文明的发祥地，用一杯地道的本地茶款待远道而来的客人，也许是世世代代莒县人的奢想。如今，凤凰涅槃的"浮来青"，终于完成了礼仪之邦人的心愿。原本生长在南国的茶树，落户在这片土地上，不得不说，这是中华人文精神与大自然文化完美的组合。

徜徉在古城，穿行于名山，用一杯香醇的清茶洗去一路风尘，不知不觉，让人陶醉在传承千年礼仪文化的氛围中，也醉在茶的缥缈氤氲里。

（原载《黄河文艺》2020年春夏卷）

第四辑

在尘世间仰望

爱的絮语

一

试图描述爱、阐释爱，心中却诚惶诚恐，因为我知道，这个世界上谈论得最广、描述得最多的话题就是爱。我的观察、领悟和理解狭隘而又肤浅，如井底之蛙，看到的或许只是一孔之见，而且身处的还是一处闭塞的枯井。

然而，爱又时时牵动着我的神经，撩拨着我的心弦，它像一个古老的哲学命题，深奥、思辨，让人着迷；又如同流行的乐曲，欢快、明亮，充满着诱惑；更像春天的阳光照在脸上，柔和、温暖，总让我心中涌动起一股莫名的感动。

什么是爱呢？我询问过一百个人，却得到一百零一种答案。

爱伴随着人类的脚步从蛮荒时代走来，又在演绎着今天大千世界光怪陆离的变化；爱隐藏在人们最隐蔽的心灵深处，却又流露在人们日常举手投足之间。

哲人说，爱是这个世界永恒的主题。

有时，它博大、深沉，如同大海一样辽阔；有时，它普通、平常，如同唾手可得的一件平常物品；有时，它简单明了，也许是一个善意的微笑，一次轻松的举手之劳；有时，它神秘诡异，如同映照在墙壁上的影子，你刚一伸手，它瞬间消失得无影无踪。

不同的人，对爱有着不同的阐释。

在勇者眼中，爱是一份荣耀。它是拼搏的热血染成的旗帜；它是辛劳的汗水浇灌出的花朵；它是苦尽甘来后挂在脸上的微笑；它是千难万险时紧握的拳头。

在强者脚下，爱是一种追求。因为仰慕山的高度，所以不畏攀登的艰辛；因为思念海的辽阔，所以不怕风大浪急。有爱相伴，再崎岖、再曲折的路也是坦途。

在长者肩上，爱是一份责任。如何让一棵纤细的树苗长成参天大树，让一束开放在春天的花朵在秋天结出沉甸甸的果实？他们在思考，也在思考中默默付诸行动。

在智者心里，爱是一种美德。它是道德的化身，是情感的结晶，是温暖社会助人前行永恒的力量。他们留下一句话语让多少人奉为至理名言：不以善小而不为，不以恶小而为之。

踯躅在河边，河水清澈、明亮，汩汩流淌，它穿山越谷，奔泻在原野之上，一路奔向大海，那是它的归宿。爱如同不竭的河水，亘古以来，它就在大地上默默流淌。

驻足于骤雨初歇的早晨，凝视草叶上挂着一颗颗晶莹剔透的水珠，水珠与草叶构成一幅如诗的画面。爱就是滋润万物的雨露，它让万物生生不息，让这个世界绚丽而多彩。

月下，树影婆娑，那里有情人喁喁私语，情意缠绵。我忽然感到，唯有爱才是这个世界最甜蜜、最动听的语言，唯有爱才是倾诉不完的话题。

凝望无垠的苍穹，夜色深沉，天空繁星点点，充满了神秘和诱惑。我似乎从那里又寻觅到一种答案，爱是天地间亘古不变的神秘之光。

爱有轻重之分。轻，或似鸿毛；重，可比泰山。

爱有大小之别。大爱无疆，它是沙场刀剑上的寒光，它是勇士捐躯最后一次仰天长啸；小爱怡情，它是心心相印的一次微笑，它是饭后餐桌上的一道甜饼。

爱有不同的范畴。亲情之爱，真诚而无私；友情之爱，绵延而愉悦；两性之爱，浪漫而温馨；师生之爱，纯洁而厚重；事业之爱，执着而激情。

爱有不同的颜色，红色渲染着热烈，绿色释放着温馨，黄色演绎着温暖，黑色显示着沉静。

爱甚至有不同的声音。高山流水，一曲琴终，两位陌生路人结为知己；琴瑟和鸣，桴鼓相应，那是夫妻举案齐眉流露的心声。

世界开满了五颜六色美丽的花朵，而爱就是花朵的种子。

二

来到这个世界，我们便开始学习各种生存的本领和技能，却往往忽视了最该学习、最该普及的一种知识，那就是爱。

褪去情感色彩，爱其实是一门学问，一门让我们融入这个世界、立足这个世界的学问。它学无止境，让人受益终身。

爱，让我们在蹒跚中学会了人生最初地站立，学会了奔跑，也寻觅到了走出苦难和困惑之门的钥匙。没有爱，我们就不会享受母亲最甜美的乳汁，就不会看到东方地平线上升起第一缕温暖的阳光。

爱是情感的潜质，是温情的涌动，是真诚的感应，是正义的化身。

一次情感的流露，让爱以最原始的方式萌动，如同在心灵的土壤中种下一颗种子，温情的涌动又呵护着它生根、发芽、生长。它汲取着真诚的养分，沐浴着正义的阳光。它无论是一株小草，还是一棵大树，都会变成一道最美丽的风景。

爱与善总是如影相随。一次善意的举动，会催生一次爱的诞生，完成一次爱的旅程。古往今来，正是善心成就一段段爱的佳话，谱写一曲曲爱的序曲。

爱与冷漠无缘，与仇恨更是阴阳两极。

一位诗人说得好，仇恨是一把暗藏杀机的屠刀，而爱永远是一朵含苞待放的玫瑰。

爱是一种付出，它与索取如同脚下的两条平行的直线，延伸得再远，也永无交集。

占有索取的爱，会让爱变得索然寡味，如同一杯纯芳甘醇的美酒，顷刻间化成一杯寡淡的白水。

美国文学批评家爱德门·威尔逊曾经说过，爱如果为利己而爱，这种爱就不是真爱，而是一种欲。

欲，总是与贪婪结伴而行。它会随时随地伸出贪婪的魔掌，扼住爱的喉咙，让爱无法喘息；它会在黑暗中肆意用自私的双脚，将爱踢进深渊。

爱不能附加条件，一旦爱附加了筹码，如同鸟儿的翅膀捆绑住一块石头，永远别指望它能飞出多远。

爱需要智慧，愚蠢和鲁莽会让爱或付诸东流，或胎死腹中。爱有敏感、脆弱的体质，有时比被庇护羽翼下的雏鸟更加艰难。

爱需要把握分寸。道德是它的砝码，伦理是它的天平，理智是它的容器。越过底线的爱，踏进的不是一条爱河，而是覆盖着鲜花的陷阱。

爱需要勇气和力量。一只雄鹰，可以仰望天空，可以俯视大地，但必须拥有一双有力的翅膀，才能在天地间自由自在地翱翔。

三

学会爱，更要学会报答爱。

爱本无私，在爱的天平上并无需要报答的砝码。然而，报答却让爱实现了自我的突破，实现了从此岸到彼岸的跨越。

爱的报答演绎着大自然的法则。春风因驱散严寒带给花木的爱，花木以葱茏与花朵相回报；大地用肥沃土壤带给庄稼的爱，庄稼以饱满沉甸的果实相回赠。爱在回报中轮回，滋润着万物生生不息，这个世界因此变得多姿多彩。

爱的报答是爱的华章之后的续曲，是一次蒙爱之后的感恩之旅，是真善美德的写真。

但丁说，感恩是爱和美德的种子。

爱的报答是一种秉性，是世代相传不变的基因。羊有跪乳之恩，鸦有反哺之义。这些故事尽管流传千年，依然传递着温情，映射着万物灵性最炫目的光辉。

爱的报答是蛰伏于人类心灵的固有的情愫，是潜行在血脉之中的万物之灵。滴水之恩，涌泉相报；感恩报德，至死不忘。这不是约定的契约，却是掷地有声的承诺，它在冥冥中让人性接受道义上的一次次检阅与洗礼。

爱不以图报答而彰显崇高、伟大，爱又因知恩图报而变得珍贵、可敬。

法国著名诗人彭沙尔曾说，爱别人，也被别人爱，这就是一切，这就是宇宙的法则。

爱的报答，让这个世界有了姻缘相结，有了无数故事，如同阳光在历经反射之后，会增添更加绚丽的色彩。凡·高说得好，在爱之花竞相开放的地方，生命便能欣欣向荣。

爱的报答有时会让人获得意外的惊喜，就像春天无意丢下几粒种子，秋天却有沉甸甸的收获。

爱的报答有千万种方式。或许是拱手相敬，或许是重金相赠，或许是义无反顾的酬谢，或许是时隔多年之后兑现的一句承诺。爱的报答让人生的风帆披挂上绮丽的色彩，让平凡的生活演绎出万千故事。

爱的报答有无数种可能。只是金钱标不出它的筹码，财富难以衡量出它的价值，地位体现不了它的高低，名利无法诱导它前行。它潜行在人们内心深处，与品行、道德、人格等结伴而行。

爱的报答有无数条修炼的途径。佛家的轮回、儒家的博爱、道家的禅语，看似殊途，却都以一种同归的力量直抵人们的心灵，呼唤着沉淀在人们心底的良知与愿望，让人拂去世俗的混沌，擦亮心智的窗棂，更让人醍醐灌顶。

爱的报答，让人类精神之水循环往复，永远不会枯竭停流。

其实，爱与被爱时时刻刻都连接着你我，只要不吝伸出双手，我们随时随地都会与她握手言欢。

（原载《相城》2017年第4期）

向苦而歌

我们无法给苦下一个确切的定义,就像我们无法给欢乐勾勒出一个完整的边界,描绘出一幅清晰的画面。不同的人、不同的年龄阶段、不同的生活阅历,对苦有不同的理解和感悟,但摆脱苦的束缚,逃离苦的羁绊,远离苦的泥沼,却是不同人生相同的目标。

人的一生中,从呱呱坠地,到白发皓首,苦以各种方式嵌入生命的底色。一次切肤之痛,一段艰难的旅程,一场沮丧的失败,都会留下苦的伤疤。我们对苦如此熟悉,以至于无时无刻不对它抱有戒备之心,想方设法回避它、逃离它。为了挣脱苦难,我们尽己所能,有时甚至不惜付出生命的代价。

在生活场景中,苦更像是命运刻在我们肌肤上的一道印痕。苦,总是与艰辛、困顿、劳累、疼痛相伴而生,这些触痛生命的艰难,有时会让我们抵达到生命的极限,探索到生命的边界,触摸到生活最本真、最残忍的一部分。它刺痛了我们的神经,让我们感到在坠入谷底深渊之后,有一种奋力攀爬的欲望与信念,绝地求生。

然而,拒绝和逃避生活中的苦,又是不现实的,如同头顶的天空,不可能永远艳阳高照,晴空万里。

面对苦,我们应该选择怎样一种姿态,或者说角度?

有的人把苦看成是一种煎熬、一种宿命,是一把绑架命运无法摆脱的枷锁。在迷茫和颓废的情绪之下,最容易滋生怨天尤人、自暴自弃的情绪。

这些人在抱怨命运不公的同时，也在一次次酌饮着从岁月缝隙中流淌出来的苦汁。

有的人把苦看成是一个过程，一种磨炼，是一种摆脱困境、奋进前行的理由。古人云：薄柳之姿，望秋而落；松柏之质，经霜犹茂。在这些人眼中，苦如同外皮坚硬的坚果，不遗余力砸开它，最后发现里面原来藏着香甜的果仁。

有的人从苦与乐中看到了隐藏于生活中的一种辩证。苦与乐，如同两股冷暖不同的水流，共同汇入生命的河流，让人生旅途有喜有忧，有取有舍，有盼有求，从而有了生活的质感。苦与乐在融入生命的同时，也让我们远离了生活的平庸。伊索有句关于苦难的名言："如果你受苦了，感谢生活，那是它给你的一份感觉；如果你受苦了，感谢上帝，灾祸往往成为你的学问。"

"吃得苦中苦，方为人上人。"古人的一句俗语，穷尽了苦的意义，也道出了生活的真谛。大千世界，苦与乐彼此交融，互为因果。苦难，并不高尚，但却能锻造高尚；吃苦，不是成功唯一的路径，却能让人踏上通往成功的旅程；受苦，不值得炫耀，但却能给荣耀加分。

其实，我们有时甚至无法分清苦与乐、苦与甜的界限。

为了攻克一道科学难题，有人数年如一日，一间斗室，一盏孤灯，从满头青丝，熬到白发皓首，终生不改其志。别人看着是一种苦，攻克者却认为是一种乐。为了征服一座高山，有人跋山涉水，义无反顾，向生命的禁区冲击，高寒、缺氧、雪崩，每一步都有可能付出生命代价。旁观者看到的是苦，攀登者看到的却是乐。

苦是一种经历，更是一种考验。能不能承受生活中的苦，决定了我们的意志是否顽强，心智是否成熟，筋骨是否强壮。经受住考验，此岸的苦，会无形中成就我们一双飞向彼岸强劲有力的翅膀。

为了挣脱生活中的苦，我们有了前进的方向，有了奋进的动力。当我们回过头来，回望那些曾经的苦难，才发现苦尽甘来，原来苦才是幸福和快乐的真正源泉。

如此说来，从某种意义上说，我们真要感激那些苦。没有苦，我们难以体验生命中的快乐，难以实现生命中的价值。没有对苦的敬畏，我们便失去了追求幸福的动力。

向苦而歌，人生的脚步会迈得更加扎实。

（原载《高中生》（高考）2019年第7期；《百姓生活》2019年第12期转载）

门

大千世界，万物之间，有一种物体在有意或无意间规范着人们的行踪，记载着生活的点滴，刻录着岁月的痕迹，那就是门！

早晨，我们推开一扇门，无论是忙碌还是闲暇，其实是奔着另一扇门而去；晚上，无论是轻松或是疲惫，同样是一扇门接纳我们的身心。如果忽略纷繁复杂的过程，过滤掉花花绿绿的色彩，我们每天都是在一道道门中进进出出，扮演着形形色色的角色。一道道门记录着我们每天行动的轨迹，见证了生活的状态。

有形之门随处可见。从乡间庭院半掩的柴门，到都市楼宇阔气的豪门；从烟火气息的厨厕之门，到精密考究的各式各样自动门、电动门。尽管它们大小不一、形状各异，但都以最原始的方式进行物理分割，在开启与关闭中规范着人们日常生活秩序。门，让人有了离别和归属，有了进退的分寸；门，也让我们认清自己的身份，感知生活重荷，明确下一步目标。正是一道道门，让生活变得井然有序，丰富而充实。

门不仅仅是一种物理阻隔，有时也是一种象征。一道国门，不仅是出入境的关卡，更是代表国土的疆界，宣示一个国家的主权，彰显神圣不可侵犯的尊严。一座城门，不仅是一座城市进出的通道，过去它还代表着一个城池的管辖的权限、攻防的堡垒。攻克一座城市，往往从打开城门开始；一座"衙门"，既是官府的门第，也是权力、官场的象征；一座山门，不仅是进山的关隘，也表明登山者将进入一种有别于山外迥然不同的境界，那里有坚硬的山石、叮咚的山泉、葳蕤的花木，或许还有平原上难得一见的庙宇，呈现出别有洞天的景观。

正因为门的作用特殊，在生活中，有时本来没有门，人们常常临时建造或装饰一座门，借以代表一件美好事物的起始，表达一种美好心愿。开业盛典要搭建彩虹门，新人进门要入布置一新的洞房门，迎接新年家家户户要在门上张贴春联、门符……这里，门的功用不仅得到充分展示，门的意义也得到充分体现。

门有形，也无形。无形之门，尽管看不见，摸不着，却在生活中如影相随。学会一种技能，被称作"入门"；不同的派系叫作"门派"；能通融或打通环节叫"门路"；进入一个职场叫跨进"门槛"；还有"心门""脑门""天门"等等。其实，有形之门容易踏进，只要你肯迈开双腿；无形之门，因为有一道道看不见的"门槛"，要想跨进去，有时绝非易事。冥冥之中，无形之门生动而准确地表达了生活的规则与常理。

儿时，家乡每到春耕，田间开始插秧，都要举行一个名曰"开秧门"的仪式。村中男女老少齐聚在秧田边，燃放鞭炮，分发糖果，互道祝贺，然后将一把把捆扎好的秧苗撒到田间。更有甚者，舞龙舞狮，敲锣打鼓，进行庆贺。其实，"秧门"并没有门，人们借助"门"的寓意，用开启"门"的方式，庆祝一年农耕播种季节的开始，企盼风调雨顺，表达对生活美好祝愿。

古人常常把"门"与"道"相提并论。"门道"既表示对一件事办理的途径和方法，也表示对事物的理解和领悟。懂得"门道"不仅是指掌握一件事情的技能，更是熟知一种理念、具备一种智慧。这里，有形的"门"，嫁接无形的"道"，上升到哲学的层面，演变成哲学的概念。

唐代大诗人杜甫有诗云："花径不曾缘客扫，蓬门今始为君开。"这是诗人结束颠沛流离的生活入蜀后，在草堂迎接友人所写的诗句。诗人借用蓬门，描述了生活的窘迫之态，也用开启蓬门，表达他敞开心扉迎接友人的欣喜的心情。这里，门是实物，也是象征。诗人借门，把心境表达得淋漓尽致。

一扇门虽小，洞察的却是万千世界，透视的是百味人生。

（原载《散文选刊》（原创版）2020年第4期）

在浙大，聆听百年校歌

杭州的7月，燥热而潮湿，但这并不影响这座美丽城市所展现出的迷人风韵和独特魅力。西子湖畔，和风吹拂，杨柳依依，依然是一片游人如织的景象。

美丽的浙大校园玉泉校区坐落在西子湖畔的老和山下。校园内，绿草如茵，树冠如盖，一栋栋古色典雅的教学楼掩映在花草与树木之中。正值毕业季，即将离校的学生三五成群，穿着庄重的博士服、学士服，在校园主要景点拍照留念，用镜头记下特殊的时刻，定格美好的瞬间。

徜徉于校园，我的心充满了好奇与崇敬，这不仅是因为眼前这所高等学府所释放的一种特有的学术氛围和人文气质，还缘于对一首歌的聆听、学唱和理解，这就是浙大校歌。

这是一首特殊的校歌，诞生于抗战烽火之中，传唱已近百年之久，歌名为《大不自多》，歌词出自一代国学大师马一浮之手，而促成它成为浙大校歌的，是当年浙大校长竺可桢。

一

浙大前身是"求是"书院，创办于1897年，是中国最早实行近代科学教育的高等学府之一。学校历经沧桑，校名几经变易，1928年正式更名为国立浙江大学。

1936年4月,一位身穿长衫,戴着深度眼镜,身材略显清瘦的中年男子来到学校,走向一片嘈杂之声的学校礼堂讲台。他就是竺可桢,一位声望卓著的地质学家。

竺可桢的到来,使浙大从此掀开了崭新的一页。

出生于1890年的竺可桢从小接受的基本上是新式教育,曾经留美8年,获得哈佛大学气象学博士学位,从事的主要是自然科学研究。确切地说,对突然降临的大学校长这一职位,他并没有做好思想上的准备。陌生的校园,在他的脚下标注出一个无形的起点,他要从这里出发,带领一座具有真正近代意义的大学开始一段新的旅程。

没有豪言壮语,没有高谈阔论,竺可桢把肩上的责任化成无声的行动,招聘名师,扩充院系,建设校舍,订立规章,整肃校风……上任伊始,他用知识分子特有的执着去诠释担负的使命。骚动的校园渐渐安静下来,教学、研讨、科研等都逐渐步入正轨。

然而,就在竺可桢雄心勃勃,决心建立一所真正意义上的新式大学之际,1937年7月,抗战全面爆发。山雨欲来,偌大的杭州城已经难以安放一张平静的课桌。为了保全师资力量和教学设备,更为了让刚见起色的学校能够薪火相传,浙大被迫迁移。

1937年9月26日,星期天。这是竺可桢难以忘怀的日子,他要去杭州郊外的天目山,为学校寻找一处安宁的教学之所。让他没有想到的是,此行仅仅是一个开始,在随后的10年间,他不得不带领师生赴江西,走建德,过吉安,上宜山,抵遵义,先后五易校址,行程5000多公里,过起"流亡大学"的生活。后人感叹称之为中国教育史上的"文军长征"。

战火纷飞,大江南北满目疮痍。然而,罪恶的战争却始终没有扼杀掉这朵在风雨中顽强生长的高校之花。迁徙虽然历尽千难万险,却没有阻挡竺可桢办学的信心。每到一地,他首先做的是两件事,其一是寻找可以作为教室和师生宿舍的房舍,解决师生学习和生活所需,不耽误开课教学;其二是招聘人才,扩充师资。在竺可桢的努力下,马一浮、陈建功、苏步青、王淦昌、谈家桢、贝时璋等一批年轻有为、品学兼优的教师会聚到他的麾下,成为学校教师骨干力量,为教学和科研提供了坚强的后盾。

血雨腥风，学校如风浪中一艘航船，艰难前行；颠沛流离，浙大竟奇迹般地日益壮大。学校从战前只有文理、农、工3个学院16个系，到抗战结束后，一跃成为拥有文、理、农、工、法、医、师范等7个学院31个系的综合性大学，教授、副教授增加了3倍，学生增加了4倍。学校不仅培养出1300多名品学兼优的大学生，还涌现出李政道、程开甲、谷超豪、施雅风、叶笃正等一批蜚声中外的学子。"流亡大学"不但经受住了生死存亡的考验，反而从一所名不见经传的地方大学，跻身于当时中国一流大学的行列。

一个人改变了一所学校的命运，甚至影响一个时代的学风，而支撑这个人的内在力量除了他的精神和品格，还在于他坚守的办学理念。浙大在战火中得以生存、扩展，与竺可桢秉持和倡导的办学理念是分不开的。身为校长，他始终不忘开放、开明、民主、自由的办学宗旨，积极践行浙大所持有的"求是"学风。

1938年11月，浙大迁移到广西宜山。这是一个山清水秀的地方，远离战火，民风淳朴，学校得以有暂时的安定之所。在这里，竺可桢正式提出以"求是"作为浙大校训，同时决定请人谱写一首校歌，进一步凝练浙大精神，弘扬浙大学风。

为慎重起见，他决定邀请他曾经"三顾茅庐"聘请的本校教授、著名国学大师马一浮先生来担当作词重任。

二

马一浮，浙江绍兴人，曾经留学美国、日本，精通文史哲，有"儒学三圣人之一"之称。

接到邀请后，这位孤傲的国学大师没有辜负同乡校长的信任，夜以继日进行创作，很快就将歌词交于竺可桢手中。

歌词用文言文写成，共有149个字，18句，四字联句，共分三段。第一段就以不凡的气势道出了大学应有的精神，阐明为学世界观：

大不自多，海纳江河；
唯学无际，际于天地；
形上谓道兮，形下谓器；
礼主别异兮，乐主和同；
知其不二兮，尔听斯聪。
……

第二段和第三段分别说明了浙大"求是"校训的真谛和浙大的使命。

马老先生对自己所做的校歌歌词是比较满意的，送交歌词后，又有些担忧，歌词中多处用典，典故又多出自《易经》《礼记》《庄子》等先秦古文经典，如果不了解出处，仅从字面理解，也许有人难以领悟其真正的含义。于是在提交歌词的同时，他又附上一篇长达2000多字的文字，对歌词各个段落以及词中所用典故的含义和用意，一一做了说明。

马一浮先生在说明中首先提出了对校歌歌词的理解：

学校歌词唯用于开学毕业，或因特故开会时，其义不同于古。所用歌词，乃当述立教之意，师弟子相勖勉诰诫之言，义与箴诗为近。

在说明中，他特意对"求是"做了进一步解读：

以求是书院为前身，闻已取求是二字为校训。今人人皆知科学所以求真理，其实先儒所谓事物当然之则，即是真理。事物是现象，真理即本体。理散在万事万物，无乎不寓……故谓求是乃为求真之启示，当于理之谓是，理即是真，无别有真。

在说明中，他直言不讳道出了心中的担忧：

歌词中用语多出于经，初学不曾读经者，或不知来历，即不明其意义。

149个字的歌词，写了2000多字的说明，足见一代国学大师对创作浙大校歌的慎重态度。

竺可桢接到歌词，十分欣赏。歌词含义深远，从传统国学的角度，不仅对大学的精神、使命进行了解读，更重要的是，对浙江大学校训"求是"进行了准确定义和精辟论述。"昔言求是，实启尔求真；习坎示教，始见经纶；无曰已是，无曰遂真，靡革匪因，靡故匪新。"——所谓"求是"，实际上是启发你追求真理，为学要踏踏实实，坚持不懈努力，才能成为天下经纶之才；别认为自己很正确，不要认为自己经找到真理，而要不断地去追求，才能与时俱进，不断创新。这不正是自己所想表达的思想和办学理念吗？他也担忧，歌词虽然含义深远，但歌词文字过于高深，有人恐怕一时难以理解。于是，思虑再三，他决定召开校委会，将歌词提交会议讨论。

校务会上，马一浮先生的歌词果然引起一些人的争议。争议主要集中在两个方面：其一，这首歌词用的是文言文，用典太多，艰涩难懂；其二，当时正值抗战时期，歌词中没有涉及抗日救亡内容。

竺可桢校长经过反复斟酌后认为，这首词虽然文理难懂，但含义深远，体现了浙大所追求的精神；同时，作为大学的校歌不应拘于时事。于是，他耐心说服了校务会上持不同意见的人，又聘请著名作曲家、时任中央音乐学院教授应尚能先生为歌词谱曲。浙大校歌由此诞生。

那天，冒雨去浙大紫荆港校区校史展览馆参观，我终于见到了照片上的马一浮教授。老先生戴着深度眼镜，八字胡，不苟言笑，一副典型国学大师的派头。在他的照片下方，是那首排列整齐的浙大校歌歌词。一旁，一部老式留声机正循环播放着校歌，优美的旋律，在展览馆内久久回荡。

三

在浙大校园如茵的草坪上，我久久凝视着竺可桢校长的铜像。

这是一尊近两米高的全身铜像，竺可桢校长手持一根拐杖，目光炯炯注视着远方。铜像背后是一排古典式建筑群，那里有浙大图书馆、实验室和学生教室；铜像前摆放着几束鲜花。鲜花不知何人摆放，枝叶虽然有些干枯，却依然散发出丝丝幽香。

在浙大历任校长中，竺可桢是校园内唯一一位塑立铜像的校长。斯人已去，一尊铜像寄托着浙大学子对老校长的一份怀念，更寄托着对这位以"求是"立学的一代宗师无限的敬仰。

"国有成均，在浙之滨。昔言求是，实启尔求真……"优美的旋律，动听的歌声，从老和山下，到西子湖畔，袅绕在美丽的浙大校园上空，铜像塑造的竺可桢校长似乎也在侧耳倾听。

校歌不只是一组歌词，一串音符，一段旋律，更是一种理念、一种精神、一种追求和文化之魂的浓缩与呈现。

秉承"求是"精神，感受校歌熏陶，一代代浙大人在歌声中成长，在秉承"求是"学风中学有所成。他们从这里起步出发，奔向各地，成为栋梁之材。

今天，无论吟唱还是聆听，我都深深感受到，浙大校歌不仅凝聚着国学深厚的传统思想精髓，充满着厚重的中国古典美学气息与哲学思想精华，更体现出与时俱进的现代办学思想和理念。正因为如此，浙大校歌拔群迥异，传唱百年而不衰，为一代代浙大人所钟爱。

（原载《西部散文选刊》（原创版）2020 年第 3 期）

雨 殇

天地之间，万物之中，雨是最常见的景物；大千世界，红尘之上，雨是最玄秘的精灵。

它乘风而来，恣意滂沱，纷纷扬扬，江河为之鼓腹；它驾云而去，神秘莫测，变化无常，山川为之动容；它微小，有时不及一粒尘埃，落在地上、水面、草丛间，瞬间不见踪影；它博大，汇流成洪，排山倒海，有万夫不当之勇。

这就是雨，生于云端，游于天地，归于江海。

这就是雨，映衬着五彩缤纷的世界，穿越岁月的风尘，演绎着万千悲欢。

雩祀·国礼

对雨水的敬仰、畏惧和崇拜可以追溯到久远的上古时代。《诗经》有载："以祈甘雨，以介我稷黍，以穀我士女。"

农耕时代，刀耕火种，祖先对土地的眷念，对谷物的获取，其实是建立在对雨水依赖基础之上的。天降甘霖，风调雨顺，则万物繁茂，大地物美谷丰；久旱无雨，赤地千里，草木枯萎，庄稼有时会颗粒无收。雨水不仅滋养天地万物，也以看不见的巨掌主宰着万千生灵的命运。

今天，我们也许无法获知古老的祖先对雨水怀有怎样一种感情，然而，他们对雨水的膜拜和崇敬在泛黄的史册上依稀可寻。他们用一种虔诚的方式——祈雨，来期盼上天的眷顾与垂恩。

最早的祈雨活动在上古时期就已经出现。赤松子是神农氏的雨师，不仅传授神农氏种植农桑，还替他布道求雨，惠泽黎民，因此受到世人敬仰。华山北麓的集灵宫就是汉武帝为供奉这位传说中的仙人而专门修建的宫殿。

祖先求雨的心情十分虔诚，求雨仪式一般由部落首领或懂得巫术的人主持举行。为了感应上苍，参加求雨仪式的人往往会赤裸上身，手舞足蹈，用最虔诚的肢体语言表达着内心的期盼。这种原始的求雨方式被称为雩舞，古老的舞蹈或许就是现代舞蹈的起源与雏形。

西汉时期，祈雨仪式由民间神道巫术上升为一项有皇帝亲自参加的求雨大典——雩祀。每逢重大节日，或久旱无雨，皇帝会亲率文武百官参加。这种仪式通常在皇家祭祀之地甘泉宫或汾阴后土祠举行，有时也专门设求雨祭坛。求雨仪式从而上升为国礼，成为皇家祭祀活动重要组成部分。

雨，来自上天，因此往往笼罩着一层神秘的面纱。汉朝的皇帝们信奉"天人感应"，认为风调雨顺是上天对黎民百姓的恩泽，久旱无雨或暴雨成灾则被视为上天对帝王治国无德无道的惩戒。因此，每逢大旱之年，九五之尊的帝王不得不放下身段，一面降罪己诏躬身自省，一面设坛祭拜，祈求天降甘霖，拯救万民。

唐宋时期，雩祀被列入朝廷法令规章，除了皇帝要定期举行求雨大典外，干旱地区的地方官员也要举行求雨活动。求雨时，百官要沐浴斋戒，设坛举幡，对天膜拜，竭尽虔诚。

岁月挡不住风雨，如同挡不住时光的流逝。历朝历代，政权更迭，变换的是执掌江山社稷皇帝的面孔，不变的是他们对上苍、对雨水的敬畏与崇拜。

北京，天坛。这座建于明朝永乐十八年（1420年）的建筑，因结构宏伟、寓意深刻，而为世人所瞩目，成为凝聚古老中华文化的一座地标性建筑。它是明清两代帝王祭祀皇天、祈五谷丰登的场所。每年冬至日，皇帝都要率王公大臣和文武百官来此祭拜，其中祈雨是祭拜仪式一项重要内容。据史载，明清两代皇帝来此举行祭拜达654次。

今天，天坛已经成为一道见证历史的文物景观高高耸立在那里。当人们迈入镌刻着龙形图案的台阶，仰望着那酷似蓝天背景琉璃瓦天顶时，心中依然会升腾起对上天、对雨水的虔诚与敬意。

二月二·龙图腾

在中国，农历二月初二不是什么节日，但却是一个特殊的日子，这源于一个妇孺皆知的俗语"二月二，龙抬头"。龙不抬头，天不下雨。人们对二月二的重视，对龙抬头的期盼，实际上还寄托着一份对雨水的期待。

龙是华夏子孙的图腾，是经几千年时光过滤祖先流传下来受到尊重和崇拜的灵物。其实，人们并没有看见过所谓真正的龙，但人们不愿意把它看成是子虚乌有的一种神灵动物，于是从蜥蜴、蛇、鳄鱼，甚至雷鸣、闪电、云彩变幻的图形中，想象和描绘着它的身形。当然，作为图腾，人们更看重一种象征和寓意，那就是龙能兴云布雨，恩泽万物。因此，历朝历代人们都把龙作为吉祥物加以崇拜和敬仰。皇帝作为天子，被视为龙的化身，称作真龙天子。

当信仰成为人们一种共识时，它所激发的能量有时是超乎想象的。为了求雨，人们舞龙灯、拜龙神、建龙王庙。龙王庙一度，遍布各地，足以与城隍庙、土地庙相媲美，成为这片土地上一种独特的文化景观。

佛教传入后，龙的化身与形象又向现实化、具体化迈进了一步。《太上洞渊神咒经》中，龙有了排序——以方位为区分的"五帝龙王"。龙能腾云驾雾，呼风唤雨，人们以为海洋就是它的藏身之地，因此有"四海龙王"各显神通、各司其职。除此之外还有按颜色区分的青龙、赤龙、黄龙、白龙、乌龙等。唐玄宗为了祈求风调雨顺，专门设坛行祭祀龙王之礼。宋代沿用唐代祭龙之制，宋徽宗下诏对龙不仅要按传统祭拜，还加封爵位，皆封为王爵。这种风俗一直流传到清代。

龙被赋予神性，能呼风唤雨，造福黎民，因此在民间更是受到敬重与崇拜。在中原大地，每逢二月二，人们忌走河边、忌到井边担水，以免带回了龙卵；在田间劳作时也不能发出声响，以免惊动了龙神。中原地区还有二月二炒玉米黄豆的传统。传说玉龙不忍心黎民百姓遭受旱灾之苦，降雨助民而为玉帝所囚，并立下条规，只有金豆开花才可以释放。百姓为了感激玉龙，炒玉米黄豆貌似金豆开花而感动玉帝，释放玉龙。

传说与民俗在岁月的风尘中流传演绎已无法考证其真伪，但它寄托着人们美好的期许。对龙的膜拜，对图腾的敬仰，归结于对大自然风调雨顺的渴望。当大自然被人们试图以一种信念感化时，不仅有了生动的人文气息，而且沉淀为一种厚重的文化情怀。

雨极·火烧寮

南多北少，春旱夏涝。雨，大自然冥冥之中为它制定了无形的规则。

在台湾基隆、台北和宜兰三地交界处，有一个美丽而奇特的小山村。这里整天雨水绵绵，无论春夏秋冬，天空中见云就落雨，三公顷的土地像一块浸泡在雨水中的抹布，永远都是湿淋淋的。这便是被称为中国"雨极"的地方——火烧寮。

乾隆年间，一批流浪的先民来到这里，发现此地雨水充沛，宜于谷物生长，于是决定在这里搭建房舍，定居生活，不料一场意外的大火将全村茅舍化为灰烬。后来人们干脆把这里取名为火烧寮。

火烧寮多雨的奥妙在于它位于台湾岛东北部，靠山面海，从海洋中吹来的季风如同出海巨龙口中喷吐的雾气，吹拂在这里，从而带来充沛的降水。这里的年降水量高达6000毫米以上。1912年，这里降下了8400多毫米的雨水，创下了有史以来全中国年降水量最高纪录。

如今的火烧寮因为奇特的雨水景观而成为人们旅游热门之地。这里，美丽的基隆河蜿蜒而过，土地上种满了樱花树、杜鹃、杏树、桃树和各种郁郁葱葱的绿色植物。远处，青山隐约，云雾缭绕，宛如仙境。

大自然的造化，雨水在这里成了最奢侈的资源，也是最寻常的财富。中国的降水从台湾火烧寮这里起步，由东南向西北，呈阶梯状递减分布。当南方人被连绵的雨水惹得心烦意乱时，在北方广袤的土地上，许多人却为求得一场珍贵的雨水而望眼欲穿。

大西北以长年干旱无雨而著称。老天好像有意和干渴的土地作对。在陕西黄土高原，人们等待一场雨，如同等待一位出嫁后久久不愿回娘家的闺女。反映大西北农村生活的电视剧《平凡的世界》的主题曲就是一曲哀怨悠长的《祈雨调》。在新疆内陆沙漠地区，常年干旱不见一滴雨已司空见惯。吐鲁番盆地的托克逊，每年降水量不足10毫米，因此有中国"旱极"之称。火烧寮一次台风带来的降水，往往会超过托克逊100年降雨量的总和。

植物生长离不开水。在中国，绿色的植被与雨水如影相随。南方充沛的降水浇灌出茂盛的雨林，高大的木本藤本植物互相缠绕，艰难地争夺一缕阳光；北方戈壁沙滩上，沙尘滚滚，因为缺水，难以生长一株针芥般的小草。

雨水维系着万物，冥冥中主宰着天地生灵。只是，它能成为哺育生命、造就美好的源泉，也能成为破坏家园、酿成灾难的祸首。

记忆·大洪水

大禹治水，三过家门而不入。他采取疏导的方法，疏浚河道，引川入海。这是4000多年前发生在我们脚下这片土地上一个被人津津乐道的传说。

然而，时光过去了4000多年，人类真正制服洪水了吗？

这是许多人记忆中抹不去的画面：大雨滂沱，数日连绵不绝，黑沉沉的天空似乎要塌了一般。狂风卷着树枝，落叶在空中飞舞。混浊的洪水冲垮了圩堰，村庄、道路、田野瞬间变成泽国，浊浪滔滔，汪洋一片……

让我记忆深刻的是1998年那场大洪水。

那年的雨季来得特别早，从春末开始，连绵的雨水就开始浸淫大地。在南方，桃花汛没有人们想象中的那么温柔，却成了一场特大洪灾的预演和前奏。豆大的雨点如断了线的珠子，连日不绝。长江在梅雨刚刚到来就迎来了第一次洪峰。之后，接二连三的洪峰一次高过一次，冲刷着千里江堤，也冲击着国人脆弱的神经。

7月下旬，素有"黄金水道"之称的长江部分航道实施封航。沿江湖北、湖南、江西、安徽等省宣布进入紧急防汛期。

那一年，我和许多人一样，整天守坐在电视机旁，关注汛情成为一天最重要的事情。尽管我所在的这座北方城市一时还无水患之忧，然而，心情却不由自主随着南方汛情起起落落。毕竟，那里的村庄、农田离我们并不遥远。

中国的大洪水也成为全球关注的焦点。

香港凤凰卫视每天24小时不间断对灾情做实况报道。滔天的洪水刺痛着同胞们的神经，许多同胞从商场购买帐篷、被子、衣物，然后源源不断寄往灾区。

中国的洪灾一度占据了美国、英国和欧洲一些国家的主流媒体的重要版面。美国媒体宣称，中国为了应对这场百年不遇的灾情，已经调动近30万军队开赴长江沿线，投入了抗洪抢险。这是自渡江战役以来长江集结兵力最多的一次。

有关部门呈送的损失统计是灾后洪水留给人们的一串苦果。对此，《1998大洪水》的作者博尔在书中披露了一组数据：此次大洪水，全国共有29个省区不同程度受灾，受灾面积3.18亿亩，受灾人口2.23亿人，洪水造成人员死亡3004人，直接经济损失达1666亿元。

这是一组触目惊心而又令人痛心的数据。它揭示了洪水的无情，也暴露出人们在异常洪水面前的脆弱与无奈。

有人把这次洪灾与1954年的大洪水相提并论。那次洪水如同赤红的烙铁，深深灼痛了这块土地，因此被记入人类灾难史册。

大灾之后，无数人仰望天空，似乎想在苍穹中寻找答案，是什么导致极端的雨水，酿成如此灾难？

有人说是受超强厄尔尼诺影响，有人说是副热带高压偏移造成的，也有人说是人类滥砍滥伐森林、水土流失造成生态系统破坏……

造成极端天气的真正原因难道是一个自然界的斯芬克斯之谜？

卫星云图上，长江是一条清晰可见的河流，雨季，它成了地球上一条最脆弱、最敏感的神经。

洞庭湖·银鱼最后一滴眼泪

  洞庭湖还有另外一个动听的名字——"云梦泽"。梦是当年楚国的方言,意为"湖泽"。《汉阳志》中记载:"云在江之北,梦在江之南。"可见,洞庭湖原有南北两个湖,横跨长江。

  范仲淹没有实地到过洞庭湖,却是把洞庭湖描写得最为壮观、最有气势的一个人。"衔远山,吞长江,浩浩汤汤,横无际涯。"寥寥十几个字,把洞庭湖的浩渺壮观景象描绘得淋漓尽致。

  岳阳楼位于洞庭湖畔,是三国时期东吴将领鲁肃的阅兵楼。范仲淹的好友滕子京谪守巴陵郡,对楼进行重修,请范仲淹作记。范仲淹此时因得罪当朝宰相吕夷简而被贬放逐河南邓州。于是凭借滕子京送来的一幅《洞庭晚秋图》,他便以文述景,借景抒情,以情言志,不仅描绘出洞庭湖烟波浩渺、气吞江河的壮观景象,还吟诵出"先天下之忧而忧,后天下之乐而乐"的千古名句。

  从此洞庭湖更加闻名遐迩,成为仁人志士心驰神往的地方。

  然而今天,人们站在洞庭湖畔,或重新登上岳阳楼,也许很难再看到当年范仲淹描绘的那种景象。由于降水减少,水位持续下降,到20世纪末,曾经以八百里洞庭而著称的湖面缩小了一半,已经退居为我国第二大淡水湖,湘、资、沅、澧四大支流时常水位告急。因干旱而造成的生态危机警钟在洞庭湖上空频频拉响。

  有人说,如今洞庭湖人守在湖边喊"渴",绝不是一句调侃或幽默。

  洞庭湖遭遇旱情被多家媒体披露,其中一组拍摄于洞庭湖现场的照片看后令我久久无语。

  原本碧波荡漾的湖面却干涸见底,日光下露出一道道龟裂的裂缝,足足能塞得下一只拳头。湖底最洼处,几只小鱼挣扎在一汪快要干涸的泥水中,它们苟延残喘,让人联想到庄子那句"相濡以沫"的名言。

  在另一处,早已干涸的湖底长满了杂草,一群羊在悠闲地啃草。远远望去，这里如同北方广阔的草原。

洞庭湖最有名气的鱼是银鱼。这种体型娇小、浑身透明的鱼一度成为当地渔民致富的宠物。如今，湖面变小，银鱼赖以繁殖的水草消失，许多渔民们不得不弃船上岸，又重新干起了农活。在湖边一处，几位渔民把无助的目光投向远处的天空，天空中依然没有一丝云彩。雨水好似神秘的怪物，在蓝天中消失得无影无踪。

因为缺水，大湖陷入尴尬，人们也陷入困惑。

其实，近年来因为雨水稀少而引发的旱情不仅仅是洞庭湖，在其他地方也频频出现。江河断流、湖泊消失已经不再是人们谈论的焦点；在我们周边，每年因旱涝造成大量土地绝收也不再是新闻。

逢雨成涝，无雨则旱。雨水执导的悲欢如同一个悖论，却在这块土地上频繁上演。

三江源·晴雨表

三江源是青藏高原一处神奇而美丽的地方，数以千计的湖泊盛满了高原之水，日夜闪动着粼粼波光。美丽的格桑花开遍了山野和坡地。蓝天白云下，成群的黄羊、牦牛，还有珍稀的藏羚羊在草滩上或是悠闲吃草，或是追逐嬉戏。当然，这里遐迩闻名之处还在于它哺育着人类文明三条母亲河——黄河、长江和澜沧江。

三江源位于有世界屋脊之称的青藏高原腹地，地处青海省玉树市。这里平均海拔 4000 多米，是世界上海拔最高、面积最大的高原湿地。它是名副其实的"中华水塔"。每年，黄河一半的水量、长江四分之一的水量和澜沧江近三成的水量均来源于此。每天，沱沱河上，万里长江在这里掀起第一波波涛；卡日曲河中，一泻千里的黄河在此处奏响第一声序曲。神秘的高原湖为三条巨龙般的河流提供了饮之不竭的乳汁。

20 世纪 90 年代，一支国际气候专家考察团来到这里。考察团成员惊奇地发现这里地理位置特殊、生态环境特别，冰川、高原、草地、湖泊，以及数以千计珍贵稀有的耐高寒动植物依然保持着最原始的风貌。他们称赞这是一张罕见的地理名片。更为重要的是，这里的阴晴雨雪左右着三江之水，这里的风吹草动牵动着大半个中国生态神经，这里也是一张活生生的生态晴雨表。

然而，近年来，这张生态晴雨表却悄然发生让人不愿意看到的变化：湖泊一个接一个干涸，草地一块接一块退化，湿地一寸接一寸消失。远处，亿万年积攒的冰川加快了融化的速度，不时发出轰然倒塌声，像一个体型高大的老人，每时每刻都在入不敷出地透支体能。

来自国土资源部的一份资料显示，近50年来，三江源的冰川减少了17%。黄河源头玛多县原本4077个湖泊，其中3000个已经干涸消失，沼泽湿地面积减少了13.4%……

三江原生态的变化，源于气候的变化，而在各种要素中，气温升高，降水减少成了最显著、最重要的因素。

毋庸讳言，生态失衡已成为人类最大的挑战。

今天，我们不会再像古人那样对天求雨，祈求神灵保佑。风调雨顺也不再是一个简单的愿望，人们需要的是自然和谐，生态平衡，希望雨水不再无常，河流不再干涸，洪涝灾害不再成为人们心中抹不去的阴影。毕竟，千百年来，这块土地上的人们经历的灾难已经太多太深。

仰望天空，人们的愿望依然简单而淳朴，愿天地的精灵——雨，永远是天降的甘霖，而不是高悬在人类头顶的达摩克利斯之剑。

（原载《西部散文选刊》（原创版）2017年第5期）

探秘青花瓷

探秘之旅总有一种神奇的动力催人前往。

来到景德镇，我的思绪随着青花瓷的诱惑降落在古城的晨光里。空气中弥漫着久远时代延续而来的真实与质朴，脚下的土地承载着先人足迹积攒的文化传承，触手可及的瓷器熠熠生辉，令人炫目，也牵出我内心深处的困惑：一把质朴的泥土，如何脱胎换骨，化蛹成蝶，变成一尊尊价值连城的艺术珍品；一座蛮荒偏僻的小镇，如何凭借陶瓷演绎的智慧与激情，成就彰显中国传统文化厚重的底蕴；一种瓷质的器皿，如何成为诠释一个古老民族传统文化标志性符号。

漫步于瓷都古老而又年轻的街市，我用虔诚目光试图搜寻谜一般的答案。

一

我的眼前，在一尊靓丽的青花瓷上，映现出一幅清丽的风景：隐约的青山、蜿蜒的河水、古朴典雅的城阁里春风吹动着飘荡的杨柳……这是一尊瓷展示的画，也是一幅画映衬的瓷。瓷与画的结合，智慧与艺术的邂逅，成就了流传千百年不朽的经典。

透过时空，我们的祖先刀耕火种于荒野，狩猎出没于山林，闲暇之余，抓一把脚下的泥土搓成陶罐的形状，投掷于火中，尝试烧制盛物的工具。

人类文明最初的标志物——陶器，由此而诞生。然而，祖先们不满足粗糙的陶体，他们踯躅于旷野，寻找着更为优质的陶泥，用柴薪不断提升窑体内的温度。当粗糙的陶体最终在窑炉中"涅槃"，在火焰中"羽化"，一种光滑细腻、脱胎换骨的崭新的物体出现在眼前，这便是瓷器！

从陶器到瓷器，人类文明之旅越过千年。

在这短暂而又漫长的千年之中，一个地近蛮荒、交通闭塞的小镇，依靠优秀的工匠、上等的泥料、优质的陶瓷，将原本用来盛物的器皿不断注入文化内涵和艺术基因，最终打造出彰显和代表中国传统文化的陶瓷文化，它便是景德镇。

千百年来，景德镇因陶瓷的盛名让人趋之若鹜。在景德镇陶瓷中，又因青花瓷的魅力令人魂牵梦绕。

景德镇原被称作新平镇，深藏在赣北绵延的山川里，如待在闺阁中无人知晓的闺秀。它曾隶属于一个古老的郡县——浮梁。"商人重利轻别离，前日浮梁买茶去。"当年，白居易被贬江州司马，夜宿浔阳江，一首《琵琶行》描绘了一位神情哀怨的琵琶女，也无意中提及这个古县城，记录了这个偏僻之地茶商往来贸易的情形。

从汉代到唐朝，中原大地烽火连天，伴随着朝代的更迭，一代代英雄豪杰潮起云涌，却又灰飞烟灭。当中华文明在这里演绎着悲壮与困顿之时，地处赣北的浮梁新平，也许是地处偏僻，远离战火，也许是周边的山岭蕴藏着天然优质陶瓷原料高岭土，呈现的却是另一番景象：一座座陶瓷窑厂青烟缭绕，窑工们忙着砍柴伐薪，烧窑制陶。在不远处河流上，前来购买贩运陶瓷的货船往来不绝。"陶舍重重倚岸开，舟帆日日蔽江来。"文人用笔墨记录下了当时这座身处世外桃源的小城繁忙的陶瓷烧制和交易场景。

唐朝盛世，歌舞升平。在朝廷接纳各方朝贡的珍奇异宝之中，来自赣北浮梁新平的瓷器吸引了皇亲国戚、王公贵族们贪婪的目光。那个遥远而陌生的地方生产的瓷器"白如玉，薄如纸，声如磬，明如镜"。寂静的深宫里，一片赞叹声穿越夜空，传得很远。

在宫廷琳琅满目的陈设中，从此有了浮梁瓷器的质朴典雅的身影。

美的东西总会赢得赞誉。浮梁的瓷器成了陶瓷中的"宠儿"，也成了文人称颂的对象。"唐宋八大家"之一的柳宗元就曾写过一份奏状，用文学的语言向朝廷推荐浮梁瓷器。

这一年，柳宗元的至交、时任饶州刺史元崔要向朝廷进贡一批浮梁的瓷器。为得到朝廷的青睐，他想到了当时已经名噪一时的柳宗元，让其代写一份奏状。柳宗元欣然接受了好友的邀请，挥笔写下了《代人进瓷器状》：

瓷器若干事。右件瓷器等，并艺精埏埴，制合规模。禀至德之陶蒸，自无苦窳；合太和以融结，克保坚贞。且无瓦釜之鸣，是称土铏之德。器惭瑚琏，贡异砮丹。既尚质而为先，亦当无而有用。谨遣某官某乙随状封进。谨奏。

奏文大意是说，所贡瓷器，全都是土质精良、形制堪当典范的精品，不但继承了上古圣贤所用陶蒸的样式，没有缺陷，而且在烧制过程中各道工序近乎完美，改掉了陶器那种嘶哑之声，可以称得上是相当于尧舜所用的土铏了。它们让瑚琏等祭祀用具相形见绌，不亚于砮丹等贡品。虽然比不上玉器，但很时尚，质地又好，当没有那么多玉器可用的时候，瓷器就成了不可替代的器皿了。

奏文虽然不到百字，却对所进贡的瓷器所选材料、制造工艺，音、形、色等做了绘声绘色的描述。这也是迄今为止最早介绍瓷器的散文。

权贵的赏识、官方的迎合、文人的称颂，加上各地窑口工匠们不断探索，到宋代，中国的瓷器业发展到一个崭新的高度，呈现百花齐放、百舸争流的局面。举世闻名的五大名窑：定、汝、官、哥、钧都产生于这一时期。今天，五大名窑的瓷器件件都是价值连城的珍宝。

当五大名窑各领风骚，声名鹊起时，时称昌南镇的景德镇（新平镇因在昌江之南，唐宋又称昌南镇）的陶瓷工匠们又把烧瓷工艺大大推进了一步，成功烧制出色质如玉的青白瓷。

青白瓷的瓷质青中泛白、白中显青，质地更加细腻，色泽更加柔润。透过它清秀的面容，青花瓷已经有了隐约的身影。

公元1004年是景德镇值得纪念的年份，这一年也被称作北宋景德元年，因为昌南镇进贡朝廷的瓷器"光致茂美，当时则效，著行海内"。贡品的底部印有"景德年制"的落款，人们都称之为景德镇瓷器，称昌南镇为景德镇。赣北小城被皇恩惠泽，从此华丽转身，名扬天下。

当元代铁木真铁蹄部落夹带着呼啸的北风跨过中原，越过长江之时，景德镇的制瓷揭开了石破天惊的一页。工匠们从穆斯林商人那里买来一种神秘的蓝色钴料，在瓷胎上绘制出图案，再浇上一层透明的釉，然后让窑工将这些刚刚绘制完成的瓷胎小心翼翼送进窑炉中。经过几天高温烧制之后，奇迹出现了，一种窑变后带有鲜艳蓝色青花图案的瓷器呈现在工匠们眼前，这便是青花瓷。

青花瓷如一代天骄，降落在元朝的尘世间，因此后人又称之为元青花。

青花瓷的惊艳亮世，如平地一声绝响，制瓷业为之瞩目，世人为之惊叹。它在制瓷业引起的巨大反响，在西方人中引发的中国瓷器热，如同今天流行的中国风。

二

在景德镇古瓷窑厂，目睹最古老、最原始的制瓷工艺，让我在瞬间穿越千年。

古瓷窑厂是明清遗弃的瓷窑厂遗址，如今经过修缮、复原，已经成为人们探秘景德镇古老制瓷工艺的一个重要窗口。

从这扇窗口看过去，千年的制瓷秘诀似乎被一一轻轻捅破。拉坯、印坯、利坯、施釉、画坯……原始制瓷工艺传递着神奇，吸引着游人的目光。

我走近一位正在拉坯的老者。他半蹲半坐，脚踩一个制动的机械转盘，手里握着一团泥料放在转盘上。随着转盘的转动，泥料瞬间变成一个花瓶状的器物。随后，老人不停地用手对它进行修整。最终，一个表面光滑、曲线优美的瓶状物出现在我的面前。如果不是亲眼所见，我真不敢相信它是靠手工制作完成。

制瓷老人身着布衣，脚下穿着一双黑色胶鞋，也许是长年弯腰作业的缘故，背有些微驼。如果不是看到放在一旁的名片介绍，我还不知道眼前这位老人是一位享受国务院特殊津贴的景德镇陶瓷非物质文化遗产传承人。老人的专注、从容和淡定，我仿佛越过时空，看到古窑瓷厂那些整天附身在坯房里、忙碌在窑火旁工匠们的身影。

在另一处，一位留着长发、戴着眼镜的中年男子正专心致志地在一个白色瓷胎上画着图案。他轻蘸色料，凝神定气，一个精美的图案在他笔下慢慢呈现。

我很幸运，看到的正是青花瓷绘制一道关键性工序。

这一画，看似轻巧，却点石成金，堪称中国瓷器史上浓墨重彩的一笔。

青花瓷集绘画艺术与制瓷工艺于一体，采用氧化钴作为色料在瓷胎上绘图，施釉后经高温烧制而成。独特的工艺加上特殊的窑变效果，瓷体光洁细腻，画面清新淡雅，色泽清亮透明，瓷面与画，珠联璧合，雅趣天成。它的研制成功，开创了白瓷彩绘新时代，引领制瓷业新潮流。几百年来，它与玲珑瓷、粉彩瓷、高温颜色釉并称景德镇四大名瓷，且名气与身价一直居四大名瓷之首。

时隔数百年，人们在香港佳士得拍卖行拍卖现场看到一件元青花，拍卖价高达上亿元。历经沧桑，古瓷器并没有改变靓丽的容颜，穿越岁月风雨，依然绽放着迷人的光彩。

这一画，看似偶成，却巧夺天工，促成了瓷与画完美结合。

在瓷面上绘画，赋予了瓷器更多的艺术内涵和审美情趣。在这一独特的载体上，艺术家们用轻盈的笔墨，从花鸟鱼虫，到山川河谷；从神话传说，到人物典故，恣意汪洋，一展技艺。而瓷面的光洁与质感，更加凸显了画面的美感。瓷与画的结合促成了一种新的艺术形式——陶瓷艺术的诞生。从此，瓷器不仅仅是盛物的工具，作为一种艺术品，更加具备了陈列、欣赏、收藏的价值。瓷与画，相映成趣；画与瓷，相得益彰。在展现中国传统文化上，陶瓷艺术真正实现了艺术与技艺的完美结合。

这一画，看似随性，却暗藏惊雷，让世人对东方古老国度刮目相看。

青花瓷一经出现在西方，立刻引起西方上流社会热烈追捧。收藏中国瓷器一时成为时尚和富贵的象征。

最狂热的收藏者首推法国国王路易十四。这位以"朕即天下"而著名的波旁王朝第三任统治者，为了取悦宠妃旁帕多夫人，1670年在凡尔赛宫专门修建了一座瓷宫，不惜重金收购景德镇的青花瓷、五彩瓷。正因为这位夫人的喜爱，法国宫廷艺术家根据她的要求，投其所好设计了她喜爱的花纹图案，后来被陶瓷艺术界称作"旁帕多装饰"。凡尔赛瓷宫因收藏众多珍贵的中国瓷器，今天已成为巴黎最著名的旅游景点。

波兰国王奥古斯都二世也是当时最狂热的追求者之一。1726年5月的一天，他写信给首相坎特·弗莱明，毫无顾忌地说自己陷入了对"中国瓷器的热烈追求"和"无节制、不谙世事地进行购买和收藏"之中。一国之君，对青花瓷钟情到如此程度，着实让人不可思议。

1712年，法国传教士昂特雷科莱来到景德镇。一踏上这片土地，他就被所见的景象深深震慑。当时他给远在欧洲的朋友写了一封长信，这样描绘他眼前的情景：在山丘包围的平原上，有两条河流从附近山麓流出汇聚于此，形成了一个几公里的良港，从外面进港，首先看到各处袅袅上升的青烟与火焰，构成城市的轮廓。到了夜晚，它好像是被火焰包围着的一座不夜之城……

其实，在昂特雷科莱来到这里的一个世纪之前，另一位中国人熟悉的意大利传教士利玛窦就已来到了这里。他在《中国见闻札记》中对景德镇的瓷器有专门的描述：这种瓷器可以耐受热食的温度而不破裂，尤其令人惊奇的是，如果破裂了，再用铜丝缝起来，就是盛汤水也不会漏。

英格兰人一见中国瓷器便视为珍宝，欣赏之余，最后用称呼中国"china"来称呼瓷器。在他们眼里，瓷器就是中国，中国就是瓷器。

今天，也许我们无法统计有多少青花瓷冒着海上的风浪、伴随着陆路上的驼铃被运送到遥远的欧亚国度。一个无可争辩的事实是，它与丝绸、茶叶一道，成为中国文化的三张名片，让西方人认识了东方文化，也接受了东方文明。

三

从古瓷窑厂到位于市内瓷器一条街，乘车不到1小时路程。在古老瓷窑厂与现代陶瓷艺术中心转变中，景德镇陶瓷艺术历经千年风雨，今天宛如一位愈加成熟、更具魅力的丽人出现在我的面前。

不长一条街，聚集着众多陶艺大师工作室、陶瓷作品展览室和瓷器精品陈列室。琳琅满目的瓷器工艺品、日用品让人目不暇接。艺术与生活在这里没有距离。

这里活跃着一批当今陶瓷艺术顶尖级艺术家，这里聚集着一批肩负着传承文化使命的跋涉者和追梦人。

随行的当地朋友介绍说，景德镇现在拥有省级以上陶瓷艺术大师称号的有300多人，从事陶瓷工艺美术的有上万人。我想，这些人怀揣梦想聚集在这里，除了从前人手中接过泥胎、釉料、画笔，还有一份沉甸甸的责任。

一尊瓷器，咫尺之间融入了绘画、书法、雕塑、篆刻等诸多艺术元素。一件成功的瓷器艺术品，凝聚着陶艺师、画家、书法家们共同的智慧和汗水。

因此，聚集在这里的不仅有制瓷名师、绘瓷大家，也会聚了工艺美术师、画家、书法家、雕塑家、篆刻家，甚至作家和诗人。

这是一群特殊的群体。当我的目光和他们相遇时，他们没有给我介绍他们的经历，而是给我讲述了一代代制瓷人在这片土地上流传下来的故事。

晋代人赵概，早年在福建、浙江为官，因为不肯趋炎附势，得罪了上司和同僚，为奸臣所害，降职贬官，后来到时称新平镇的景德镇过起了隐居生活。他在浙江为官时，那里曾是余杭窑、婺州窑所在地，对制瓷工艺有所了解。来到景德镇后，对胎釉配制、煅烧进行一系列创新。在他的手中，粗糙的陶器神奇地"变身"为质地细腻的瓷器。他被历代陶瓷艺人奉称为"制瓷师主"。

在陶瓷艺人中，另一位传奇人物是明代烧瓷工匠童宾。这位出生在景德镇本土的烧瓷工匠，从小投师学艺，从事烧瓷行当。明万历二十七年，太监潘相奉朝廷之命到景德镇督造大龙缸，烧造许久，终不成功。潘相十分焦急，加倍逼迫和残害瓷工。为抗议朝廷，有一天童宾突然纵身跳入烈火熊熊的窑内，以骨作薪。翌日开窑一看，龙缸竟出奇地烧造成功了。工匠们为纪念这位秉性刚直的英雄，称颂他为"风火仙师"，并建起一座庙宇供奉他。我在老窑瓷厂看到了这座年代久远的"风火仙庙"。今天，庙前依然人头攒动，香火缭绕。

神奇的传说源自神奇的土地，神奇的土地孕育出神奇的艺术。今天，我们欣赏着精美的传世陶瓷作品，如同看到这块土地上盛开的花朵，培育花朵的正是那些如同默默耕耘园丁的陶瓷艺师。

明清时期，为了保证朝贡的瓷器品质和数量，朝廷专门派出督陶官到景德镇，坐镇监督瓷窑厂生产。这些督陶官的职责是监督瓷器生产的官员，然而，一些督陶官对精美的瓷器一见钟情，从一个朝廷钦差，变成一名造诣深厚的瓷器专家。唐英就是其中的代表。

雍正六年（公元 1728 年）深秋的一天，唐英被朝廷派到景德镇任督陶官。来到这座城市，他被一件件精美的瓷器所吸引。为了弄清楚制瓷的工艺技术，他走出衙门，亲自到瓷器厂现场进行考察了解制瓷工序，甚至与陶工吃住在一起。掌握制瓷要领后，他亲自动手进行瓷器艺术品创作。与一般陶艺师不同的是，唐英不仅亲自制作瓷器，还把制作工艺、流程记录下来，写下《陶成纪事》。如今，这些著作存放在景德镇陶瓷博物馆里，成了宝贵的陶瓷制造史料。他留下来的作品如"白地墨彩篆书寿字笔筒""冬青釉隶书瓷板""粉彩三果盘"等，现珍藏于故宫博物院和中国历史博物馆，都成了传世珍品。

后人没有忘记这位从衙门走出来的制瓷大师。1987 年，景德镇在市郊盘龙山兴建了一座庄严、古朴的"唐英纪念室"，用他的事迹激励后人。

在这块神奇的土地上，我们无法透过历史的烟云看清那些失散在时光长河中的传奇故事，然而，从青花瓷折射迷人的光泽中，我们依稀能看到他们隐约的身影。正是一代代陶瓷大师、工匠们的不懈努力，赋予了瓷器艺术灵魂，让瓷器发出令人炫目的光彩，让瓷都充满谜一般的魅力。

今天陶瓷一条街，正延续着昨天的故事。

探秘青花瓷，如同探秘中华艺苑中一朵奇葩，透过它的身影，映现的是一个古老国度不朽的文化传奇。

（原载《阳光》2015 年第 11 期）

先哲的跫音

  颛孙师（公元前503—？），复姓颛孙，名师，字子张，春秋末年陈国人，孔门十二哲之一，子张之儒创始人。公元前476年，子张回老家陈国，但因楚已灭陈，于是把家搬至淮萧车牛返定居并终老。

——题记

  拂去岁月的风尘，寻觅先哲留下的足迹，既是一件风雅快意之事，也是一次涤濯心灵之旅。

  怀此感想，我几番周折，踯躅于阡陌之间，去寻找"子张之儒"创始人——颛孙子张的故庐和墓园，凭吊先贤在这片土地上留下的踪迹履痕，感悟先贤儒学浩荡之气。

  先哲的故庐和墓园分别位于今天隶属安徽省淮北市两座相距不远的村庄——刘屯村和学田村。此处位于黄淮之间，淮北平原腹地。细细打量两座村庄，它们与散落在广袤平原上星罗棋布的村庄并无特别之处。淮北平原一马平川，只有零星的山峦点缀其间。驻足两座村庄放眼远眺，翠峰逶迤的天门山隐约可见。

  我抱着一颗虔诚之心在两座村庄周围默默寻找，希望能找到史册上记载的先哲故庐与墓园的遗迹，哪怕是蛛丝马迹。然而眼前，岁月的风雨早已湮灭了一切，就连古墓封土也荡然无存。映入我眼帘的只有葱茏的树木和碧绿的庄稼，风吹之后发出沙沙之声，似乎是对逝去的岁月做出一些苍白无力的解释。

先哲的故庐与墓园毁于20世纪60年代，现已无从寻觅。让人聊以慰藉的是，这里还居住着先哲的后人，他们世代驻守在此，繁衍生息，延续着先哲的血脉；这里还有学田村、子张路等已有千年的村名、路名。它们用一种特殊的方式，铭记先贤，伴随着儒学和煦之风，在岁月里默默传承一种不朽与精神。

一

时光回溯到2500年前，一位老者领着一群学生踽踽独行在中原大地一条旷野小径上。老者衣着单薄，行囊简便，阵风吹过，不时撩起斑白的头发。但他神情怡然，眼中透露出睿智的光芒，看上去有一股仙风道骨之气。学生们亦步亦趋紧随着老者，不时停下脚步，记录着老者讲述的话语。

这是春秋末年孔子带领学生周游列国一个场景，也是定格在中国文明史册上让后人无法忘却的一群身影。

孔子从58岁开始带着他的学生周游列国，怀揣尊周复礼的抱负，一路上风餐露宿，从一个诸侯国到另一个诸侯国，宣扬他的治国主张和儒学思想。然而春秋末年，周王室摇摇欲坠，诸侯各国割据一方，早已忘记了礼数。他们各自打着算盘，不是私自结盟，就是互相攻伐。师生所到之处，并不是预想的那样受到尊重和欢迎，或是受阻，或是被拒，有时甚至遭受屈辱。好在怀揣坚强的信念，他们依然一路前行。

在这支特殊的队伍中，一位少年格外引人注目。他容貌俊朗，走在老师身边，恭敬却不失威武之气。一路上，他时而向老师询问，时而将老师的教诲记录在随身携带的竹简上。他就是这支队伍里孔子门下年龄最小的学生颛孙子张。

子张如何走进这支特殊的队伍已无从考证。有关他的身世史书的记载也不甚详细，后人只能了解一个大致情形：他出生于公元前503年，已是春秋之末，是陈国公子颛孙之后，名师，字子张。孔子称呼他为颛孙师。他出身微贱，而且是一个行为上犯有前科的人。对于他的性格，孔子曾做过两次评价：一是"师也辟"，二是"师也过"。前者是说他性格有些偏激；后者说他爱交朋友，而且交的面很广，广得甚至有点过分。为后人所熟悉的成语"过犹不及"讲的就是他和另外一名学生子夏的故事。

因材施教是孔子对教育做出的一大贡献。孔子对招收的学生要求十分严格，尤其注重对他们品行的教化与修炼，针对他们的缺点，有区别地加以纠正。正是在老师悉心教诲下，子张从一个犯有前科之人，最终成为孔门的高足、具有"亚圣之德"的"显士"。

孔子一生学生三千，身通六艺者七十二人，被称作七十二贤人，其中有名可考的三十五人，能与孔子对答、被录入《论语》的人更少。这其中，颛孙子张与子路、子夏、子贡、曾子等为后人所熟知。

春秋末年，天空时常乌云密布。在充满艰难险阻的周游列国道路上，年轻的子张怀着虔诚之心、求学之志跟随着老师一路奔波，用自己实际行动践行对儒学的执着，也践行对理想信念的不懈追求。

道路就是讲堂。一路上，孔子用问答的方式，为弟子解疑释惑，同时也在阐明自己的政治主张和儒学思想。这些政治主张和思想虽没有被攻伐正酣的诸侯国君所采纳，却成就了光耀千秋、言传万世的儒学经典《论语》的诞生。

跟随着老师，子张虚心好问，他与老师许多精彩问答，不仅成为《论语》的重要内容，也成为后人学习研究儒学，特别是孔子去世后儒学发展变化的重要史料。

这里不妨重温几段《论语》经典：

子张问仁。子曰："五者于天下，仁矣"。请问之，曰："恭、宽、信、敏、惠。恭则不侮，宽则得众，信则人任焉，敏则有功，惠则足以使人。"

仁，是儒学首要的修行准则。子张向孔子问怎样才能成仁。孔子答案是，能在天下行五德，就能成仁。子张追问哪五德。孔子解释说五德就是恭敬、宽厚、诚信、勤勉、恩惠。恭敬就不会招来侮辱，宽厚就能得到众人拥护，诚信就会得到别人任用，勤勉就会有成绩，（给人）恩惠就足以使唤人。

子张问政。子曰："居之无倦，行之以忠。"

对于为政，子张听到老师给予的答案是，居于官位不懈怠，执行君令要忠实。用今天的话来说，就是爱岗敬业，不松懈倦怠，勤勉尽责，忠于职守。

子张问崇德。子曰："主忠义，徙义，崇德也。"

对于修养德行。孔子解释是，以忠诚信实为原则，认真实践该做的事，这样做就能增进德行。

子张问行。子曰："言忠信，行笃敬，虽蛮貊之国行也；言不忠信，行不笃敬，虽州里行乎哉！"

关于立行，孔子解释得更为透彻，说话真诚守信，做事厚道谨慎，那么即使到了落后野蛮的国家也能行得通。如果说话不真诚守信，做事不厚道谨慎，那么即使在本乡本土，难道能行得通吗？

每每听了老师的教诲，子张赶紧记在腰间的坤带上，以示作为今后立世修身的准则。

这是2500年前一群师生的对话，也是人类走出荒蛮时代之后关乎人的精神道德层面一次深刻的探讨。仁、忠、信、行等这些古老的行为准则，尽管打上了坚硬的时代烙印，却深深影响着千百年来的国人思想情操和道德精神，如同一根无形的戒尺，成为后人评判思想品行最基本的准则。

公元前475年，71岁的孔子结束了他14年的周游列国之行，拖着疲惫的身心回到家乡。子张也跟随他一同回到鲁国。此时，孔子对游说诸侯接受他的政治主张已经心灰意冷，转而带领他的学生把主要精力放在编纂《诗》《书》《礼》《乐》《易》《春秋》上，是为"六经"。这无疑是一项费神费力的浩大工程。此时，孔子年岁已高，几个主要得意弟子又先后去世。子张便成了老师最重要助手之一。他遵循着老师的教诲，对编纂投注了全部精力。

师生的智慧和汗水浇灌出绚丽的思想花朵。"六经"横空出世，以其独特的思想文化之集大成，站上了中国古老的传统思想文化之巅。尤其是《春秋》，不仅开创了我国编年史的先河，也有着极高的文化价值，成为泱泱中华国学之经典。

学者余秋雨说："《春秋》表达的正名分、大统一、天命论、尊王攘夷等一系列社会历史观念，深刻塑造了千年中国精神。"

公元前479年，一代圣贤孔子在发出"泰山其颓乎！梁木其坏乎！哲人其萎乎"数声哀叹之后，驾鹤西去。

孔子去世，子张把悲痛和怀念化为践行儒家孝道的实际行动。他闭门谢客，按照儒学孝道礼节恭恭敬敬为老师守孝3年。

二

孔子去世，孔门儒学如同领航的巨轮失去了舵手，奋飞的雁群失去了头雁，一时陷入涣散混乱的状态。

司马迁在《史记·儒林列传》中描述了当时的情形："自孔子卒后，七十子之徒散游诸侯……子路居卫，子张居陈，詹台子羽居楚，子夏居河西，子贡终于齐。"

昨日的同门弟子，现在有的入仕做官，有的入阁从教，有的早逝，有的走得杳无音讯。只有几位专注儒学的弟子还想沿着老师的足迹，继续研习儒家学术。

孔子去世时，子张28岁，正是年轻有为的年纪，几年跟随老师周游列国，受到老师耳提面命，后来又参与"六经"的编写，在学术上已有很深的造诣。面对群龙无首、儒学面临分化的局面，子张有意重新组织同门弟子，整合力量，按照老师的遗愿，发扬光大儒学。然而，他的这一想法却遭到同门弟子的抵制和排挤。第一个站出来反对他的是曾子。曾子讥笑他"堂堂乎张也，难与并为仁也"。

一腔热血，换来的是冷嘲热讽，子张只好打消了这个念头。

公元前494年，鲁哀公即位。子张听说这位诸侯国君能够礼贤下士，于是怀着与老师治国辅政同样的愿望来找鲁哀公。没想到结果却让他大失所望，一连等了七天，鲁哀公连面都没露一次。心灰意冷的子张让人给鲁哀公讲了一个故事。

以前，叶公子高暴喜欢龙，屋子里到处都画满了龙。这件事让天上的真龙听到了，很是感动，于是就想看个究竟。一天，它把头伸进叶公窗户里，尾巴绕在堂前。叶公见了真龙，吓得魂不附体，转身就跑。原来叶公子高暴喜欢的是画的假龙，而不是真龙。

子张借着这个故事告诉鲁哀公，我听说你礼贤下士，是一位有作为的国君，所以一路迢迢前来见你，你却一连七天都不见我，看来也是叶公好龙罢了。

子张怅然若失，拂袖而去。

这个故事流传了2000多年，今天依然为人们所引用。

报国无门，入仕无望。昔日的同窗好友又各奔东西。此时，故地陈国又被楚国所灭，这让他连老家也回不成。

心情郁闷的子张忽然想起曾经跟随老师去过的萧国。萧国地处黄淮之间，位于广袤富饶的淮北平原之上，当时是宋国的附属国。那里不仅有风景秀丽的天门山，还以崇高孝道出名，因"鞭打芦花车牛返"广为人知的同门弟子闵子骞就出生在那里。

孔子游天门山的传说在淮北大地一直流传至今。那一年，子张随老师周游列国，途经萧国天门山。孔子见此山山势巍峨，风景秀丽，就带着学生上山游览。师生们一边走，一边观赏，到了山上，突如其来的一场大雨淋湿了他们衣服，也淋湿了随身所带的书简。雨停后，孔子忙让学生找了一块高地晾晒书简。当年圣人晾书的地方，从此声名远扬，也成了如今天门山著名景点——圣人场、晾书台。千百年来，无数文人雅士钟情这一传说，纷纷前来观瞻。

想到这段往事，子张心中涌起阵阵暖意，这也坚定了他举家迁往萧国的决心。据史料记载，颛孙子张带着家人来到萧国，先安居在闵子骞家乡"车牛返"村，后移居现在的淮北市石台镇学田村。

面对乡风淳朴、环境优雅的乡村，子张感觉找到了人生真正的归宿。在这里，他开始招收门生，设堂讲学，一面教书育人，一面继续潜心研习儒学。

从28岁返萧，到57岁去世，子张在学田村度过了近30年。30年对儒学孜孜求索，他从一个虔诚的孔门弟子，成为一位怀揣经史、自成一家的饱学之士。史载，《大戴礼记·千乘》即为子张所著。

一天，躺在病床上的子张感到大限将至，便把儿子申祥叫到身边。看到儿子悲伤欲哭的样子，他在儿子耳边安详地说道："君子曰终，小人曰死。"

终，是结束，是使命的完成。子张用他的实际行动，实现了老师弘扬儒学、修行立德的期望。他可以安心地向他的老师报到去了。

子张去世后，后人将他葬于学田村。

三

孔子创立儒学，儒家思想不仅成为历代统治者治国教民之法宝，它所倡导的人伦道德与仁义礼教也如涓涓细流，润泽了中华古老的土地，成就了几千年中国精神。历代儒家学者对儒学传承发扬，让它枝繁叶茂，绿叶长青。儒家思想与道家、佛家最终成为支撑中华文明思想领空、荫庇子孙后代的参天大树。

作为孔子的忠实门生，子张在淮萧这块静谧的土地上孜孜以求，默默研修，在继承孔子儒学衣钵的基础上，对儒家思想，特别是仁、忠、信等儒学核心道德观进行积极探索，形成秉承儒学精髓，又自成一家的儒学分支，这就是子张之儒。

孔子去世后，子张之儒成为儒家学派最为重要的一脉。韩非子把它列为儒学八派之首。

《韩非子·显学》篇记载："自孔子之死也，有子张之儒……"

排在其后的分别是子思之儒、颜氏之儒、孟氏之儒、漆雕之儒、仲良之儒、乐正氏之儒、孙氏之儒。

子张之儒在学术上的成就不仅体现在对儒学观点加以诠释和延伸上，更是对儒学思想进行拓展和创新，极大丰富了儒学内容，发展了儒学体系。

"仁学"是儒家学说主要思想。孔子对"仁"曾设计了一套理想的标准体系，这就是"圣人—君子—善人—士"。在这个体系中，圣人是最高"仁"的体现，对圣人这一理想人格的追求体现在追求个体自我价值道路上所达到的最大限度。但是体系过于理想化而在实践中难以实践。

一次，子张问孔子："令尹子文三次出任令尹，看不到高兴的神色，三次被罢免，看不到怨怒的神色，他这人怎么样？"孔子回答说："算是忠了。"子张问："他达到仁了吗？"孔子回答说："不知道，怎么能够算仁呢？"

可见，在孔子看来，"仁"，特别是圣人之"仁"，更多的是理想化的标准，是很难做到的。

子张继承了仁学思想精华，提出了"尊贤容众"的新观念，突出了"仁学"思想中的"义"，扩大了"仁"的实践范围，将孔子的"仁"提高到一个可能实践的高度，让后人不再望"仁"兴叹。

忠、信等是儒学核心观点，是孔子教授弟子修行最重要的道德标准。

何为忠？孔子曾经告诫他的弟子"主忠信"。意思是做人重要的是诚实、守信用。

子张在领悟老师的教诲基础上，经过钻研，又做了进一步拓展和补充。他的阐述是："士见危致命，见得思义，祭思敬，丧思哀，其可已矣。"

"士"看见危难敢于献身，看见有所得就想到是否合乎道义，祭祀时要严肃，居丧时要悲哀，那也就可以称得上忠了。

"见危致命，见得思义"，这是"忠"的道德标准，是修德的体现，在需要自己献出生命的时候，可以毫不犹豫；同样，在有利可得的时候，能考虑是否合乎道义。沿着老师的足迹，子张把君子之"忠"，从模糊的概念，提升到具体的考量标准。

如何做到信？

子张说："执德不弘，信道不笃，焉能为有？焉能为亡？"

自己拥有道德修养却不把它发扬光大，信仰道义的心不坚定，这种人怎么能算有道德？有没有他不是一样吗？

做人要忠，为人要讲信用。这种观点尽管是两千多年前倡导的人生观，但它所揭示的为人哲学永远是人的基本品质的一部分。中华民族人文道德伦理从此有了开拓的源头，如一条滔滔不绝的江河，流淌在人们血液里，成为不灭的文化基因。

子张之儒的思想对春秋战国诸子百家思想有着深刻的影响。郭沫若曾说，子张之儒具有博爱容众，严己宽人等特点。他断言，墨家创始人墨翟就是受到了子张的影响。墨家思想汲取了子张之儒的学术精华，成为诸子百家最重要的一派。

儒学在历史的长河中传承发展，蔚为大观，尽管后来涌现出孟子、荀子、董仲舒、朱熹等儒学继承者和学术巨匠，但无论是学富五车的学者还是普通百姓，在仰视一代圣人之时，没有忘记那群追随过他的学生，没有忘记颛孙子张。

在山东嘉祥县武氏祠文物馆里，有一尊描绘孔子见老子的汉像化石。画像中跟随孔子的弟子众多，但只注明了子张、子路、子贡等几人，可见在山东人心目中，子张是孔子重要的弟子。三国时期，人们称子张、子路、子夏等为"亚圣之德"。

历代王侯将相在遵从儒学、祭拜孔子时，也把这位忠诚的追随者和继承人作为重要的祭拜对象，并给予册封。东汉明帝封子张为"萧伯"，以其配祀孔子。唐玄宗追封他为"陈伯"，称孔子为"先圣"，子张为"先师"；宋真宗封他为"宛立侯"，以后又尊之为"陈公"。

这种尊敬不仅局限于对子张本人，还体现在历朝历代对其后人的关心和恩泽上。从周武帝到清朝雍正，历代通过册封祭田让其后人享有，史称"学田"。从此，淮北大地上这座有着文化烙印的村庄伴随着岁月的风雨，用一种特别的方式祭奠着圣贤在这里曾经留下的足迹。

子张去世后，他的后裔没有离开这片土地，他们沐浴着先人的荣光，铭记着先人的遗训，在这里繁衍生息。子张后人为了追怀一代圣贤，曾在学田村建祠堂、供牌位、挂金匾、悬纱灯，一度影响巨大。可惜这些景物现在已荡然无存，就连墓址残存的封土也在"文革"中被挖走，只有在岁月轮回里，一茬接一茬的庄稼似乎得到先贤的荫庇而葳蕤生长，用一种独特的方式诉说着这里曾经的故事。

在学田村，我找到了"子张路"。刚刚翻修一新的路面宽阔平坦，横亘在田野里，延伸在村庄间，将阡陌小道收拢于一身，引向远方。

行走在子张路上，我下意识抬头遥望远处的天门山。只见一轮落日的余晖洒在山峦之间，将山峦间层林染成一片金色，尽管看似遥远，却洇印出一片迷人的色彩。

（原载2016年1月26日《淮北日报》）

走进垓下

> 垓下古战场遗址位于安徽省固镇县濠城镇,是汉王刘邦与西楚霸王项羽长达4年之久的"楚汉战争"最后决战之地,被称为东方的"滑铁卢"。
>
> ——题记

走进垓下,如同推开一扇深锁的岁月之门。门外是一群虔诚的寻访者;门内,就是那则被载入史册、耐人寻味的悲壮战事。

悠悠淮河在不远处流淌,高天之下,这是淮北大地上最普通的一隅,南来北往的过客也许会将它忽略、遗忘,然而翻开中华史册,它却记载着不可或缺的一页。

一

霸王城的古城墙早已在岁月风雨中塌陷倾废,只是宽大的墙基依然流露出霸气。

走进垓下村,我停下脚步仔细端详。眼前是一处呈四方形的古城墙遗址,剥落的墙基像是被时光打败的样子,坍塌成一种姿势,一半嵌入泥土,一半躺在地面,形成一圈圩堤般的高地。这是两千多年的遗迹,我不知道它承载了多少风风雨雨,至今依然横亘在这块几乎被人们遗忘的土地上,固守一代盖世豪杰曾经的威严。

我沿着坡面有些吃力地爬上墙基，希望能寻觅到霸王当年在此留下的蛛丝马迹。城墙内已是沟渠纵横的田野，因为刚刚收割完庄稼，显得有些空旷、寂寥。一群麻雀在田野里飞来飞去，呼朋唤友，寻觅着遗落的谷物。我还固执地想搜寻些什么，好去印证那场战争的惨烈。猛然醒悟，霸王的铁骑早已绝尘而去，这里已是沉寂两千年的黄土。一切似乎都已被岁月深埋，只有坍塌的古城墙如同被时光过滤后留下的残片，让人联想起那场惨烈的千古之役。

当年，项羽是挟带着一股霸气、怒气、怨气而来的。鸿沟之盟，刘邦背信弃义撕毁盟约，又乘人之危攻其彭城；南方英布叛楚归汉，令他背腹受敌。曾经称霸一时的豪杰竟落到疲于奔命、落荒而逃的境地，好在还有十万江东子弟不离不弃，紧紧跟随在自己的身后。

垓下属于楚地，本是他霸王的领土。项羽勒住气喘吁吁的战马，搭手瞭望，此处地势高峻，又濒临河流，是一处易守难攻之地。于是，他停下了脚步，命令十万将士就地扎营，并以衣衫作为筐，背土筑城。他要以此作为据点，与刘邦做一次生死对决。

凛冽的寒风中，古洨河畔一座土城平地而起。

然而，在项羽还没有来得及喘息之际，刘邦就率联合大军尾随而至。刘邦也许觉察到曾经不可一世的霸王已是强弩之末，所以在此布下十面埋伏之阵，将不大的土城围得水泄不通。

那年应该是垓下最寒冷的一个冬季。城外，天寒地冻，肃杀的寒风裹着难以驱散的乌云，笼罩着楚军的营地。空气似乎也变得格外凝重，让人难以喘息。疲惫不堪的楚军将士一个个目光呆滞，神色黯然。

帐内，项羽心烦意乱，想起曾经破釜沉舟灭秦、火烧咸阳城、在郴州拥兵自重封侯拜将，那是何等英勇，何等威武？如今属地难守，疲于应战，不仅丢掉了唾手可得的江山宝座，而且屡战屡败，颜面扫地。想到这些，他不禁喟然长叹，慷慨而歌：

力拔山兮气盖世，时不利兮骓不逝。骓不逝兮可奈何，虞兮虞兮奈若何！

这是英雄的悲歌，也是一代枭雄无奈的哀叹。歌声激越、高亢，却难掩哀伤与无奈。大帐内，歌者动容，闻者落泪。相随相伴的美人虞姬早已泣不成声，情不自禁拂袖而舞。

霸王的歌声传得很远、很久，至今似乎依然在这片土地上空回荡。

英雄已是末路。项羽能命令将士一夜筑起一座城池，却无力挽回败局。他的刀刃上虽然依旧闪动着逼人的寒光，却失去了争霸天下的锐气。

初冬的阳光从厚厚的云层里探出头，懒洋洋地朝这片土地投上一瞥。昔日的古战场，如今一排杨树落叶飘零，似乎还在宣泄着秋意。古城墙静静卧在我的眼前，如同那场战争在大地上留下一个巨大的疤痕。

一阵风吹过，墙基上一丛丛枯黄的蒿草随风摇曳。岁月荏苒，逝者如斯。似乎只有这墙基内外的草木能够穿越风雨，默默演绎着春来秋往的荣枯。

二

古洨河并不宽阔，浅浅的河水几乎紧贴着霸王城的墙基蜿蜒而下，流向远方。

古洨河如今称作沱河，几千年的流淌让它沾染了岁月的沧桑与沉稳，波澜不惊。一阵微风吹荡在河面上，清澈的河水泛起粼粼波光，像是有无数双眼睛在隐秘地闪动。

当年，霸王城下有这样一条宽阔的河流，应该是一条天然的屏障。项羽也许正是看中了这一屏障，才把这里作为与刘邦最后对决之地，同汉军一决雌雄。

然而，天然的屏障有时也会变成陷阱。造成项羽最后迅速溃败的一个重要原因，恰恰是这条不起眼的河流。

河的对岸是平坦开阔的旷野，那里就是当年汉军安营扎寨的地方。善于攻心之计的张良令部下搭起了吹箫台，吹起凄凉哀婉的楚乐。夜色降临，吹箫台上哀怨的楚乐骤然响起，如泣如诉，那正是霸王麾下将士们梦牵魂绕熟悉的曲调。

四面传来的歌声如同一声声母亲深情的呼唤。疲惫、厌战、思乡的情怀如同潮水灌满了将士们的胸膛。汉军兵马未动，楚军的军心已经一溃千里。

项羽也听到了歌声，正是隔着这条古洨河，让他难以看清此时刘邦的面目，也难以判断汉军的虚实。史书记载："项王夜闻汉军四面皆楚歌，乃大惊曰：'汉皆得楚乎？'"他以为汉军尽得楚地，自己陷于绝地，无奈之下慌忙带着八百随从向东南方突围。项羽遁走，战场上的形势瞬间发生突变。汉军迅速抓住战机乘势而攻，土垒的城墙变得不堪一击。楚军将士如同炸了窝的马蜂四处逃散，许多士兵掉进洨河之中，成了河中冤魂。

史载："此役跟随项羽的十万楚军被汉军斩首八万。"

那一日，古洨河的河水被楚军将士的鲜血染得殷红，如同冬日的残阳溅入水中。

项羽仓皇中一路狂奔，跨过淮河，一口气跑到乌江江边，也跑到了他生命的尽头。据说，在乌江边，项羽拒绝前来营救的乌江亭长，不肯渡江。他遥望一江之隔的江东，不禁潸然泪下，想起自己曾经带领四十万江东子弟，本想一统江山，此时却所剩无几，即便是渡过江去，保住性命，又有何颜面对江东父老？！

刎颈自杀，似乎是他唯一可以接受的选择。长江边，霸王的身躯随着一声仰天长啸缓缓倒下，他的背影在冬日的残阳下拉得很长，以至于两千多年来，人们依然难以忘掉他倒下的身影。

项羽选择绝路，美人虞姬也只有以身相殉。英雄美人在生命的最后时刻演绎出一场感天动地的爱情挽歌，成为千古绝唱。据说，在虞姬倒地的血泊处，开出一种娇艳无比的花，人们称之为"虞美人"。如今，在离垓下古战场不到三十华里的灵璧县城东，虞姬墓茕茕孑立，芳草萋萋，以一种特殊的方式祭奠着一代英雄美人那段凄美动人的爱情。

垓下之战成了楚汉之争最终的拐点。项羽输掉了战争，也输掉了江山；刘邦赢得了胜利，也赢得接下来三百多年轰轰烈烈的大汉王朝。

三

在垓下霸王城下，汉代砖瓦碎片俯身可拾，随处可见。

这种有着细细线条花纹、中间略鼓的砖瓦碎片，有的半嵌在泥土中，有的就裸露在地面，擦去灰尘，依旧露出精美的图案。

起初，我并不知道它是汉朝遗留下来的砖瓦碎片。当地一位长者用肯定的语气道出了它的来历，并且告诉我如何鉴别汉代砖瓦的方法。这让我很兴奋，似乎与那个久远的年代一下拉近了距离。

一位同行的文友立刻兴奋地拾来一堆，招呼着让我们辨认、观看。喜悦之情如同拾到的不是几块砖瓦碎片，而是那个朝代遗留下的宝物。

看着这些砖瓦碎片，我不禁肃然起敬，它们经过2000多年的岁月风雨洗礼，如今依然如此精美地呈现在我们面前，不能不说这是个奇迹。它们仿佛是岁月留下的切片，携带着那个年代的基因密码，让我们破译一座沉睡几千年古城邑的秘密。

垓下之战后，这里又发生了什么？历史总是以谜一般的疑惑引领后人探寻的目光。

2000多年的农耕时代，砖瓦不是一般的物品，它不仅仅是一种建筑材料，更是富裕、奢华的象征。这里至今依然残留着如此之多的砖瓦碎片，说明我们的脚下曾经是一处繁华的处所。只是时光模糊了我们的视线，让我们无法辨认出它的真正来历：是来自官府衙门的高墙，还是来自商贾聚集的街市，抑或是普通百姓人家的房舍？

有据可查的是，垓下之战后，刘邦如愿以偿地夺取了江山宝座。这位出生卑微的皇帝尽管一统天下，有着万里疆域大好河山，却没有忘记垓下这块让最后一搏、取得决定性胜利的土地。汉王朝政权建立后，皇后吕雉的侄儿、权倾朝廷的吕产被封为洨侯，在此建立古洨国，隶属刘邦出生地沛郡。曾经的战场变成皇亲封国城邑所在地，因而变得日益繁华，富庶一时。

可以推想，那时街市上一定是行人接踵摩肩，路旁秦砖汉瓦建造的房舍鳞次栉比。后来这里逐渐演化成古洨县和今天的濠城。历史在这里似乎显示出它公允的一面：曾经用一场战火灼伤这块无辜的土地，却又以另一种方式将它的伤痛抚平。残存的砖瓦碎片带着曾经的奢华，默默铭记着这里的一切。

　　凝视着一片片瓦砾，我忽然想起古战场遗址入口处的高大雕塑。这是一尊具有现代风格的雕塑作品，两只巨剑交叉而立，斜插在大地上，闪烁着寒光，提示着这片土地上曾经上演的悲壮一幕。雕塑与垓下所在地濠城新城镇楼宇遥相呼应。如今，当地政府正在利用楚汉之争古战场的"名人"效应，着力打造 5A 级旅游景区。沉睡千年的古战场又将伴随着人们期待的目光，展现在世人面前。

　　从古战场、诸侯国都，到现代化城镇、星级文化旅游区，这是一道历史车轮留下的轨迹。时光在四季轮回中周而复始地前行，变化的是它的容颜，不变的是这块土地带给人们的感慨和思索。

　　　　　　　　　　　　　　（原载 2018 年 2 月 8 日《同步悦读》）

走读淮北

一

对我而言，淮北如同一部书，这部书不仅把我带进一种生活，也让我领略了一方水土蕴藏着的厚重情怀与人文风情。

二十多年前，我从出生地江城出发，跨过淮河来到淮北，那时淮北在我眼中只不过是淮河北边一座干燥、寒冷的小城。二十多年后，我会对着一群朋友毫不夸张地说："我们大淮北……"

我说大淮北，丝毫没有自吹自擂或故弄玄虚之意。大淮北，不只是这里有一望无际、坦荡如砥的淮北大平原，也不只是这里有横跨五省庞大的淮河水系，这里还有千百年来孕育的独具特色的人文精神，有冲突、交融，发挥着非凡影响力的地域文化。

生活在淮北，才知道淮北不只是今天行政区划包括三区一县的淮北，也有广义、狭义之分。狭义上的淮北就是今天崛起的能源新城，地处安徽省最北端的淮北市，它是安徽的北大门。广义上的淮北则是指淮河以北的广阔区域。淮河的源头在桐柏山，它汇聚千百条山涧溪流，一路向东，奔向大海。汩汩河水不仅润泽了一方水土，也造就了大淮北同根同源的人文精神。抓一把大淮北的泥土，能嗅出同一条母亲河散发出的乳汁香甜。

大淮北隶属于不同的行政区域，在不同的省份有不同的称谓。在安徽，它与皖北概念几乎相重叠；在江苏，它等同于苏北；在河南，它又和豫南有着相同的边界。站在古老的驻马店，你依然会感受到来自淮河岸边吹来的阵阵微风，吹拂着脚下的土地。尽管称谓不同，却缘于同源，如同在同一屋檐下的兄弟，喝的是相同的乳汁，彼此血乳相连。

淮北之大，大在平原。站在平原之上，一眼望不到边际，三三两两的村庄散落在平原之上，更映衬出平原的广袤。淮北平原属于黄淮海平原的一部分。黄淮海平原作为中国四大平原之一，以其"中华粮仓"的美誉而饮誉海内外。我不止一次徜徉在淮北平原上，夏日无边无际的麦浪和冬日廖寂的空旷，让我领略到什么叫触及灵魂的震撼，什么叫无以比拟的壮美。

淮北平原上也有山，分布在皖北和苏北。山不高，头尾相连，逶迤数里，如同海平面上散落的岛屿。大平原上有山的点缀，如同一曲平缓的曲调中穿插着跌宕起伏的音符。

淮北市处在淮北平原的中心位置。在淮北大平原上，它秉承这块土地最原始的风貌，诠释世袭人文风情；它承东接西，融合不同文化元素，展现出别样的人文情愫。走在这座能源新城的大街上，淮北人的坦荡、好客和豪放的性格似乎就写在每个人的脸上，他们不拘小节，笑声爽朗，让人一见如故，那是大淮北这片辽阔土地孕育和释放出的一种情怀。

二

中国南方与北方不仅是地域概念，也是文化特征的甄别与区分。

在淮河蚌埠大桥的南北两端，各竖着一块巨大的指示牌，上面写着："欢迎你来到中国南（北）方！"由南向北，你跨过的不过是一条并不算宽阔的河流，你却由中国南方踏进了北方。

行走在淮北大地上，我曾经心生疑惑，这是北方吗？它与所谓的南方仅仅一河之隔，更重要的是，相对于大漠孤烟的北国和极度寒冷的东北而言，它还能称得上是北方吗？

然而，当你走进淮北，你还是能够感受到这里洋溢着些许北方气息。这里的大多数植被冬天会落叶，这里的河流过了立冬季节就会开始结冰，这里的人一日三餐以面食为主，还以爱吃辣、豪饮著称。有一则夸张的说法，"淮北的麻雀喝四两"。与淮北人同饮，他们会端起大杯或大碗一饮而尽，名曰"炸雷子"，让不善饮的南方人看得目瞪口呆。这里盛产美酒，甘醇的口子、绵柔的古井不仅醉倒了淮北人，也醉倒了外地客。

这里的人骨子里透露出豪爽、大气，说话声音绝不哼哼唧唧。走在大街上，你会突然听到一句："你弄啥子来？"循声而望，你会怀疑，那大大咧咧、毫无修饰的问候怎么会是从一个娉婷靓丽的女孩子口中发出的声音。

当然，让我着迷的还有这里的文化。

我曾经参加过一次官方机构组织的文化研讨活动。研讨的主题是：淮北文化的地域属性。

这是一个说大不大、说小不小的论题，也是一个说简单很简单、说复杂很复杂的论题。受其特殊的地理区域和不同流派影响，淮北文化呈现出不同的地域色彩。

在东部，以徐州为中心，凸显汉文化色彩。当年，刘邦起事于沛县，推翻秦王朝、打败西楚霸王项羽，建立了汉室天下。至今，沛县歌风台依然旌旗猎猎，歌声震耳。在徐州，古老的汉墓群不仅是汉代王侯将相的墓冢，也是一道独特的文化景观。这里许多建筑依然保存着秦砖汉瓦风貌，飘荡着汉风古韵。

在西部，文化又被深深打上楚文化的烙印。当年，楚庄王完成霸王大业，不仅把他的疆界从江汉流域扩展到黄淮流域，也把楚风吹向中原大地。今天的鄂北、豫南、皖西深受它的影响。在河南的淮滨市，每年端午节是一年中最重要的节日。

淮北市介于东西之间，既受汉文化的熏陶，也受楚文化的洗礼。这一史实让与会者对淮北文化属性一时难定其说。后来，有学者提出，刘邦建立汉王朝后，将全国分为三十六郡，他的家乡徐州为沛郡，淮北时为相县，受之节制，治所就是今天的相城。正本清源，淮北当以汉文化为主，同时，因位居东西要冲，也不同程度受到楚文化影响。

三

"淮北老侉"曾经是江淮大地对淮北人流行一时的称呼。

蛮与侉原本是种族的区分，何时起这两个字沾染了歧视甚至侮辱的成分？

小时候，我在家乡常见到一位衣着褴褛、沿着村庄乞讨的男子。每当他在村头出现，总会引起一群孩子跟随其后，叫喊"淮北老侉"。后来我到了淮北工作，相邻单位里有一位不修边幅、神情古怪之人，平时大家不呼其名，称他为"南蛮子"。现在想来，那位"淮北老侉"不一定是真"侉子"，而所谓的"南蛮子"也不一定是真"蛮子"。侉与蛮更多的是一种戏谑偏见的称谓。

淮北人当然不是侉子，淮北人的祖先是相土。四千多年前，相土作别商丘，怀揣开疆拓土的重任，驾着自制的马车率领部族一路向东，跨阡陌、越险阻，最后在淮河北岸一处山水相依的高地安顿下来，开荒种地，夯土筑城，建立古相国。城便是相城，山便是相山，相土被后人尊称为"相王"。"相土烈烈，海外有截。"相土的到来，开启了这块土地文明的旅程。

河流孕育了人类文明。沿着古老的淮河极目远眺，有一个十分有趣的现象，许多古代先哲圣贤都与这条河流有着某种千丝万缕的联系。淮北大地，偎依着淮河，人杰地灵，名人辈出。

颍河是淮河蜿蜒流淌在淮北平原上一条重要支流。两千多年前，被誉为"法家先驱""华夏第一相"的管仲就出生在颍河河畔。管仲自小家贫，曾经做过生意，后经鲍叔牙推荐，当上了齐国宰相。他对内大胆推行改革，重视商业，富国强兵；对外提出"尊王攘夷"的战略国策，最终帮助齐桓公完成霸业。管仲的一生不仅建立了彪炳史册的功勋，还给后世留下了一部以他名字命名的巨著《管子》。如今，在管仲家乡颍上县颍河畔，建有他与好友鲍叔牙的合祠——管鲍祠。在夕阳的余晖里，管鲍祠熠熠生辉，似乎是两位哲人千古流传的友情折射出的光彩。

涡河是淮河又一条重要支流，老子、庄子都出生在涡河河畔。相传老子的母亲误食了古谷水漂流而下的鲜果李子而孕，生下老子，取名李聃。据专家考证，距今天涡阳县城北三公里的涡河支流武家河，就是古谷水。老子经老师商荣的推荐到了东周都城洛阳，当上了周朝"守藏室之史"，从此"察先王之制，通礼乐之源，明道德之规"。晚年骑着一头青牛只身去了函谷关，留下了一部五千言的《道德经》。老子对世界天地万物解释归结为"道"，"道生一，一生二，二生三，三生万物……"从而开创了道家学说。大约二百年后，庄子也出生在涡河河畔的蒙城，距离老子出生地仅仅百余公里。这位梦蝶逍遥的智者不仅以隽永绮丽的笔墨文章闻名于世，更是把老子的道家学术向前大大推进了一步。

当老子在洛阳悉心悟道之时，一代圣贤孔子也在淮河的支流沂水河畔踽踽独行。孔子出生在鲁国陬邑（今山东省曲阜），家门前不远处就是沂水。沂水是古泗水的分支，古泗水是淮河流向山东的一条重要支流。孔子曾经长途跋涉，到洛阳向老子问道，晚年带着学生编订"六经"，创立了儒学。孔子的私淑弟子孟子也是出生在古泗水流经的邹城。千百年来，孔子和老庄创立的儒、道学说如同两股清泉疏浚中华文明的脉络，也荡涤着国人情怀。

创立儒、道学说的几位先哲几乎同一时期诞生在同一河流流域之上，巧合得令人费解。德国著名哲学家雅斯贝尔斯对此解释为"轴心时代"现象。

当然，令淮北人引以为自豪的绝不仅仅是这几位先哲，仰望历史的星空稍加盘点，还可以列举出一串长长的名单：汉赋开创者枚乘、中国无神论第一人桓谭、三国时亳州"三曹""竹林七贤"领袖嵇康、刘伶、神医华佗、南朝文学家《世说新语》作者刘义庆等。他们如群星般璀璨在中华以至人类文明史册上闪耀着独特的光芒。

有学者曾经做过这样描述：淮河两岸多平原，少高山，以老庄、孔孟以及管仲、墨子、嵇康等为代表的先哲圣贤犹如淮河岸边耸立的精神"高山"，令后人叹为仰止。

四

淮河的淮字是一个形声字。"隹"意为鸟,特指头鸟,寓意顶尖。隹从水,表示顶级之水。

古老的淮河曾经一泻千里,直奔大海,与长江、黄河、济水并称"四渎",这在中国最早的文献《尔雅》中有明确的记载。

淮河横贯东西,亘古流淌,沃灌着一方热土,也让这里屡屡成为世人所瞩目的地方。

近代,这里走出了一支著名的军队——淮军。

淮军的缔造者为晚清重臣李鸿章。当年,势如破竹的太平军直指上海,风雨飘摇的大清王朝危如累卵,李鸿章受命到江淮招募子弟,组建淮军。淮军组建后规模一度达六千多人,其中就有很多来自淮北的骁勇。正是这批从江淮走出来的子弟让不可一世的太平军遇到了克星。淮军开赴上海不久,便取得对太平军的首场大捷"虹桥大捷",声名大振,接着又收复了宝山、嘉定、青浦等要地,从此成为抗击太平军的主要力量。李鸿章因为代替清政府签订一系列不平等条约而饱受国人诟病,但他组建淮军、创办洋务却是他备受争议的人生中值得炫耀的一笔。

与名噪一时却短命的淮军不同,产生于苏北、皖北一带的淮剧,汲取一方水土精华,根植于生活土壤,至今依然散发出独特的魅力。

淮剧又称淮戏,起源于淮河两岸民间说唱和田间劳动号子,说唱结合,有着强烈的韵律和节奏,尤其是"淮北腔"以高亢、刚劲、朴实而为人们所喜爱。淮剧后来又吸收了徽剧、京戏成分,声韵更加丰富,流传更广。在淮北,我曾被这样的场景深深吸引:人头攒动的乡村集市上,一台古老的收录机播放着淮剧名戏《九莲十三英》,一群男女或坐或蹲,围在那里,听得如痴如醉。这也许称不上是艺术魅力,却是艺术催生出的生动画面。2008年,淮剧被列入国家第二批非物质文化遗产保护目录。

淮北还是淮扬菜的发源地之一。淮扬菜结合淮安和扬州风味特色,自成体系，是挂在国人嘴边的四大菜系之一，它以江湖河鲜为主料，以本味本色为特色，因妙切众口、雅俗共赏，不仅为淮、扬地区人们所喜爱，也为中原大地甚至全国人民所青睐。夜幕降临，城市灯火璀璨，闪烁着"正宗淮扬菜"的饭店酒楼如同一块巨大的磁石吸引着南来北往的食客，人们的味蕾一次次被卷入一场包含着淮北风味的饕餮盛宴之中。

淮北是能源之都，这里是中国九大煤炭基地之一。

淮北的煤炭开采历史追溯到宋代。当年，时任徐州知州的苏轼正为雨雪天人们缺少柴薪焦急万分，忽然得知淮北一处叫白土镇的地方发现一种能燃火的黑色泥土，急忙前往查看，当他看到貌似黑色泥土居然能化作熊熊火焰时，不禁欣然吟诵：

君不见前年雨雪行人断，城中居民风裂骭。
湿薪半束抱衾裯，日暮敲门无处换。
岂料山中有遗宝，磊落如磐万车炭。
流膏迸液无人知，阵阵腥风自吹散。
根苗一发浩无际，万人鼓舞千人看。
投泥泼水愈光明，烁玉流金见精悍。
南山栗林渐可息，北山顽矿何劳锻。
为君铸作百链刀，要斩长鲸为万段。

诗人激动的心情，化作优美隽永的诗句，被人们吟诵至今。淮北煤田大规模开采于20世纪五六十年代，如今这里一座座现代化矿井已经成为淮北地标性建筑。在清晨的霞光里，或傍晚的微风中，行走在淮北大地，你会看到一辆辆满载"乌金"的车辆，从眼前急驶而过。

当然，这里也有抹不去的伤痛，那就是曾经蹂躏过这块土地的战争与洪水。

淮北地处南北接合部，又有淮河之险，历来为兵家必争之地。在历朝历代南征北伐中，北方视它为进入南方的跳板，南方把它当作阻挡北方入侵的屏障。战事一度成了这块土地上空驱之不散的阴霾，尤其是在中国南北分裂对峙时期，这里屡屡成为重灾区。

　　随着战争恶魔的步伐接踵而至的还有洪水。回望历史，当年南宋朝廷为了阻挡金兵的铁骑，在河南汲县和滑县之间扒开黄河，想以黄河之水冲淹金兵。汹涌的黄河水阻挡了金兵南侵的步伐，却也伤及无辜。黄河水夺淮入海，淮北大片区域成了汪洋泽国。后来，金兵又反过来效法宋军，在黄河阳武（河南原阳）掘开黄河，以水代兵，侵扰南宋。肆虐的洪水再次侵入淮北地区，酿成大面积水灾。七百多年后，悲剧再次重演。1938年5月，国民党为了阻止日军南下，在河南花园口炸开黄河决口，咆哮的黄河水冲进淮河干支流，造成豫、皖、苏三省四十四县被淹，形成近三万平方公里的"黄泛区"。

　　大地无言，却难掩昨日的悲切与沉重。

　　黄河故道，这条绵延数百余里的黄河夺淮入海留下的印记，曾经如同一道长长的伤疤，印刻在淮北大地上。春天，我走在已是绿树成荫的故道上，眼前梨花如海，灿若云霞。我不知道这花海是对昨天苦难的祭奠，还是描述今天淮北大地的色彩。

（原载《相城》2017 第 2 期）

古睢书院的一束光

在一条车来人往现代化气息扑面而来的街市，寻找一处已消失百年之久的古代书院，似乎是一厢情愿的臆想，然而，我却坚信它的存在。在某个角落，纵然岁月的风尘掩盖了它的踪迹，我依然能寻觅到它的蛛丝马迹；抑或它就立在时光深处，静静等待着探寻者的到来。

一

如同走进诸多千佛一面的县城一样，立于濉溪老城街头，眼前一栋栋拔地而起的高楼似乎正在给这座古老的城镇重新定义。新拓宽的街道上，红绿灯有序地分流车辆和人流。装饰一新的写字楼、购物商场以及宾馆、饭店等，在宽敞的街道上一字排开，霸气地抢占着最佳地势。只有在楼宇间拐角处，偶尔能看到一些低矮陈旧的黑瓦老房，像一个落伍于时代的老者，默默隐遁在一隅，为逝去的岁月背书。

人行道旁，一棵古老的榆树苍老而遒劲，根基被新砌的砖石文物一般地保护起来，斑驳的树皮干裂粗糙得像裹着一块抹布，然而伸展向天空的枝丫却绿叶葱茏。阳光射向树叶，在我脚下的路面漏下斑斑点点，像闪光的鱼鳞。穿行其间，我闻到空气中飘荡着树叶清新的味道，那也是古城春天的味道。

老城正在进行脱胎换骨式的改造。很难想象，一个世纪前，眼前该是怎样的一幅景象，一个古老的书院如何在这里立足，成就蔚为大观之势？我能确定的是这里曾经被称作濉溪口。如今这里已经成为市区的一部分，在老一辈人口中，依然不时能听到这样的称呼。

在淮北，"口"是一个特殊的地名称谓。它的形成应当与河流有关，确切地说，是河流在大地上留下的特殊的人文印记。汩汩河水从大地上流过，河道汇合、分叉之处，不仅仅是流量、流速和流向的改变，也往往是聚人气的地方。自古以来，人们喜好临水而居，逐水而行。河流的交汇处，常常也是水路的枢纽，南来北往的商贾把它当作歇脚之地。因此，往往在河流水运交汇的地方，一个古老的集镇也会在人们不经意中应运而生。此中情形，如同南方密林间的寨子、北方山川中的关隘。距此不远的柳江口、瓦子口、三堤口等曾经都是淮北平原上傍河而建具有一定规模的古老集镇。

濉溪口位于古濉河与溪水交汇处。古濉河上接河南古老的鸿沟，下通淮河，流经淮北平原，既是黄淮流域重要的行洪河，也是一条水运通道。古老的河流在这个叫濉溪的地方不经意打了个旋涡，接纳了一条河流，形成一个内陆河流上的集贸口岸，孕育出濉溪口最初的雏形。一百多年前，濉溪口已经是淮北平原上一个重要的人口与物资的集散中心。

我无法穿越时光，去见证一个集镇在光阴中的沉浮，只能凭一知半解，在现实和远去的岁月中架起一座若隐若现的桥梁，解读一个古老集镇的前世今生。

濉溪口在古濉河的波涛和桨橹声中续写着一个北方集镇的传奇。然而，在熙攘的人流和商贩的吆喝声中，这座集镇并非充满安宁祥和的生活气息，伴随着人口聚集和商贾往来，江湖郎中、盗贼流寇以及三教九流也接踵而至。有史记载，在相当长的一段时间，濉溪口一边上演着商贩云集、人流摩肩接踵的繁华，一边却笼罩着流寇出没、盗贼横行的阴影。原因很简单，它是大平原上自发形成的一个集镇，俗称草市，既没有人文文化的养成，又缺少城镇管理基础。它的管辖权属于相距七十余里的宿州府。现在看来只是区区几十里，然而，在古代交通闭塞的淮北大地，这曾经是一个令官府鞭长莫及、十分头痛的距离。

在我潜意识里，书院如同殿堂，是一个讲诗诵经、充满学术气息的神秘所在。我曾拜访过岳麓书院,那是一个隐遁于山野、智者云集的幽静之所;我也曾经去过白鹿书院,那是一个院庭高深、书香氤氲的风雅之地。而在曾经河水泛滥、流寇出没的淮北平原一处草市集镇,光阴深处居然坐落着一处书院,着实让人匪夷所思。

很长一段时间,古书院像一个绕不开的谜团,盘踞在我的心中,引发我的思索,也坚定我去探秘的决心,在岁月尚未彻底抹平的古镇褶皱里,能否找到它残垣断壁式的遗存,或是一点蛛丝马迹?

二

濉溪老城其实是今天淮北市的前身。

沿着县城里那些还没有拆迁的狭窄巷弄,脚踩在被风雨侵蚀得光滑圆溜的石板路面上,时光像是放慢了脚步,斑驳的墙壁和长着蒿草的旧瓦房,依稀可见远去岁月模糊的幻影,深深呼吸一口空气,似乎依然能嗅到远去时光游丝般的气息。

这里是春秋诸侯宋鲁卫陈的渠沟会盟之地,是秦相蹇叔的故乡,汉代桓谭、竹林七贤嵇康曾在这片土地上留下过或深或浅的足迹。丰厚的文化底蕴让它成为淮河流域古文明一个重要的组织部分。然而,从宋代开始,黄河泛滥,水患屡屡入侵,原本鸡犬相闻的千里沃野,一度变成水乡泽国。肆虐的洪水不仅把良田、村庄、集镇变成浊浪滔滔的黄泛区,也切断了这里的文明传承,灿烂的地域文化遭遇了断崖式的撕裂。如今在淮北平原,你可以看到处处麦浪滚滚,柳树成荫,然而却很难寻到百年以上的古村落。在通往文明的道路上,这里似乎突然出现断档,少了一个接续的章节。解放战争,这里是国共两军鏖战的生死之地,淮海战役的硝烟和血迹,浸染过这片土地,也给了它注入重生的力量和再度崛起的机缘。

大地的伤痕,文化的断裂,深深嵌入这块土地,成为永恒的记忆。今天,我来到这里寻觅一处古代书院留下的遗迹,一个承载着岁月风雨的文化符号。我试图通过这个日渐被世人遗忘泯灭的符号,解读这座古老的县城残存的文化基因,尽管这个称作古睢书院的文化遗存在岁月的时光中只有短暂的一瞬。

解开古睢书院成了我久藏于心的一个愿望。于是，我把目光投向老城，开始寻觅。

光绪十五年（1889年）宿州知州何庆钊所修的《宿州志》里有一则关于古睢书院几十字的记载："道光二十七年（1847年），凤颍同知赖以平创设古睢书院，咸丰五年（1855年）毁于兵火。昭文言南金于同治间履凤颍同知任，复振兴之。"

志书文字寥寥数言，无声无息地落在历史的典册里，这可能是有关古睢书院唯一一段官方记录。它却表明，在曾经还是一个集镇的濉溪口，一个古老的书院先后两次出现在人们视线中，创建者是凤颍同知赖以平，重建者是昭文人言南金。

作为我国古代特殊的文化教育场所，书院始于隋唐，兴于明清，最初的功能是藏书、校书之地，后来逐步演变为学者讲学论道、学子求学读书之所。清朝乾隆、嘉庆时期，出于培养人才的需要，书院备受重视，兴建书院之风达到鼎盛，各地书院如雨后春笋，但大多落户于州郡府衙所在地，或是文脉幽深的风雅之地。濉溪口，一个连县衙建制都不是的集镇，如何建起一座书院？而且，两位知州前赴后继，我一度百思不解这其中有着怎样的情结和隐情。

翻开《宿州志》，有一段濉溪口当年市井情况的记录和描绘：

州西北，去城七十里，商贩鳞集，地狭人稠，奸宄易匿。雍正八年，详请州同移驻，并颁捕务关防。同治四年（1865年），知州张云吉准将凤颍同知移驻，以资弹压。

"商贩鳞集，地狭人稠，奸宄易匿"，这是官方对当年濉溪口市井情况的真实记载，也是民风民情真实描绘。

这一记载不仅道出了凤颍知州将同知以及捕务关防移驻濉溪口的原因——安定社会程序，维护一方平安，也揭示了在此创设古睢书院的原因——兴办书院，教化育民，培育人才，纯洁民风。维护秩序，除暴安良，除了要依仗"以资弹压"的"武力",还要靠"文功"。由此推想,凤颖知州以及两任同知的良苦用心。

古睢书院的兴办得到了当时地方州府的高度重视和大力支持,由两任同知亲自负责筹资兴建。

据遗存的古睢书院石碑记载,当年,始建者赖以平到濉溪口赴任不久,便开始筹建书院。他多次召集乡绅商讨相关事宜,并亲率随到附近三十六集筹资六百八十余千钱,作为书院创办经费。书院最初的规模为前后三进院,前为三间门面,二门是圆门,门上悬挂着"古睢书院"四个正楷大字,正中为五间讲堂,第三进与西厢房是考棚,东厢房是藏书处。书院内栽植了椿树、槐树、榆树以及石榴、海棠等果木花卉,花木葱茏,修篁掩映,幽雅别致。书院的主持者师爷由凤颖知州委派,赖以平又邀请名望乡里的名儒李登峨为首席执教。来书院就读的主要是富家子弟和民间俊才。课程大体分为两类:一类为"童生课",满15岁且已读完"四书"者方准入院攻读,以应童试;另一类是"文生课",为应考乡试,每月定期来书院听讲,送文章诗词,请师爷评改,每月由师爷命题进行考试,称为"月课",评卷后发榜列出等次。为保证书院日常开销,州府还划给书院学田三顷四十五亩五分。

嘈杂的集市忽然出现一座书院,这是怎样一幅情景呢?早晨,书院的师爷和执教拖着长辫,准备开讲一天的学课。日近晌午,外面市井人声嘈杂,书院里却书声琅琅。书声飘过书院,飘过街坊,引得来来往往的行人驻足观看。天空放晴,一束阳光穿过厚重的云翳,照进书院,照进课堂,照在学童一张张淳朴稚气的脸庞上。这是一个闹中取静的风雅之所,如同一处世外桃源。阳光下的书院雅致而敞亮。

书院的兴办,如同一股新鲜的春风,吹拂在古老的集镇。然而,它开办得并非一帆风顺,先是遭受战火侵袭,书院毁于一旦;相隔几年后,继任者凤颖同知言南金重建,又受到钱粮困扰。在最艰难的日子里,书院几乎靠乡绅捐赠勉强度日。然而就在这样艰难困顿的环境下,书院仍然致力于办学,前来入学的农家子弟络绎不绝。据记载,书院前后共培养秀才22人、廪生8人、贡生7人、恩贡1人。

在晚清庞大的秀才贡生队伍中，这可能是一批不起眼的人群。然而，在濉溪口这样一个淮北平原上偏僻的集镇，不能不说是一个创举。这些贡生、廪生、秀才虽凤毛麟角，却传播着文明的火种，推动民情世风的转变。他们生于斯、长于斯，很多人在这里成家立业，成为教化和影响这块土地上民情世风的生力军。从这个意义上说，古睢书院开办的时间虽然艰难而短暂，但交出的却是一张有着沉甸甸分量的答卷。

三

我一直纠结于古睢书院的确切位置，如同纠结棋盘中一颗重要棋子的方位，尽管它所在的位置并不能决定和影响今天这座县城文化的分布与走向。

翻阅当地文化研究者朱涤生先生的《古睢书院考》，其中有这样的记载："古睢书院位于老县城后大街，老公安局附近，坐北朝南，背靠城墙，西面是仲家祠堂，东面则是二府衙门。"

从县政府向东，穿过人流密集的商业街淮海路，便是老县城后大街，如今改名为沱河路。这里，古老的祠堂和二府衙门以及老公安局早已不见踪影，取而代之的是相继开发建设的居民小区。离此处不远，有一条被称为老城石板街，依旧保持着20世纪五六十年代的风貌。它是古镇历史的一种见证。沧桑和古旧的容颜吸引了大批游人前来游历观瞻。

仲家祠堂又称仲子庙。仲子庙是孔子得意门生子路的庙宇，也是子路后人祭拜这位两千多年前祖辈圣贤的场所。濉溪仲子庙是仲子后裔濉溪支脉的后人修建。从仲子世家族谱濉溪支谱可查，仲家在濉溪一度是一个大家族。仲子庙缭绕的香火，不但寄托了子路后人对先祖的敬仰，也让这块土地飘散出缕缕文化气息。二府衙门是执掌巡检捕盗、兼理地方词讼的同知府衙，这就是当年凤颍知州为"以资弹压"加强治安超标准配备的治安机构。书院位置左文右武，选择这样一个地点，既沾一代圣贤的文气，又有武丁庇护，可谓独具匠心。

在沱河路，我从在此居住的一对上了年纪的老夫妇那里得知，如今正在建设的御溪公馆居民小区，就是北大街老公安局所在地，也就是说，这里就是古睢书院的遗址。他们还告诉我，西边原来还有一座关帝庙（应该是仲子庙），在20世纪"文革"时期被拆除了，庙对面是县城关小学。那里，正传出孩子们琅琅的读书声。

我在书院遗址伫立良久。此时，阳光带着一股暖意照在眼前，变换交织着一道绚烂的色彩，恍惚间，我似乎看到那座古朴幽静的书院依然伫立在那里。阳光照射到书院，照在书院里一张张淳朴的脸庞上。那一张张脸瞬间又变成端坐在县城关小学教室里一张张红润的脸，那一阵阵琅琅的读书声似乎有古书院传递的微微回响。我不能确定如今这些孩子们中间有没有曾经就读于书院那些贡生、廪生、秀才的后人，但我分明看到了一种文化的传承与接力的力量，看到古书院在这片土地上投下的既模糊又清晰的影子。我一时说不清内心是怎样一种感受，只觉得兴奋与惆怅一同荡漾于胸。

就在我试图从时空的缝隙中探寻古睢书院那渐渐远去的背影时，我得到一个意外的惊喜，当地一群文化学者也和我做着同样一件事，他们也在探寻、研究这个消失在一百多年前的古老书院。不同的是，我是兴趣使然，而他们是受当地政府部门的委托，正在做一个规划，计划在距此不远的老城石板街，重建书院，让消失了一个多世纪的古书院重现于世。

岁月无情，抹去了古书院几乎所有的印迹。凝视着眼前，我又似乎看到了那束光亮。那是一束启迪心灵，驱逐蒙昧的文明之光。我想，今天我的行走与寻觅，冥冥之中正是冲着这束光而来。

（原载《清明》2020年增刊）

与一代圣贤的邂逅

当我写完《桓谭传》最后一个章节时，这个城市已经开始醒来，大街上传来清晰的汽车鸣笛声，有人开始晨练。这是盛夏的一个清晨，微风轻拂，天气晴朗，窗外的天空露出最初的晨曦。我丢开纸笔走到阳台前，伸展了一下疲倦的身体，深深呼吸了一口被夜露过滤得清新凉爽的空气，思绪却又回到刚刚完稿的《桓谭传》上。与这位先贤神交了半年多时间，与他在另一个天地同喜同忧，同悲同乐，寻觅着他的踪迹，感悟着他的情感，捕捉着他的气息，现在忽然收笔，要离开他，回到现实的世界，失落、不舍之情油然而生。

桓谭是我从小就崇拜的历史人物。他在两汉谶纬迷信盛行、人死魂魄不灭、神仙不老之说甚嚣尘上之时，高擎无神论大旗，迎风而立，刚正不阿，以铮铮傲骨树立起一尊不朽的历史雕像。他不仅以无神论者著称，而且他的思想、学术涵盖了哲学、政治、经济、文学、天文、水利、音乐、美学等多个领域，不愧为一代名儒，旷世之才，饱学之士。

邂逅一代圣贤，缘于他出生在淮北，他的童年、少年都在淮河岸边这块土地上度过。他是淮北人引以为自豪的故里人物，有关他的故事在这座城市至今仍然广为流传，以他名字命名的公园、学校、社区、道路在这里随处可见。凝视这片土地，厚重的文化底蕴中印刻着一代圣贤深深的足迹。

长期以来，有关桓谭研究很多，但多集中在他的无神论思想、治国理政主张、文学成就、音乐理论、生卒年代考证以及《新论》研究等学术层面，至今尚无一部全面完整的人生传记作品。《后汉书》上的《桓谭冯衍列传》只简略记载他生平几件主要史实；20 世纪 80 年代，苏诚鉴先生在编写《桓谭年表》的基础上，扩写了一个小册子《桓谭》，较为完整地介绍了桓谭的生平，但依然偏重于史料的学术考证。这既制约了人们对他事迹的了解，也束缚了这位彪炳千秋伟大人物思想文化的传播，更是生活在这片土地上的人们深感一项缺失和遗憾。正是基于这种考虑，几年前，我萌生了撰写一部桓谭的文学传记念头。从此，我开始收集有关他的一切资料，悉心研读，为写作做准备。

对我来说，撰写桓谭这样的圣贤传记是困难的，也是充满挑战的。首先是历史资料的匮乏与稀缺，难以支撑一部传记应有的史料。桓谭生活在两汉之际，已经时隔 2000 多年，岁月的风雨不仅泯灭了他的足痕，就连他的一些著作也失散得很多。凝聚他一生心血与智慧的名著《新论》也没有完全保存下来，现在人们所见到的只是其中的一部分。他的生卒时间，学者们也是众说纷纭，莫衷一是，至今没有定论。甚至连他担任朝廷乐府令的父亲，史书上也只是一笔带过，名字无从查考。写作中，我珍惜每一条史料信息，认真研判，力求对有限的史料"吃干榨尽"，从有限的史料中挖掘出更有价值的信息。其次是文言文的困难。我本学识浅陋，古文功底薄弱，而收集到的有关桓谭的史料大部分为文言古文。特别是他的《新论》，涉及史料较多，许多字为别字、误字，甚至有漏字，不同的版本有不同的释义。在写作中，有时为了一个字，不得不翻阅十几种资料，仔细查找核对，反复推敲，力求表述准确，尽可能反映著者所表达的原意。最后是桓谭生活的年代十分遥远，人情风物都发生了极大的变化，准确描绘当时的人情世态，也比较困难。写作中，我翻阅了《史记》《汉书》《后汉书》《两汉记》以及相关的人物传记，尽可能把握住两汉风云突变的时代背景，捕捉到那个年代的生活气息，既还原历史原貌，又不妄加揣测，胡乱描述，遗留笑柄。

怀揣虔诚之心撰写《桓谭传》，我始终秉承忠诚于史实的原则。不做虚诳之言，不写无史之实，力求每一个情节都有出处，每一个历史事件都有史可考，有籍可查；始终秉承突出人物个性的原则。桓谭是一位极有个性的先哲，如何描绘塑造一位一身正气、刚正不阿、满腹经纶却又充满儒生气息的圣贤是我写作过程中一直追求的目标；始终秉承通俗易懂的原则。由于许多资料来源于《新论》及其他学术性著作，因此辩述有余、描述不足。如何让传记具有可读性，摆脱枯燥无味的说教和苍白无力的解释，是我写作过程中一直想突破的方向。

由于才疏学浅，我深知，我写出的、表达的与期望还有很大的距离。好在无论我写得如何，一代圣贤的形象都屹立在历史的高处，任凭岁月风吹雨打，任凭后人凝视观瞻；好在这座城市不息的文化传承中，有他永不磨灭的精神和气息。

（此文为《桓谭传》后记，原载 2016 年 11 月 23《新安晚报》）

"阅读是写作中的一扇窗"
——鲁院开出的读书单

从事写作或爱好写作的人应该认认真真读哪些书?多年来,我一直心存困惑。今年7月,从北戴河鲁迅文学院首届煤矿作家高研班归来,整理学习笔记,也整理出一份鲁院老师授课时点评、推介的读书清单。

受聘鲁院讲学的老师都是著名作家、学者和知名文学期刊的掌门人,是当今文坛的翘楚。因为一本书的因缘,他们走上文学创作之路;因为一本书的影响,左右了他们的写作风格;也因为一本书的走红,引发他们对文学创作的独特思考。在讲学中,他们对这些书进行点评、推介,其实也是他们读书、创作体验的一次再分享。

鲁院老师点评、推介的书涉及古今中外,大体可分为三大类。

第一类:古典名著,从经典中汲取文化营养。

鲁院教研室主任、文学批评家郭艳认为,对一个写作者而言,阅读经典十分必要。庄子说,典,治国之大策。《文心雕龙》中有"经正而后纬成,理定而后辞畅"。经典名著历经岁月风雨,依然闪烁着灼灼光芒,对写作者而言,熟读、深读,就有汲取不尽的营养。

李少君是当代著名诗人、《诗刊》副主编。他认为,诗歌创作必须向经典学习,向内寻找传统。他说,几千年前孔子就说过"不学诗,无以言"。西方有《圣经》,中国有《诗经》。《诗经》里的篇章影响了中国诗歌创作几千年。唐诗、宋词的伟大成就,就是在学习借鉴古典诗词的基础上,成功进行了美学重构,李白的自由、浪漫,王维的超脱、宁静,白居易的闲适、洒脱，还有苏词的豪放、绮丽等，达到了诗词美学巅峰，也成为我们今天学习的典范。当代中国的诗歌创作必须在汲取古典诗歌精华的基础上，寻求新的突破。

著名学者叶舒宪解读了一个民族古老文化对文学创作的影响。他建议作家从文化文本上开阔视野。他推荐两部书，一部是《山海经》，一部是《淮南子》。他认为这是中国古典文学中两部奇书，在《山海经》中，记载可以考证的山就达四百余座，这在中外古典名著中独一无二。

在介绍中外古典名著时，中国人民大学文学院教授、中国当代文学研究副会长程光炜重点推荐阅读的作品，有曹雪芹的《红楼梦》、兰陵笑笑生的《金瓶梅》、托尔斯泰的《复活》和福楼拜的《包法利夫人》。他说，生活的真实是最高的真实，文学创作要敢于揭示生活中的真相，探索生活的边界到底有多大，这些作品就是这方面的经典。

第二类：近现代名著名篇，从名著中厚植文学素养。

郭艳强调要从名篇名著中学习"洞见"，以独到的眼光看待世界，解剖社会。她用了一个形象的比喻，写作者要学习飞鸟而不是巨兽。巨兽再庞大、再勇猛，只能低头看眼前；飞鸟身体虽然娇小，但飞起来能从一个更高的视角看清世界。鲁迅、茅盾等人的作品具有批判性，就是因为他们以独到的视角，找准了社会的病根，从而写出以《祥林嫂》《子夜》等一系列振聋发聩的作品。

程光炜告诫写作者，要学习近现代作家深入生活的作风，写出反映时代的精品力作。他说，深入生活，不是表象的接触，而要揭示生活的真相，号准时代的脉搏。当年，柳青为了创作反映当时农村生活题材的作品，主动辞去了陕西省长安县（现为西安市长安区）县委副书记职务，带领全家在长安县（现为西安市长安区）皇甫村落户，一住就是14年，因此写出了反映那个时代的力作《创业史》。

刘庆邦是从煤矿走出的著名作家，有"当代短篇小说之王"之称。他认为，一个好的作家，首先是一个好的读者。一本好书，有时会对作者产生一辈子影响。他以自己为例，说对他影响最大的作家是沈从文，最有影响的书是沈从文的《边城》，这本书是30多年前读到的，至今许多章节依然能张口即诵。他说他最大的遗憾是没有和沈从文见过面，没有当面聆听大师的教诲。

人有天赋，天赋是父母的基因遗传。刘庆邦认为，一个人的天赋是很脆弱的，从事文学创作仅仅依靠天赋是永远不够的。一个成功的作家除了有天赋，还要有"地赋"。所谓"地赋"，就是后天一系列持续不断地学习。天赋不足，"地赋"弥补。学习班上，有人正在读他的《我就是我母亲》一书。这是母亲病重期间，他坐在床头陪伴母亲时所做的笔记，分上、下两个部分，先后在《北京文学》和《十月》连载，后由河南文艺出版社出版。

第三类：当代作家的力作，从精品中学习突破与创新。

《北京文学》主编杨晓升在分析中国文学现状时，指出当前一个令人担忧的现象：纸质阅读量惊人地下降。他说犹太人每年人均阅读量是64本书，中国人是10本书，这还是两年前统计的数据。他指出，文化是一个民族的血脉，作家要有使命感，要写出更多更好的作品赢回读者。要寻找文学的意义。他说，2012年莫言获得诺贝尔文学奖，在社会上引起强烈反响，其意义远远大于获奖的本身。

如何学习借鉴精品力作，实现写作上的自我突破和创新？鲁院常务副院长邱华栋认为，作为一个写作者要写出自己的风格，寻找自己的句子，让读者读起来要有陌生感。他推介莫言的《生死疲劳》、韩少功的《马桥词典》、卡夫卡的《变形记》以及村上春树的作品。

曾任《小说选刊》主编的贺绍俊认为，所有文学创作都绕不开现实主义的纠缠。他说，问题不是现实主义本身，而是如何处理好现实与共识的关系，区别现实主义与先锋性。他评价、推介的两部作品是余华的《活着》和毕飞宇的《玉米》，前者由著名导演张艺谋改编同名电影，在第47届戛纳国际电影节上获得了评委会大奖；后者2011年获第四届英仕曼亚洲文学奖。

《当代》主编孔令燕认为，作家要创作第二现实，文学创作离不开想象，想象力就是对生活的理解力。要挖掘与社会有一个共性的东西。她推荐宋小词的作品《直立行走》。

人民文学出版社编审、著名文学评论家杜丽指出，文学的功用是温柔的劝导，这种劝导不是讲理，而是用一种特殊的语言——世界语，用感动生命的故事感动你我。授课中，她展示了一本陪伴她20多年、纸张已经泛黄的一本不厚的小册子，这就是孙犁的《铁木前传》。她说这本书陪伴了她多年，也读了无数遍，现在出差还经常带在身边，闲暇的时候拿出来读一读，每次读后都有不一样的体会和感受。她推介的当代作家作品还有王蒙的《你好，新疆》、余秋雨的《文化苦旅》、余光中的《在春天走进果园》、于坚的《建水笔记》、史铁生的《我与地坛》以及杰克·伦敦的《为赶路的人干杯》等。

《青年文学》主编张箐认为，文学创作需要对生活进行深层次剥离，所描写的人物也许没有面貌，但一定要有面目。她指出，每个作家都会有自己的写作版图，版图与众不同，这是由审美情趣决定的。她推介陈忠实的《白鹿原》、路遥的《平凡的世界》、贾平凹的《带灯》《山本》。她说，以陈忠实、路遥、贾平凹为代表的陕西地缘文学是一个值得关注和研究的现象。

《文艺报》主编梁鸿鹰主张作家要接受生活的洗礼，接受现实的追问与考验。他推荐大家关注的书目是刘庆邦的《黑白男女》和阿来的《三只虫草》。

《散文》主编汪惠仁重点推介了是近年来散文的精品力作。他说，真实性是散文最后一个据点，散文贵在真实，贵在真情，情是散文的高处。中国的文字有多重可能，但要写出真正的好作品，又何其艰难，也正是这种艰难，才彰显文学创作的价值。他推荐的是格致的《转身》和翁偶虹的《北京话旧》。

阅读是写作中的一扇窗。鲁院老师推介是古今中外浩如烟海的作品中的极少一部分，也许这些作品不一定代表某个时期文学创作最高水准，但都伴随着作者成长的步伐，凝聚着他们可贵的读书和创作经验。从这个意义上说，他们的推介，无疑为我们如何通过阅读汲取营养，提供了一条捷径。

（原载2018年8月11日《中国煤炭报》）